KB186910

정인택의
일본어소설 완역

「淸凉里界隈」에서 「覺書」까지

정인택 著

김순전 · 박경수 譯

제이앤씨
Publishing Company

〈서 문〉

　본서의 출판은 1909년 태어나 일제의 식민치하 36년, 해방이후 정치적 혼란기 5년, 한국전쟁 3년을 고스란히 겪어낸 작가 정인택(1909~1953)의 일본어소설을 번역 소개함으로써, 그동안 도외시 되었던 그의 일본어소설을 재조명하는데 있다.

　조선에서 일본어소설의 창작은 한일합병 이전부터 간혹 발표되어 왔기에, 일제말기(日帝末期) 특유의 현상이라 할 수만은 없지만, 일제 말에 발표된 일본어소설의 대다수는 자발적이라기보다는 일제의 내선일체 실현을 위한 정치적 목적과 그 요구에 의한 강압적인 것이 많았다.

　정인택이 작가로서 가장 왕성하게 활동하였던 때가 태평양전쟁 시기에 집중되어 있었던 만큼, 그가 창작한 일본어소설은 친일문학의 대표적 케이스가 된다. 때문에 그의 일본어소설은 대부분 일본의 정책적 조선문학 혁신에 적극 협력하고 순응한 친일기관지 〈每日申報〉나 〈國民新報〉나, 『綠旗』『朝光』『新時代』『東洋之光』『國民總力』『文化朝鮮』『國民文學』 등 친일성향의 잡지에 발표되었다.

　정인택의 일본어소설은 대부분 크건 작건 간에 일제의 식민지정책에 협력하는 친일성향을 드러내고 있다. 애국반 활동, 황도조선의 건설, 내선일체의 앙양, 지원병과 징병의 권유, 침략전쟁과 만주개척의 예찬, 국책의 선전과 선동 등을 주 내용으로 하고 있다.

작품성향별로는, ① 목적성이 강한 선전문학의 일면을 드러내고 있는 소설로는 「淸凉里界隈(청량리부근)」, 「殼(껍질)」, 「濃霧(농무)」, 「不肖の子ら(불초의 자식들)」, 「かへりみはせじ(후회하지 않으리)」, 「連翹(개나리)」, 「武田大尉(다케다 대위)」, 「美しい話(아름다운 이야기)」, 「半島の陸鷲 武山大尉(반도의 독수리 다케야마 대위)」, 「覺書(각서)」 등을 들 수 있으며, ② 일상적인 신변 이야기나 남녀 간의 애정문제를 다루면서도 시국적이고 군국적인 문제를 가미한 소설로는 「色箱子(색상자)」, 「晚年記(만년기)」, 「雀を焼く(참새를 굽다)」, 「愛情(애정)」 등을 들 수 있다.

작품내용별로는, 시국과 관련된 부분이 단 한 줄도 없는 것도 「見果てぬ夢(못다이룬 꿈)」(「濱(해변)」으로 개작), 「傘(우산)」 등 2편 이 있으나, 「見果てぬ夢」의 경우 개작과정에서 조선남자 대 일본여자의 애정구도를 주제로 하고 있어 시국의 흐름에 편승하는 정인택 문학의 한 단면을 보여주기도 한다.

일제말기는 유독 개작소설(改作小說)이 많았던 시기이기도 하다. 당시 개작소설의 성향을 살펴보면, ① 기존의 한국어작품을 일본어소설로 바꾼데다 전쟁상황을 가미하였거나, ② 시국의 추이에 맞게 내용을 첨삭 가필하거나, ③ 전면 개작하여 발표하거나, ④ 이미 발표했던 작품을 배경이나 주인공의 이름을 바꾸고 발표매체를 달리하여 다시 재발표하는 경우도 있었다.

정인택의 개작소설 역시 시국의 추이와 밀접한 양상을 띠고 있다. 여기에는 수필이 소설화 되면서 발표시기와 게재지에 따라 내용을 달리하거나, 같은 소재를 다룬 소설임에도 시국의 추이에 따라 약간 또는 대폭 수정을 거쳐 발표된 경우도 있었으며, 또 내용을 대폭 수정 가필하여 장편소설화 한 것도 있다. 글쓰기 용어는 말할 것도 없이 모두 일본어소설로 귀결된다.

대표적인 개작소설을 몇 편 소개하자면,

『國民文學』창간호에 실린 일본어소설 「淸凉里界隈」는, 1937년 정인택이 청량리로 이사하여 1개월 동안의 심정을 간략하게 서술한 수필 「淸凉里界隈」(6.26~7.2 4회 매일신보에 연재)에 시국색을 가미한 내용을 대폭 첨가하여 소설화 한 작품이다. 말하자면 개인적인 감회를 서사한 수필을 일제의 문예정책을 충실히 반영한 소설로 재구성하여 『國民文學』창간호에 실리게 된 것이다. 소설 「淸凉里界隈」는 1943년 4월 『朝鮮國民文學集』에 재수록 되었으며, 이후 약간의 수정을 거쳐 1944년 12월 자신의 창작집 『淸凉里界隈』의 표제작으로 수록 발표하였다.

1940년 1월 「朝鮮畵報」에 실린 「見果てぬ夢」는 1939년 5월 『女性』紙에 발표했던 「못다핀 꽃」의 수정 번역 작품이다. 그리고 1944년 12월 창작집 『淸凉里界隈』에 실려 있는 「해변(濱)」은 제목만 바꾸었을 뿐 내용은 동일하다. 말하자면 같은 내용의 소설인데, 발표 시기에 따라 주인공의 이름과 소설의 제목이 바뀌게 된 케이스다.

1944년 5월 『文化朝鮮』에 발표한 「連翹」는 1943년 7월 『朝光』에 발표한 「동창(東窓)」을 개작한 소설이며, 「連翹」 역시 같은 해 창작집 『淸凉里界隈』에 실림으로써 3번 활자화된 작품이다. 개작과정에서 마을풍경에 대한 감회는 축소된 반면, 태평양전쟁 중에 있었던 〈해군 제1차 특별공격대의 전모〉로 처리된 사건이 〈앗쓰지마(アッツ島) 수비부대의 전원 옥쇄〉라는 구체화된 사건으로 처리되면서, 주인공의 사고에 따른 각오와 행동의 반전이 보다 강도 있게 묘사되었다.

한편 태평양전쟁 시기인 1942년 1월 17일 말레이반도 전투 중 전사한 최명하(崔鳴夏, 창씨명 武山隆)대위의 무공을 소설화 하여 1944년 1월『國民總力』에 발표하였던 「武田大尉」는 그로부터 5개월 후인 1944년 6월 한글소설 「붕익(鵬翼)」으로 개작되어『朝光』에 수록되었으며, 동시에 대폭 가필 개작된 장편소설『半島の陸鷲 武山大尉』로도 매일신보사에 의해 출간되었다. 이 과정에서 주인공 '다케다(武田)'가 '다케야마(武山)'로, '이토부대(伊藤部隊)'가 '가토부대(加藤部隊)'로 바뀐다.

1944년 7월『國民文學』에 발표한 「覺書」는 같은 해 12월 창작집『淸凉里界隈』에 개작 발표하면서, 초출의 결말부분 약 1페이지 분량을 삭제하고, 9페이지 분량을 가필하였다. 뭔가에 쫓기듯이 서둘러 결말지어버린 초출에 비해 개작한 「覺書」는 초출에서 못다한 주인공의 의지를 섬세하게 담아내어 나름대로 완성도를 높였다고 볼 수 있다.

일제말기에 급격히 양산(量産)된 개작소설은 시대적 상황과 당면한 현실이 만들어낸 문학적 결과물이라 하겠다. 시국이 날로 긴박해지는 상황에서 일제가 강제한 소설의 주제와 글쓰기 용어 문제, 그리고 소설을 새로 구상할 만한 시간적 여유가 없는 가운데서도 전시체제에 부응하여 선전(宣戰) 선동(煽動)을 위한 작품 편수를 채워야 한다는 상황이 초래한 문인들의 중압감이 결국 개작소설 양산을 초래하였던 것이다.

정인택의 일본어소설은 시국의 흐름에 상당히 민감하게 반응하고 있음을 알 수 있다. 개인의 모든 일상을 선전 선동을 위한 전쟁 중심으로 서사해나가는가 하면, 전쟁과 관련된 역사적 사건을 들추어 전시의 긴박함을 확대 서술하는가 하면, 직접적인 전쟁참여를 유도하기 위해 광적인 묘사까지도 거리낌 없이 사용하는 경우도 허다하였다.

생몰년도에서 짐작하였듯이 정인택은 한국역사상 가장 급변하던 시기에 태어나, 어느 한 때도 한국인의 주권다운 주권을 가져보지 못한 채 굴곡진 역사의 소용돌이 속에서 격변의 삶을 살다 간 비운의 작가였다. 이런 까닭에 그의 생애 전반은 마치 굴곡진 한국 근대사의 자화상과도 같다는 생각이 드는 것이다.

불과 20여년 정도의 활동기간에 170여 편에 달하는 문학적 족적을 남겼지만, 일제말기 '친일'의 흔적 외에는 이렇다 할 문학적 업적은 남기지 못했던 친일작가, 게다가 가족과 함께 '월북'을 선택했던 정인택이 세인들의 관심권 밖으로 밀려났다는 것은 어쩌면 당연한 일일지도 모른다.

그러나 일제강점기와 이념대립으로 얼룩진 참으로 어려운 시대를 작가로 살아온, 어쩌면 역사의 희생양이었을 그들과 그들이 남긴 작품을 역사 속으로 묻어버리기 보다는 근대 한국문학의 또 다른 잔상으로 받아들이고 수용하여야 하지 않을까?

그간 여러 모양으로 도외시되었던 작가와 작품을 다시 발굴하여, 근대 한국문학의 명암을 재조명하는 일이야말로 오늘날 우리세대에게 주어진 과제가 아닐까 생각된다.

끝으로 본서에 대한 손익을 전혀 고려하지 않고 흔쾌히 출판에 응해주신 제이앤씨 윤석현 사장님께 무한한 감사를 드린다.

2014. 5.

김순전·박경수

범 례

1. 본서의 순서는 초출 원작의 발표순으로 하였다.

2. 일본어의 한글표기법은 교육부의 규정에 따랐다.

2. 초출에서부터 개작까지의 서지사항을 각 장에 정리하였다.

3. 원문이 필요한 용어는 '번역문(원문)'으로 병기하였다.

4. 정인택의 일본어소설은 2~3차례 가필하여 개작한 작품이 다수
   있다. 본서에 수록된 작품은 완성도를 고려하여 시기적으로 가장
   나중에 발표한 작품을 번역 수록하였다.

〈목 차〉

정인택의
일본어 소설

완역

제1장

청량리 부근

【清凉里界隈】

- 1937.6.26~7.2 〈매일신보〉에 수필 「淸凉里界隈」 발표(4회)
- 1941년 11월 『國民文學』에 소설로 개작하여 발표(일본어)
- 1943년 4월 『朝鮮國民文學集』에 동명소설로 재발표(일본어)
- 1944년 12월 창작집 『淸凉里界隈』의 표제작 재발표(일본어)

　「淸凉里界隈」는 〈매일신보〉에 4회에 연재(1937.6.26~7.2)했던 짤막한 수필에 기초하여, 시국관련 내용을 가미한 동명의 소설로 재구성한 것이다. 이후 3차례 활자화 되는 과정에서 약간의 수정 보완이 있었다.
　본문은 1944년 12월 창작집 『淸凉里界隈』에 수록된 내용이다.

한적하고 안정감 있어 좋다고는 했지만, 청량리로 이사 왔을 당시에는 마치 귀양이라도 온 것 같은 기분이 들어, 있지도 않은 경성 교외선을 그려보기도 하고 이사를 가자는 아내에게 괜한 화풀이를 하는 등 내심 상당히 불안해했다.

그런데 살다보니 정이 들어 어느새 인지 거름냄새에도 적막함에도 익숙해져서 손바닥 만 한 빈터에 화초를 심기도 하였고, 요양소처럼 밝은 방이 좋기만 했다.

뿐만 아니라 나는 이 변두리의 고약한 냄새조차 이상하게 마음이 편안해져 이 번잡스런 풍경을 온화한 심정으로 바라볼 수 있게 되었다.

이즈음에서부터 내 이야기는 시작된다.

1

일과로 삼고 있던 정원 손질을 마치고, 마당에 등나무 의자를 내어놓고 석간신문을 훑어보고 있는데 아이들이 우르르 마당으로 뛰어 들어오더니,

"아저씨, 안녕하세요?"

그렇게 인사하며 일제히 모자를 벗고 고개를 숙이는 바람에 나는 적잖이 쑥스러웠다.

"어어—"

나는 다소 당황스런 기분으로 느긋하게 고개를 끄덕이며 답례를 했다. 그러자 바로 골목대장인 듯한 아이가

"아저씨, 죄송하지만 물 좀 먹을게요."

라고 하자, 모두가 일제히 다시 한 번 머리를 꾸벅 숙였다.

"오호라, 모두들 인문학원 학생들이로구나?"

내가 그렇게 묻자,

"예, 저희들 목이 말라서요, 그리고 세수도 하고 싶어요."

모두를 대표해서 대장인 듯한 녀석이 당당하게 대답했다.

"늦게까지 학교 운동장에서 시끄럽게 한 게 너희들이구나?"

"저희들 축구를 했어요. 시끄럽게 해서 죄송합니다."

"무슨 소리? 시끌벅적한 건 좋은 일이지. 그게 오히려 패기가 있어 좋다. 그럼 뒤뜰 우물가에 아주머니가 있으니 맘대로 퍼다 쓰도록 해라."

"고맙습니다."

아이들은 와아― 함성을 지르며 우르르 뒤뜰로 몰려갔다.

그 천진난만함에 마음이 흐뭇해진 나는 조용히 의자에서 일어나 잠시 즐거운 마음으로 마당을 거닐었다.

구름처럼 무리지어 피어있던 개나리도 어느덧 잎만 무성한 관목이 되어 몇 겹이나 되는 나팔꽃 줄기로 감겨있었다.

처음이사 오던 당시 파밭이었던 곳이 지금은 호박밭이 되었는데, 호박넝쿨이 한쪽으로 뻗어 나와 벌써 노란 꽃을 피우고 있었다.

조그만 우리 집 화단도 공들인 보람이 있어 꽃봉오리가 부풀어 올랐다. 햇빛을 정면으로 받고 서 있으면 땀에 흥건히 젖을 정도였다.

갑자기 뒷마당이 소란스러워 가슴을 두근거리며 그 쪽으로 갔다. 아

내의 커다란 웃음소리가 아이들의 들뜬 목소리에 섞여 나왔다.

"무슨 일이야?"

내가 나타나자 그들은 잠시 소리를 멈췄다. 서로 얼굴을 마주보는가 싶더니 다시 튀는 듯한 웃음소리가 터져 나왔다. 영문도 모른 채 나도 한참을 웃었다.

아이들은 셔츠까지 벗어 던지고 머리에서부터 물을 좍좍 뒤집어쓰고 있었다. 바지를 허벅지까지 걷어 올리고 발을 씻는 아이도 있었다.

타월로 부―욱 북 등을 밀고 있는 아이도 있었다. 아내는 저녁 준비 하는 것도 잊고 아이들을 돌보는 일에 열중하고 있었다.

"차갑지 않니?"

내가 묻자,

"차갑다니요? 땀을 많이 흘렸기 때문에 오히려 기분이 좋아요."

라며 제일 어려보이는 녀석이 얼굴을 닦으면서 으스대며 말했다.

아이들은 수건이랑 비누랑 세면기까지 우물가에 내버려둔 채 또다시 시끌벅적 떠들면서 학교 쪽으로 달려갔다.

순식간에 조용해져버린 우물가에서 아내는 웅크린 채로, 나는 선 채로 잠시 동안 말없이 학교 쪽을 바라보았다. 마음이 유쾌해지는 순간이었다.

잠시 후 아내가 불만스런 어조로 불쑥 말했다.

"저 학교는 수도도 우물도 없다네요."

처음 듣는 소리였다.

"그래요? 그럼 마실 물은 어떻게 해결하지?"

"소사(小使)가 매번 우리 집으로 물을 얻으러 왔어요."

"그걸 미처 몰랐네."

"아이들도 오늘이 처음은 아니에요. 하지만 지금부터 본격적으로 더 워지면 견디지 못할 거예요. 아마도 날마다 오늘 같을 거예요."

"그것 참 큰일이로군."

그렇게 말했지만 나도 아내도 결코 아이들이 귀찮아서 하는 소리가 아니었다. 말로는 그랬지만 실은 즐거웠다.

싫기는커녕 내심으론 시끌벅적 사람 사는 집 같아서 오히려 좋았다.

이런 일로 나는 인문학원 아이들과 친해졌다.

아이들도,

"아저씨, 아저씨"

하며 나를 잘 따랐다.

서쪽에 있는 6조(六疊) 방에서는 학교 쪽으로 창이 나 있어서 아이들 뛰노는 모습이 환히 내다 보였다.

나는 책상을 학교가 있는 쪽 창가로 옮겼다. 그리고 글을 쓰거나 책을 읽거나 하다가 피곤하면 책상 위에 턱을 괴었다 뺐다 하며 고무통 같이 좁은 학교 운동장에서 뛰어 노는 아이들을 멍하니 바라보았다.

아이들은 아내와 단 둘이 사는 쓸쓸함을 얼마간 달래주었다.

낮은 담을 사이에 두고 이어져 있는 우리 집 마당은 점점 인문학원의 일부처럼 되어 갔다. 아이들이나 소사도 그렇게 생각하는 모양이었고 나도 그렇게 하지 않을 수 없었다.

아이들은 물만 얻으러 오는 것이 아니었다. 친숙하게 되면서 아이들은 연필을 잃어버렸다고 연필을 빌리러 왔고, 노트가 없다면서 종이를 달라고 하기도 했다.

그 중에는 용감하게 월사금을 빌려달라는 녀석도 있었다. 시도 때도 없이 집안으로 들어와서 내가 돌아가라고 할 때까지 떠들어 대기도 하고 레코드를 듣기도 하면서 놀았다.

그것은 아내가 한차례 다과를 베풀고 난 이후의 일이지만…

나는 원래 아이들을 좋아했었고, 내가 없는 동안 아내는 적적했기에 아무 때나 이야기를 들어 주기도 하고 돌봐주기도 하는 등 웬만해서는 이이들의 천진함을 방해하지 않았다.

그러나 이러한 방임주의는 그들의 버릇만 나빠지게 하였다. 아이들의 제멋대로 행동은 날이 갈수록 심해졌다.

나로서는 덮어놓고 아이들을 혼낸다거나 다시는 오지 말라고 할 용기가 없었다. 가끔씩 아내가 불만을 호소해도,

"괜찮아."

라며 나는 웃어버리고 상대해주지 않았다.

그러나 언제까지나 "괜찮아."로 통할 수는 없었다. 그러던 나도 눈살을 찌푸리지 않을 수 없을 정도로 심한장난을 저지르고야 말았던 것이다.

"당신이 너무 받아주어서 그래요."

아내의 항의에도 뭐라 할 말이 없었다. 그저 어떻게 해야 할지 난감했다.

청량사(淸凉寺) 기슭의 완만한 경사 중간쯤 파밭으로 둘러싸인 조그만 분지에 세워진 인문학원은 마치 폐가와도 같이 황량한 상태로 방치되어 있었다.

언제나 쥐죽은 듯 조용해서 마치 창고로 착각할 만큼 쓸쓸한 모양새

였다. 처음 이사 왔을 당시에는 창고치고는 마당이 너무 넓다며 고개를 갸웃거리기도 했었다.

전혀 손길이 없었는지 운동장은 시골길처럼 울퉁불퉁 자갈투성이였다.

교사(校舍)도 그다지 오래되지 않아 보이는데도, 비가 새는 모양이고, 제대로 유리가 끼워져 있는 곳은 교원실뿐이었다.

나무판자는 여기저기 뜯겨져 있고 벽은 군데군데 무너져 있었으며, 녹슨 양철지붕위로 당장이라도 잡초가 쑥쑥 올라올 것만 같았다.

교원실 처마 끝에 높이 매달려 있는 작은 종이 이런 모습과는 더더욱 어울리지 않아 보였다.

이런 곳이 이 부근의 유일한 초등교육기관인 〈인문학원〉이라는 것을 알았을 때 나는 한심하단 생각에 씁쓰레한 기분을 금할 길이 없었다.

서당 같은 것이었더라면 시대가 흘러간 만큼 애교라도 있었을 것이다.

그러나 금방이라도 허물어질 것만 같은 인문학원은 보고 있는 사람의 마음을 우수에 잠기게 했다.

먼지투성이 흠집투성이인 학교 건물을 볼 때마다 그래도 주변이 널찍한 청량리라서 괜찮다는 생각이 들었다.

학교 바로 정면 아래쪽에 있는 청량리역도, 뒤에 늘어서 있는 청량사 부근의 나무들도 지나치리만치 밝고 환했기 때문에, 비록 만신창이 인문학원 건물이지만 달리 보면 일견 멋진 정취로 보여 지기도 했던 것이다.

만약 이 주변에 **빽빽**하게 판잣집이 들어서 있었더라면 소심한 나는 벌써 비명을 지르며 도망쳤을지도 모른다.

건물이 협소한데다 학생은 많아, 주간과 야간 2부제로 나누어 운영하고 있는 인문학원에는 백 명 정도의 아이들이 다니고 있었다. 이른 봄에는 파, 여름에는 호박, 가을이 되면 배추를 심어 변변찮은 생계를 꾸려가고 있는 근처 주민들의 자제들이었다.

그러나 국민학교에 들어갈 수 없는 가난한 집 아이들에게 인문학원은 더할 나위 없이 고마운 학교였다. 오히려 소박하고 실용적이어서 호감을 갖게 했는지도 모른다.

그렇게 생각하면 서당보다 조금 더 나은 설비라거나 조직이라는 말도 할 수 없었다. 더욱이 아직은 철없는 주변 아이들에게 놀이터가 되어주고 있다는 것만으로도, 개발한지 얼마 되지 않아 아직 염기도 빠지지 않은 이 마을에서는 과분한 곳이었다.

어느 날 회사에서 돌아오다가 보니 드물게 오후까지 수업을 계속하고 있어서 교실을 슬쩍 들여다 본 적이 있었다.

흙발로 밟고 다니는 낡아빠진 판자를 댄 교실바닥은 곳곳에 자리가 깔려 있을 뿐 책상이나 의자는 하나도 없었다.

아이들은 자리 위에 쭈그리고 앉아서 제각각 연필에 침을 묻히기도 하고 소리 높여 독본(讀本)을 읽기도 하였다.

더러운 커튼이 교실을 둘로 나누는 칸막이였다. 상급생과 하급생 교실로 나뉘어진 모양이었다.

칠이 벗겨진 칠판이 썰렁하게 한쪽 벽에 걸려 있을 뿐 선생님의 모습은 보이지 않았다.

어둡고 침침한 교실에서 누가 강요하지도 않았는데도 열심히 책을 읽고 있는 아이들의 모습은 눈물겹도록 사랑스러웠다.

나는 당황한 나머지 발길을 돌리면서 아이들의 행복을 전심을 다하여 빌고 싶은 생각으로 가슴이 벅차올랐다.

그 때의 기억이 언제까지나 내 머릿속 한 구석에 박혀 있었던 까닭에 아이들의 사소한 장난 따위는 대개는 너그럽게 보아 넘겼던 것이다.

"정말로 버르장머리 없다."

며 아내가 항의를 해도 어찌해 볼 도리가 없는 나였다.

아무리 말해도 내가 받아들이지 않자, 아내는 정말 화가 난 듯 얼굴을 붉히며 말했다.

"당신이 싫다면 내가 담판을 짓고 올게요. 저 학교 선생님 괘씸하기 이를 데 없네요. 아이들을 그만큼 보살펴 주는데도 인사 한번 오지 않는 거 보세요."

"그런 거 상관없잖아."

"아뇨, 이젠 절대 안돼요. 뒤쪽 지붕이 완전히 무너졌어요. 너무 심해요."

나는 쓴 웃음을 지을 수밖에 없었다.

아내가 화를 내는 것도 무리는 아니었다.

그러나 그렇다고 해서 그 사랑스러운 아이들을 혼낸다거나, 헌신적인 선생님들을 상대로 따지고 싶은 마음은 없었다.

사건의 발단은 아내가 금이야 옥이야 소중하게 키우고 있던 병아리를 아이들이 몰려와 장난감처럼 가지고 놀다가 결국 그 중 두 마리가 죽어버린 일이었다.

올 가을 내생일 까지는 제법 크고 토실토실 살도 찔 거라며 병아리들을 마치 가족이라도 되는 양 애지중지 돌보던 아내는 병아리가 두 마리나 죽자, 눈에 핏발이 설 정도로 화를 냈다.

그렇게 되고 보니 지금까지 아이들이 했던 모든 행동이 악의에 가득 차서 벌인 일로만 여겨지는 모양이었다. 재미있는 아이들이라거나 천진난만한 아이들이라는 말로 넘어갈 문제가 아니었다.

지붕을 무너뜨리고, 화초를 뽑아버리고, 벽에 낙서를 하고, 우물가에서 오줌을 싸는 등등, 그동안 참고 지내던 아내의 불만이 한꺼번에 쏟아져 나왔다.

그러나 아이들을 상대로 싸울 수도 없는 노릇이라 그 화살이 모두 선생님들에게로 향했던 것이다.

선생님들이라고 해봤자 젊은 남선생님과 중년 여선생님 둘 뿐이었다. 두 선생님 모두 주야간을 겸하고 있는 듯 대개 아침 8시에 와서 저녁 10시가 넘어서야 돌아갔다.

항상 엇갈려 말 한마디 나눈 적은 없지만 두 선생님 모두 선량하고 온화한 사람 같았다.

어떤 인연으로 인문학원에 나와 가난한 집안의 아이들을 맡게 되었는지는 알 수 없지만, 걱정거리도 많고 바쁘리라는 것은 충분히 짐작할 수 있었다.

아이들이 우리 집에서 이런저런 신세를 지고 있는 것에 대한 인사가 없었던 것도, 어쩌면 낯을 가리는 순수함 때문일 거라고 나는 모든 것을 선의로 해석하고 염두에 두지도 않았다.

직접적인 관계는 없었지만 이 마을에 살고 있는 이상 그런 선생님들의 노력에 대해 경의를 표하고 존경할 의무가 있다고 생각했다.

하지만 그런 선생님들을 상대로 불만을 터트려 보겠다는 아내의 말에도 일리가 있다. 나로서는 그것도 무시할 수는 없었다. 하지만 난감한 일이라는 생각에 좀 더 두고 보자며 아내를 달랬다.

"적당한 때에 내가 말을 하겠소."

"당신 말은 믿을 수가 없어요."

아내는 퉁퉁 부어 획―하고 옆방으로 가 버렸다. 나는 될 대로 되라는 심정으로 마당으로 내려가 모기향을 피웠다.

병아리가 죽고 이삼일 지난 일요일 아침이었다.

기분 나쁜 듯한 아내의 세찬 고함 소리에 놀라 일어나 보니,

"이제 더 이상은 못 참아!"

하면서 아내는 어린아이처럼 발을 세게 굴리며 머리맡의 내 방 창문을 두드리고 있었다.

"무슨 일이오?"

"일어나 보세요. 짜증나 못견디겠어요."

"그러니까 대체 무슨 일이냐고?"

또 아이들이 뭔가 장난을 친 모양이라는 것을 알아차리고, 나는 눈을 비비며 선잠 깬 얼굴을 창밖으로 내밀었다.

"우물 펌프가 엉망진창이에요. 아침도 지을 수가 없어요, 세수도 할 수 없구요."

아내는 잔뜩 화가나서 눈에 쌍심지를 켜고 있었다.

"고쳐볼게, 고쳐볼게요."

허겁지겁 게다를 신고 뒤뜰로 가는 내 뒤에 대고 아내는,

"당신은 못 고쳐요, 고칠 수 있는 게 아니에요, 여하튼 이게 모두 당신 때문이니까 당신이 어떻게라도 해 봐요."

라 투덜거리며 어슬렁어슬렁 내 뒤를 따라왔다.

"이거 참 엉망이로군."

우물가에 와서 보니 아무리 낙천적인 나도 비명을 지르지 않을 수 없었다. 아무래도 내가 아내 편을 들지 않으면 안 될 상황이었다.

조금 과장해서 말하면 우물의 흡수 펌프가 산산조각이 나 있었다. 고쳐 쓸 수 있고 없고의 문제가 아니었다. 일부러 해체하기라도 한 것처럼 구부러진 곳은 더 구부려놓고, 여기저기 뭔가로 찔러놓고, 나사못은 다 풀려 있거나 빠져있었다.

게다가 여기저기 온통 진흙투성이가 되어 있었고, 하물며 두꺼운 판자 덮개까지 어디론가 사라지고 없었다. 역시나 내 손으로 고칠 수 있는 것은 없었다.

"어때요?"

아내가 내 얼굴을 살펴보았다.

"으음"

나는 어처구니가 없었다. 이 정도라면 어떻게라도 해 볼 도리가 없었다.

토요일 밤이어서 집을 비우고 늦게 귀가한 것이 잘못이었다. 야학에 다니는 아이들 중에는 중학생 쯤 되는 녀석도 섞여있었는데, 집에 사람이 없는 틈을 타서 마음 놓고 장난을 친 것이 분명했다.

세수 정도는 집 뒤쪽의 석간수로 어떻게 해 본다지만, 밥을 짓거나 물을 끓일 수는 없었다.

나는 다시 한 번,

"으음"

하고 신음소리를 낸 뒤, 자못 유쾌하다는 듯이 하하하 웃었다.

"어디서 두레박이라도 빌려와요."

라며 아내를 돌아보았다.

"뭘 하시게요?"

"두레박으로 길어 올려야 되지 않을까?"

"모래랑 흙이 잔뜩 처박혀 있는데? 기분 나빠 못 먹어요."

"그럼 어떻게 하자는 거요?"

"그러니까 당신이 어떻게 해 보란 말이에요. 당신 때문이잖아요."

"그렇게 내 탓만 하면 대책이 없잖아요. 자 물을 얻으러 가야지."

"어디로 물을 얻으러 가겠다는 거예요?"

"어디든 우물이 있는 집, 알고 있지요? 물을 얻으러 가는 것도 풍류(風流)일게요. 「가가(可賀)의 지요메」라 해도 항상 물을 얻으러 다녔으니까요."

"풍류라면 당신이나 얻으러 가세요. 다섯 통은 필요하네요."

아내는 어지간히 화가 난 듯 꿈쩍도 하지 않았다.

난감해 하고 있는 중에 문득 뒤에서 기척이 나서 돌아보았더니, 갑돌이가 서 있었다.

늘 놀러오는 아이들 중 제일 나이가 어리고 영리한 건너편 옆집 아이였다.

"잘 왔다. 마침 잘 왔어."

나는 뛸 듯이 일어나 갑돌이의 머리를 쓰다듬으면서,

"너희 집에 우물 있지?"

"있어요.…… 이 펌프 누가 이렇게 망가뜨렸어요?"

"너희 학교 아이들이야. 이번 참에 선생님한테 죄다 이를 테니까 그
런 줄 알아."

옆에 있던 아내가 나서서 잔소리를 했다.

"하지만 야학 아이들이잖아요."

"야학이라도 너네 학교잖아?"

"그래도 제 친구는 아니에요."

어른답지 못하게 아내는 갑돌이와 똑같이 말다툼을 하고 있었다. 그
러는 동안 나는 양동이를 들고 와서 슬쩍 갑돌이의 등을 떠밀었다.

"물 좀 긷게 해 줘, 안될까?"

"아저씨가 길러 가시게요?"

"응, 도와줄 거지?"

갑돌이가 갑자기 아하하하― 웃기 시작했다.

"제가 길어 올게요. 어른이 물 길러 가는 거 우스워요."

"정말이야? 이 양동이 들 수 있겠니?"

"정말이에요, 들 수 있어요."

갑돌이는 자신 만만한 듯 가슴을 내밀며 잡아채듯 내 손에서 양동이
를 빼앗아들고,

"에게게― 이 정도쯤이야."

라 말이 떨어지기가 무섭게 벌써 토끼처럼 뛰어가고 있었다.

"부탁한다. 나중에 보답할게."

다람쥐처럼 재빠른 갑돌이의 뒷모습에 대고 나는 그렇게 소리쳤다.

그리고 엷은 웃음을 띠며 아내를 돌아보자 아내는 뾰루퉁한 얼굴로 바깥쪽을 바라보다가 부엌 안으로 들어가 버렸다.

내일은 무슨 일이 있어도 선생님한테 찾아가서 따질 거라며 밤새도록 큰소리치던 아내는 그 다음날이 되자 낙심하지 않을 수 없었다.

그날부터 인문학원은 여름방학으로 들어가 정문도 후문도 자물쇠가 채워져 있었다.

선생님들의 사정으로 5일정도 방학을 앞당겼다는 것이었다.

나는 '휴우—' 하며 한시름 놓고 가슴을 쓸어 내렸다.

2

호박밭 하나를 사이에 두고 맞은편 이웃이라고는 해도 갑돌이네 집과 우리 집은 백 미터 가까이 떨어져 있어 좀처럼 얼굴을 마주할 기회도 사귈만한 기회도 없었는데, 물을 길어다 먹었던 일 하나로 급속히 가까워졌다.

원래 우리 집은 병자를 위해 지은 집인 듯, 외따로 방치해둔 밭 한가운데 세워진 단독주택이었다. 좁긴 하였지만 양식과 일본식을 절충한 깨끗한 문화주택이었다.

그것만으로도 쓰러져가는 초가집뿐인 이 부근에서는 특히 눈에 띄었고, 게다가 고지대에 위치한 우리 집의 파란 기와지붕은 멀리서도 금방 알아볼 수 있었다.

집이 눈에 띈다고 해서 크게 문제 될 것은 없었으나 이 집에 사는 우리 부부까지가 그들에게는 왠지 색다른 인종으로 보인 것 같다.

그들은 우리부부를 좋게 말하면 경원시, 나쁘게 말하면 이단시 하고 있었다.

이런 사실은 나중에야 알아차렸는데, 학교 아이들이 우리부부를 유난히 잘 따랐기 때문에 더욱 소원하게 여긴 모양이었다.

삼면이 밭으로 둘러싸여 고립되어 있다고는 해도 우리 부부가 이웃 사람들과 겉도는 데에는 이런 이유가 있었던 것이다.

물을 길러 다닌 인연으로 갑돌이네와 왕래가 시작된 이후 우리 부부도 자기들과 동등한 사람이라는 것이 갑돌이 가족들 입을 통해 퍼지게 되었다.

우리 부부를 대하는 그들의 태도도 일변하여 서로 허물없이 친해졌고 거리를 두지도 않았다.

물론 우리 부부도 기꺼이 그들과 어울리며 거칠게 말하기도 하고 거리낌 없이 농담을 주고받기도 하였다.

이로써 드디어 우리 부부도 이 곳 주민의 자격을 얻은 셈이 되었다.

아울러 우리 부부가 그들과 더욱 친하게 된 또 하나의 계기가 있었다.

그것은 바로 아내가 청량리 애국반 제X구 제X반 반장으로 추대되었기 때문이다.

아내는 처음엔 지나치게 과분한 자리라고 사양을 하였는데, 중등교육을 받은 데다 시간적 여유도 있었고 딸린 식구도 없었고 게다가 젊다는 이유로 받아들이지 않을 수 없었던 모양이었다.

실상 지금까지 반장을 하던 남자가 갑작스레 시내로 이사를 가버려서 급하게 후임으로 정해졌다는 것은 나만 알고 있는 사실이었지만 ……

아내는 그 자리를 자랑스럽게 여기고 설레면서 받아들인 것 같은데, 막상 맡고 보니 책임이 막중하여 아무렇게나 할 자리가 아니었다.

아내는 당황하여 부지런히 집회에 나가기도 하고, 호별 방문을 하기도 하고, 「국민총력(國民總力)」과 「정보(情報)」 등 잡지를 찾아 열심히 읽기 시작했다.

다른 사람들 눈에도 기특하게 보일 정도여서 나는 아내에게 이런 면도 있었나 하며 흐뭇한 마음으로 그 성장을 지켜보고 있었다.

청량리 사람들과 자주 접하다보니 그 사람들도 우리 집에 찾아오는 발걸음이 잦아졌다.

그 중에서 우리 집과 가장 가까운 갑돌이네와는 아주 친해져서 집안의 사소한 일까지도 털어놓고 의논하는 사이가 되었다.

대개는 아내가 갑돌이 어머니를 상담하는 편이었지만……

다 쓰러져 가는 집만 보더라도 갑돌이네가 유복하다는 생각은 들지 않았다. 하지만 그렇게까지 빈궁하리라고는 생각하지 못했다.

게다가 이 동네 밭 주변에 모여 사는 주민들 처지가 거의 비슷하다는 데서 더욱 놀랐다.

나는 아내로부터 그러한 이야기를 전해 듣고서야 인문학원이 이렇게 방치되어 있었던 것을 스스로 수긍하였다.

그렇게 궁핍한 생활 속에서도 그들은 한결같이 소박하고 선량하고 밝았으며, 한눈팔지 않고 부지런히 일만 하고 있었다.

아이들이 조금 지저분해 있어도, 활기차고 명랑한 것이나 심한 장난 대신 열심히 공부에 힘쓰는 것이 그네들 부모님의 일하는 기쁨이었을 것이다.

그 가운데 갑돌이네는 그런 사람들의 표본인 듯하였다.

가족은 갑돌이와 16살 되는 누나, 그리고 부모님까지 4식구가 살고 있었으며, 2칸 밖에 안 되는 집과 우리 집 마당으로 이어지는 300평 정도의 밭이 그들의 전 재산이었다.

어머니는 몸이 약해 항상 누워있었고. 금년 봄 인문학원 야간반을 나온 16살짜리 누나가 방직공장에 다니고 있었는데, 벌이가 신통찮아, 이 집에서 그래도 생활을 이끌어가는 일손은 중년을 넘긴 아버지 뿐이었다.

밥벌이는커녕 몸이 약해 툭하면 병들어 눕기만 하는 것을 미안하게 생각한 갑돌이 어머니는 늘상 봉투붙이기를 하거나 백화점 상표를 빨간 실로 잇는 부업으로 생활을 돕고 있다는 것도 의외였다.

그것으로 갑돌이의 월사금이나 잡기장이나마 살 수 있으면 다행일 정도였다. 그러니까 아버지가 밭일을 해서 벌어들이는 수입으로는 겨우 입에 풀칠하는 정도였던 것이다.

"그런 학교 따위 나와 봤댔자 아무 소용없다며 남편이 다음 학기부터는 보내지 않는다네요. 아주머니!"

나는 읽고 있던 책을 조용히 덮고 옆방에서 들려오는 소리에 귀를 기울였다. 갑돌이 어머니의 풀죽은 푸념어린 목소리였다.

시간이 날 때면 아내가 도와주기도 하니까 갑돌이 어머니는 밤이 되면 부업 재료를 앞치마에 잔뜩 싸들고 우리 집에 와서는 밤늦게까지 이야기를 하고 돌아가곤 했다.

"지금부터 밭일을 가르치는게 좋을텐데 ……"

"그러게요."

"하지만 저는 우리 아이들만큼은 무슨 일이 있어도 공부 시키고 싶어요. 제 아버지의 전철을 밟는 것은 저만으로도 지긋지긋하니까요."

목이 메이는지 갑돌이 어머니는 말을 끊었다.

그리고 거의 들리지 않을 정도로 목소리를 낮추어 말했다.

"갑돌이만은 그런 꼴을 당하게 하고 싶지 않아요…… 아주머니! 저는 무슨 일을 해서라도 갑돌이만은 학교를 꼭 졸업시키고 싶어요."

아내는 뭐라 할 말이 없는 듯 묵묵히 듣고만 있었다.

"녀석의 형이라도 착실하게 일을 도와준다면 갑돌이 하나쯤은……"

"그러게요, 갑돌이는 아주 영리해서…… 학교를 그만두게 하기에는 너무 아까워요."

"제 입으로 말하는 것은 우습지만, 갑돌이는 아버지도 형도 안 닮았어요. 정말 똑똑해요. 게다가 어찌나 부모님을 생각하는지…… 제가 조금이라도 아프면 밤새도록 꼬박 옆에서 돌봐줘요. 너무 안쓰러워서 눈물이 날 때도 있어요. 어렸을 때부터 정말이지 부모 속을 태우는 일이 없는 아이였어요. 하지만 이런 몸으로는 갑돌이가 세상에 나갈 때까지……"

갑돌이 어머니의 코를 훌쩍이는 소리가 들려와 나는 일부러 손에 든 책을 거칠게 테이블 위에 던지고는,

"이봐요! 차 좀 갖다 주지 않겠소?"

라며, 옆방을 향해 소리를 질렀다.

"예에—"

아내는 내 소리에 살았다는 듯이 서둘러 일어나는 모양이었다.

전깃불을 끄자 창으로 스며드는 달빛이 마치 물속처럼 방안을 창백하게 물들이며 기분 나쁠 정도로 아내의 얼굴을 희고 선명하게 비춰주고 있었다.

아내는 천정을 향해 똑바로 누워서 조그맣게 코고는 소리를 내고 있었다.

"저어 여보!"

그러나 아내는 잠들지 않고 있었다. 내가 잠자리에 누워 크게 기지개를 펴자 아내는 기다렸다는 듯이 말을 걸었다.

"안자고 있었소?"

"예, 근데 여보 그 인문학원 어떻게 안 될까요?"

"뜬금없이 그게 무슨 소리야?"

"아까 갑돌이 어머니 이야기. 당신도 듣고 있었죠?"

"들었소."

"이 동네 사람들 모두가 저렇게 공부시키고 싶어 하는데, 지금의 인문학원으로는 무리잖아요."

"…… "

"그 학교는 4학년까지 밖에 없대요. 그래서 졸업을 해도 아무것도 아니라는 거예요. 가난한 사람들뿐인데…… 저대로 둔다는 건 너무 안됐다는 생각이 들어요."

내가 잠자코 있자, 아내도 잠시 입을 다물고 뭔가를 골똘히 생각하는 모양이었다.

"저─ 어떻게 안 될까요? 지혜를 좀 빌려주세요."

아이들이 뭔가 조를 때처럼 소리를 높이며 내 쪽으로 얼굴을 돌렸다.

"글쎄…… 저 학교 경영자가 누구지?"

"동네일을 보는 누군가라고 하던데요"

"우선 그것부터 알아봐요. 그리고 나서 왜 저렇게 학교가 형편없어 졌는지, 왜 저렇게 방치해 두는지, 그것도 알아 봐요. 그것도 모르면서 그저 어떻게 해보겠다는 건 말이 안돼요."

"내일 알아볼게요."

"그리고 다음 달 반상회(常會)에서 이야기를 꺼내 보는 거야."

"그래요. 그게 좋겠어요. 당신도 도와주세요. 부탁이에요…"

"으음─"

문득 커튼 틈새로 눈을 돌리니, 멀리 밤하늘에 몇 개의 탐조등 불빛 이 만났다가 헤어졌다 하면서 반짝반짝 깜박거리고 있었다. 돌발 상황 에 대비한 방공훈련 날이 다가오고 있었다.

아내는 거의 매일 녹초가 되어 돌아왔다. 어떤 때에는 귀가가 늦은 나보다 더 늦는 경우도 있었다.

이곳 청량리에서는 회람판이 전혀 도움이 되지 않았다. 글을 읽을 수 없는 집이 많았기 때문이었다.

반상회의 지시사항은 물론 모든 것을 아내가 구두로 설명하며 전달 하였다.

가정의 소방훈련을 주로 하는 방공훈련이 다가와 지시사항도 많아졌고, 방공자재 준비 하나만도 일일이 지도해야 했기에, 아내 혼자 힘으로는 벅찬 일이었다.

상대가 가난한 사람들이어서 물질적인 문제도 있었다.

국민방공에 대한 이해의 부족도 일의 진행을 상당히 어렵게 했다. 아내는 가는 곳마다 불평 섞인 질문공세도 받아야 했다.

시국을 설명하기도 하고, 국민방공의 필요성을 가르치기도 하고, 실제로 지도를 하기도 하고…… 한 집 한 집 그것을 되풀이하며 몇 십 호를 돌아다니다 보면, 아내의 표현대로 '녹초'가 되는 것이었다.

저녁이면 그렇게 녹초가 되어서 돌아와도, 다음날 아침이 되면 아내는 놀랄 정도로 생기를 되찾았다.

그리고는 서둘러 동네의 사소한 잡일을 처리하러 나갔다.

"요즈음 대단해요 당신!"

라, 내가 야유를 하자,

"그래도 정말 보람 있는 일이거든요."

라며, 지쳐있어도 기죽지 않는 아내였다.

"처음에는 모르는 사람들뿐이라서 정말 힘들었어요. 진짜 비행기가 날아와요? 라거나, 날아와도 설마 이런 시골에 폭탄을 떨어뜨리지는 않겠지요? 등등 이상한 것만 물어와서요. 가까스로 그 사정을 이해하게 되면 이번에는 저를 붙잡고 집안일까지 상담해요. 전 그게 제일 무섭지만…… 호호호"

그리고는 그날 이야깃거리가 되었던 동네일을 모조리 내게 들려주는 것이었다.

그 중에는 자기 자랑도 들어있었는데, 나는 선량한 남편이기 때문에 흥미로운 태도로 그 모든 이야기에 귀를 기울여야 했다.

아내의 눈부신 활약으로 이번 방공훈련은 그럭저럭 별 탈 없이 마친 것 같았다.

내심으로 불안했던 나는 휴우— 하고 가슴을 쓸어내렸다.

"무너지면 안 돼요."

내일부터 훈련이 시작되는 전날 밤에 나는 이렇게 아내를 격려했다.

"절대로 무너지지 않을 거예요. 보람이 있으니까. 본격적인 일은 지금부터예요."

아내는 가슴을 내밀며 자신 있게 대답했다.

그런 분주함 때문에, 아니 그보다는 여름방학으로 아이들의 장난이 중단되었던 까닭에 갑돌이네 집안일이나 인문학원 문제는 아내의 뇌리에서 잊혀진 듯 하였다.

그러나 아내의 현명한 노력으로 언젠가는 그 문제를 반드시 들고 나올 거라 생각하면서 나는 느긋하게 때가 되기를 기다렸다.

나는 나대로 각오도 자신도 있었지만, 아내를 더 건전한 방향으로 성장시키기 위해서 그 문제만큼은 무슨 일이 있어도 반드시 아내의 손으로 해결하게 하고 싶었다.

3

방공훈련 마지막 날이었다. 아내의 일이 염려되어 평소보다 조금 일찍 집에 돌아왔다.

아내는 아직 몸뻬도 벗지 않고 마루에 걸터앉아 있었다.

"어찌되었소?"

내가 미소 띤 얼굴로 옆에 나란히 앉자 아내는 약간 상기된 얼굴로,

"내 명령 하나로 모두 질서정연하게 움직였어요. 칭찬 받았어요."

큰소리치면서 억지웃음을 보이고는 있었지만 짙은 피로의 그림자가 아내의 온 몸을 덮고 있었다.

적당한 위로의 말이 즉각 떠오르지 않았다. 우리부부는 말하지 않아도 서로 통하고 있는 따뜻한 마음을 느끼면서 오랫동안 말없이 앉아있었다.

"요즘에는 갑돌이가 놀러오지도 않네."

이윽고 아내의 기분을 딴 곳으로 돌려보려고 내가 먼저 말을 꺼냈다.

"그러게요. 그리고 보니 요즘에는 전혀 오지 않았네요. 무슨 일이 있는 걸까?"

"게다가 요즈음 그 집이 너무 조용하지 않소?"

저물어가는 석양이 우중충한 갑돌이네 초가지붕을 비스듬히 내리비추니, 허물어져 가는 토담과 찢어진 장지문과 그을린 굴뚝이 더욱 초라해 보였다.

정말 그리고 보니 어제 오늘 갑돌이네 집은 빈집처럼 조용했고 언제나 밭에서 부지런히 일하던 갑돌이 아버지도 보이지 않았던 것 같았다.

"아차— "

내 말에 아내는 갑자기 뭔가가 생각난 것처럼 벌떡 일어나,

"잊고 있었네. 갑돌이 어머니 상태가 나빠졌대요. 꽤 오래되었어요."

"그래도 어제까진 훈련에 나왔잖소."

"예, 무리해서 나온 거예요. 몸이 약하니까 그만 두라고 몇 번이나 이 야기해도 내가 일하고 있는데 자기가 누워 있으면 벌 받는다면서 듣지 않았어요. 아― 그래요. 그러고 보니 오늘은 갑돌이 어머니가 안 보였어요. 몸져 누워있는 게 분명해요."

"무리했을 거예요. 무리해선 안 되는데."

"걱정이에요…… 당신 저녁식사 아직은 괜찮죠?"

아내는 밭을 가로질러 가려는지 담 쪽으로 걷기 시작했다.

"저, 잠깐 가보고 올게요."

"아― 그래요. 다녀와요."

마침 그 때 석간신문이 배달되어 나는 신문을 집어 들고선 양복도 벗지 않고 온돌바닥에 길게 엎드려 신문을 펼쳤다.

석간신문 2장을 꼼꼼히 다 읽었는데도 아내는 아직 돌아오지 않았다.

오늘 아침 갑돌이 어머니가 다량의 각혈을 했다는 것이었다. 역시나 무리해서 몸을 움직인 것이 악화된 원인이었다.

가난한 사람들의 깊은 의리는 때때로 불행을 낳는다.

아내는 돌아와서 내게 간단히 저녁을 챙겨주고 다시 갑돌이네 집으로 갔다. 그런데 아내가 바로 당황한 얼굴로 돌아왔다.

"제가 의사를 불러와야겠어요."

불덩이처럼 열이 나고 호흡조차 곤란하여 혼수상태에 빠졌다면서 아내는 큰일이라는 소리만 연발하며 완전 정신이 없었다.

나는 황급히 저녁식사를 마치고 유가타에 겉옷만 걸치고 밖으로 나왔다. 얼굴이라도 내밀어야 덜 미안할 것 같은 생각이 들어서였다.

이 부근은 구석 후미진 곳이어서 해가 빨리 저물었다. 어느 틈엔가 잿빛을 띤 저녁연기까지 완전히 어둠 속에 묻혀 버렸다. 밭이랑도 전혀 보이지 않았다. 청량리역 구내의 전등불만이 멀리서 별처럼 반짝거리고 있었다.

길다란 호박밭을 가로질러 가면 바로 갑돌이네 뒷마당이었다. 나는 갑돌이네 집 담벼락 밑에 쪼그리고 앉아 있는 한 녀석을 발견하고 움찔하여 멈춰 섰다.

그리고는 비명을 삼키고 조용히 귀를 기울였다. 그 조그만 녀석은 웅크린 채 몸을 부들부들 떨면서 목소리를 죽이며 오열하고 있었다.

가까이 있는 내 귀에도 들릴까 말까 할 정도의, 세상에서 가장 서글픈 오열이었다. 그 슬픔이 어느 틈에 내 가슴으로 전해져 마치 공포처럼 내 전신을 휘감기 시작했다.

나는 그걸 극복하기 위해 힘껏 버티고 서서 숨을 죽이며 응시하고 있었다. 그 녀석은 역시나 갑돌이었다.

갑돌이는 어머니가 누워있는 방 창밑에 쪼그리고 앉아서 터져 나오는 울음을 필사적으로 참고 있었다. 나는 무심결에 가까이 다가갔다.

내 기척에 놀란 갑돌이는 벌떡 일어서서 증오하는 듯 타는 눈빛으로 나를 쏘아보다가 순간 몸을 돌려 앞마당 쪽으로 달아났다.

"갑돌아, 갑돌아!"

뭔가에 맞기라도 한 것처럼 나는 계속 갑돌이의 이름을 부르며 뒤따라갔다. 갑돌이가 왜 도망을 가는지 내가 왜 그 뒤를 쫓아가고 있는지 생각할 여유조차 없었다.

"갑돌아, 갑돌아!"

이름을 부르다가 나는 앗! 하고 외치고는 발걸음을 재촉하여 뒤따라 갔다.

갑돌이가 돌에 걸려 넘어져, 큰길로 나오는 다리 옆으로 굴렀는데 녀석은 일어나려 하지 않았다.

"갑돌아 어떻게 된 거야? 아저씨잖아. 왜 도망가는 거야?"

숨을 헐떡이며 쫓아가서 내가 어깨에 손을 얹으려고 하자 갑돌이는 나를 세차게 뿌리치며,

"싫어요, 싫다니까요, 와아앙—"

갑자기 비명처럼 소리 지르며 목 놓아 통곡하기 시작했다.

"어떻게 된 일이야? 갑돌아, 침착해야지. 자 일어나, 일어나자!"

그러나 갑돌이는 두 손을 가슴 밑에 꼭 붙인 채 몸부림을 치면서,

"싫어요, 싫어. 그냥 내버려 두세요. 저리 가란 말이에요."
라며 기절이라도 할 듯 힘들어하며 계속 울기만 했다.

아이답지 않게 이 무슨 짓이란 말인가—

나는 갑돌이의 이상한 태도에 잠시 어안이 벙벙하여 멍하니 그 자리에 서 있었다.

그러다 문득 갑돌이의 가슴을 본 나는 다시 한 번 '아앗!' 하고 비명을 지르며 펄쩍 뛰었다.

웃옷의 옷자락과 소맷부리가 온통 피투성이였다.

나는 갑돌이에게 다가가서 억지로 몸을 일으켰다.

그러자 갑돌이는 와락 내 가슴에 달라붙어 나를 힘껏 밀치면서 더 크

게 울었다.

"어디를 다친 게야? 어디 보여줘 봐."

나는 일부러 거칠게 말하고는 갑돌이의 몸을 밀어냈다.

그러나 갑돌이는 필사적으로 왼손을 내 몸에 휘감고 악착같이 달라붙었다.

다리 저 쪽에 있는 2층 창에서 불빛이 희미하게 새어나오고 있었다. 나는 갑돌이를 그 쪽으로 끌고 갔다. 그리고는 서둘러 이곳저곳 몸을 살펴보았다.

몸 어느 곳에도 상처는 없었다. 이상하다고 여긴 순간, 나는 갑돌이가 왼손을 꼭 감추고 있는 것을 알아챘다.

"이 녀석, 안 보여 줄 거야?"

나는 다시 한 번 거칠게 소리 지르며 갑돌이의 몸을 다리 난간으로 밀어붙였다.

그리고 왼손을 비틀어 올려 불빛에 비춰보았다.

하마터면 '앗!' 하고 소리 지르며 그 손을 밀어낼 뻔했다. 손발이 부들부들 떨리고 소름이 끼쳤다. 머리에서 피가 끓어올랐다.

갑돌이 왼손 약지의 첫 번째 마디가 잘려 있었다. 칼같이 예리한 것으로 단번에 잘려나간 자국이었다. 상처 부위에는 검은 핏덩이가 막 지려는 장미꽃처럼 응고되어 가고 있었다.

나는 무심결에 겉옷을 벗어 갑돌이를 감싸고 녀석을 온 몸으로 꼭 껴안았다.

수혈을 하지 않으면 안 될 정도로 위험했던 갑돌이 어머니의 병은 그 다음날부터 기적처럼 좋아져 아주 조금씩이나마 점점 나아져 갔다.

마을 사람들은 그 병이 불치병이라 단지 소강상태에 지나지 않는다는 것을 알고 있으면서도, 그것이 불치병이기에 정말로 기적이 일어날지도 모른다며 좋아했다.

갑돌이의 갸륵한 '단지(斷指)사건'은 마을 사람들의 심금을 울려 갑돌이 어머니의 병에 대해서 회오리 같은 동정과 관심을 불러일으켰다.

손가락을 잘라 피를 먹이면 죽은 사람도 소생한다는…… 언제부터인지 자식 된 도리를 가르치기 위해 하나의 속설로 전해 내려온 미신 같은 것이었으며, 근래 이르러 거의 사라진 속설이었다.

그런데 갑돌이는 그걸 어디서 전해 들었을까? 모두가 그 점을 이상하게 여겼다. 갑돌이의 나이로는 그런 말이 전해 내려온 것조차 모를 어린아이였기 때문이다.

그 때는 어머니를 살리겠다는 일념으로 손가락을 잘랐지만 그 잘린 손가락을 사람들에게 보인다는 것은 어린 마음에 부끄러웠을 것이다.

갑돌이는 뼛속까지 파고드는 아픔에 부끄러움이 더했기에 혼자 몸 부림치며 울었던 것이다.

만일 어머니 혼자 누워있는 상황이었다면 갑돌이는 잘린 손가락을 고열로 진땀을 흘리는 어머니의 입에 쑤셔 넣고 어머니가 소생할 때까지 온 몸에 피가 다 빠져나가도록 먹게 하였을 것이다.

사람들은 그 소문을 듣고 얼굴을 수그리며 눈시울을 붉혔다.

갑돌이는 손가락 끝에서 떨어지는 피를 어머니에게 먹이지는 못했으나 자신의 손가락을 자르기까지 어머니의 회복을 기원했다.

갑돌의 그런 마음이 통했는지 마을 사람들은 진보된 현대의학보다 이런 미신과도 같은 속설을 더 믿었고 믿고 싶어 했다.

보기 드문 '단지사건'은 갑돌이 사진과 함께 대대적으로 신문에까지 보도되었다.

평판이 자자해짐에 따라 마을사람들이 갑돌이를 대하는 태도가 변했다.

모두가 제멋대로 갑돌이를 마을의 보물처럼 떠받드는 것이었다. 그 마음속에 경의를 담고 있었는지는 모르지만, 그것은건 순진한 소년을 대하는 도리는 아니라는 생각이 들었다. 왜냐하면 어른들의 그러한 태도의 파장이 아이들에게까지 미치게 되었기 때문이다.

마침내 친구들이 갑돌이를 경원시하기 시작하여, 누구 하나 갑돌이와 노는 아이가 없었다. 그 때문에 소외당한 듯한 외로움에 갑돌이는 예전의 밝은 성격을 완전히 잃어버리고 우울하고 비뚤어진 아이로 변해갔다.

어머니가 자리에서 일어난 후에도 갑돌이는 좀처럼 바깥에 나오지 않았다. 우리 집에도 오지 않았다.

나와 아내는 안타까운 심정으로 지켜보고 있을 뿐이었다.

마른 호박 넝쿨들을 뽑아내야 할 즈음이었다. 깔끔하게 갈아놓은 밭을 지나오는 바람이 여지없이 분뇨냄새를 실어왔다.

"문 좀 닫아 주지 않겠소?"

그렇게 말하고 나서 글 쓰던 손을 멈추고 돌아보니, 아내는 뭔가 계산에 열중하고 있었다. 벌써 밤이 꽤 깊어져 있었다.

나는 말없이 의자에서 일어나 장지문을 닫고 아내의 책상 옆으로 다가갔다.

“뭘 하고 있소?”

“예?”

아내는 당황한 듯 웃는 얼굴로 돌아보았다. 연필 끝으로 머리를 툭툭 두드리면서,

“큰일 났네요.”

라 말하며, 책상위에 펼쳐 있는 책자와 종이를 내 앞으로 밀었다. 「방공 호 만드는 법」이라는 책자와 자잘한 숫자가 적힌 종이였다.

“이게 뭐요? 방공호? 아직 견적이 나오지 않았소?”

“겨우 목재비용 만이에요. 적게 잡아도 한집에 3원 정도는 거둬야 할 것 같은데, 이 부근에서 3원씩이나 낼 집이 거의 없잖아요. 그 이하로 는 도저히 안 되겠어요. 그래서 큰일이라는 거예요.”

“장소는 어디로 할 거요?”

“학교 운동장에 만들 예정이에요.”

“학교 운동장이라니? 인문학원 말이오?”

“달리 적당한 장소가 없잖아요.”

“학교 운동장에 방공호까지 판다는 거요?”

아내는 대답하지 않았다. 나는 잠시 아내의 얼굴을 물끄러미 바라보 고 있다가,

“당신, 방공호보다 더 중요한 걸 잊고 있는 거 아니오?”

한 마디 한 마디에 힘을 주어 말했다. 아내는 역시 대답하지 않았다.

“방공호 정도는 150원만 있으면, 서른 명 이상을 수용할 수 있는 것 으로 만들 수 있어요. 그건 기부를 받으면 될 일 아니오? 갑돌이 같은 아이들에게 3원씩이나 부담시키는 것 보다는 그 편이 훨씬 빠르고 쉬

울 거요. 무엇보다도 당신은 먼저 인문학원을 충실하게 하자고 했던 사
람이 아니오?"

" …… "

"당신이 먼저 그 말을 꺼냈다고 생각하는데, 요즘 당신은 오히려 까
맣게 잊고 있는 것 같아. 워낙 바빠서 그렇겠지만…… 언젠가 이야기한
학교 일은 좀 알아봤소?"

"아뇨. 미안해요. 까맣게 잊고 있었어요."

"한심하군. 당신 그래가지고 뭘 어떻게 하겠다는 거요? 당신이 대
단히 모범적인 애국반 반장이라는 건 나도 인정해요. 그렇지만 지금
우리는 어느 한쪽으로만 치우쳐서는 안 돼요. 적도 적이지만 우리들
일에도 앞뒤는 있어요. 아니 옆도 있지요. 셀 수 없이 많으니까 말이
오 ……"

그렇게 말하고 나는 하하하 웃기 시작했다.

"이제 설교는 그만 할게요. 그보다도 내가 도와줄 테니까 학교를 어
떻게 재정비 해 보는 게 어떻소?"

"하겠어요. 할게요."

아내는 비로소 명쾌하게 대답했다. 나는 벌떡 일어나 상의 주머니에
서 명함을 한 장 꺼내어 아내 앞에 내놓았다.

"인문학원 경영자 앞으로 구의회(町內会)에서 써 준 소개장이오. 한번
만나서 이야기 해 봐요."

"어머! …… 경영자가 동네 사람이 아니었네요."

"으응, 금년 봄에 원남동으로 이사를 갔다네요. 이해심이 넓은 어르
신이라니까 한번 담판을 지어 보는 것도 괜찮을 거요. 학교 선생님들에

게는 내가 말해 두었으니까 걱정할 것 없고……"

"정말 놀랍군요. 벌써 손을 다 써 놓고. 호호호 얄미운 사람 같으니. 그래 놓구선 잠자코 있기만 하고…… 지독해요."

아내는 원망하는 듯한 눈빛으로, 그러나 기쁨을 감추지 못하고 나를 쏘아보았다. 나는 적잖이 우쭐해졌다.

"서로 돕지 않으면 안 되는 시국이니까, 반드시 잘 될 거라 생각해요. 우리 마을 사람들이 방공호를 위해 150원을 기부하는 건 어려워도, 그 사람이라면 가볍게 15,000원 정도도 낼 수 있을거요. 그러면 모두에게 잘 된 일이지요. 무엇보다 갑돌이에게 좋을 거야. 갑돌이를 처음처럼 명랑한 아이로 돌아가게 하기 위해서는, 좋은 학교 좋은 선생님 좋은 친구들이 필요해요. 그 아이를 위해서라도 당신은 이 일을 성공시키지 않으면 안 돼요. 그 아이가 손가락을 잘랐을 때 ……"

"말하지 말아요. 그건 ……"

아내는 당황하여 내 입을 막고 얼굴을 돌렸다. 아내의 눈에 눈물이 맺혀있었다.

추기 : 이제 우물 펌프가 망가진 것 정도로 아내는 끄덕도 하지 않을 것이다. 담장 아래 구석에서 귀뚜라미가 울고 있다.

제2장

못다 이룬 꿈 · 해변

〔見果てぬ夢 · 濱〕

- 1939년 5월 『女性』에 「못다핀 꽃」 발표(한글)
- 1940년 1월 『朝鮮畵報』에 「見果てぬ夢」로 개작 발표(일본어)
- 1944년 12월 창작집 『淸凉里界隈』에 「濱」로 개작 발표(일본어)

「見果てぬ夢」와 「濱」는 「못다핀 꽃」과 같은 내용의 단편소설이나, 일본어
소설로 개작되는 과정에서 주인공의 이름과 소설 제목이 2차례나 바뀐다.
본문은 1944년 12월 창작집 『淸凉里界隈』에 수록된 「濱」이다.

1

굽 높은 구두는 여지없이 녹기 시작한 모래 속으로 복사뼈 까지 푹 푹 빠졌고, 겨우겨우 빼내려고 할 때마다 점점 숨이 차올라, 유리에는 마치 그물조리(アミ―ジョリ)처럼 안달하면서 모래 속으로 구두를 벗어 던 졌다.

그리고는 크게 너울거리는 바닷가 물속에 반신을 담그고 있다가 험 상궂은 바위 쪽으로 달음질쳤다.

"도망치는 건…… 도망칠 것 까진 없잖아"

스스로 마음속으로 다그치는데도 여전히 발은 멈춰지지 않았다. 유리에의 몸은 바람을 가르고 벌써 구멍투성이인 바위 그늘로 가고 있었다.

비바람을 맞아 하얗게 변색되어 손으로 쥐기만 해도 부슬부슬 부서 질 것만 같은 조개무덤 위로 유리에는 숨을 몰아쉬며 올라가서 잠시 죽 은 듯이 엎어져 얼굴을 들 수조차 없었다.

그러나 겨우 마음을 고쳐먹은 유리에는 이만한 일에 겁먹고 도망치 는, 마치 어린아이와도 같은 자신의 행동을 돌아보았다. 그렇게 숨바꼭 질 하듯이 바위틈에 숨어있다 해서 뒤를 쫓아오던 사람이 단념할 턱이 없 을 것 같아, 순간 우스꽝스러울 만치 바보스러움을 깨닫고는 다시 한 번

'도망치지 않은 건 잘했어.'

라고 스스로에게 이야기하면서 한바탕 웃고 갈 작정이었지만 다음 순

간 점점 세찬 바닷바람을 정면으로 받고 보니 역시 바람 사이로 쫓아오는 발소리와 "유-레이(幽靈), 유-레이(幽靈)!"하고 자신의 별명을 연거푸 부르는 소리가 들려오는 것 같아서 유리에는 목을 움츠리고 크게 숨을 삼켰다.

"유-레이(ユウレイ) 유-레이(ゆうれい)! 유령(幽靈)!"

요동치던 가슴이 진정될 즈음 유리에는 소매 속에서 인견 손수건을 꺼내 이마의 땀을 닦으면서, 그것에 이끌린 듯 자신도 그렇게 중얼거리고 나서 바다를 향해 살짝 웃어보았다.

'유-레이, 유리에(百合江) 보다 훨씬 어울리는데!'

그런 독백을 바람에 날려버린 뒤 작은 적막함이 밀려올 때, 유리에는 다시 한 번 가슴이 고동쳤다.

유령이라는 별명을 붙여준 성호(聖浩)가 뒤쫓아 오고 있는 것 같아 조심조심 바위 그늘에서 머리를 내밀어 보았다.

바람이 심하게 으르렁거렸다. 그 뿐 이었다.

저 멀리엔 헤아릴 수 없이 많은 둥근 바위가 서로 포개져 있었고, 눈 녹아 흐르는 작은 개울, 낮은 언덕엔 생선 말리려고 넓게 펴놓은 자리, 그리고 바다를 따라서 좁고 길다랗게 펼쳐진 모래사장이 있을 뿐이었다.

움푹 패인 작은 모래산 아래 유리에가 벗어놓은 구두가 모래사장에서 길을 헤매는 두 마리의 낙타처럼 슬픈 듯이 고독한 모습으로 뒤집혀 나뒹굴고 있었다.

유리에는 '휴우—' 한숨을 내쉬고 가벼운 안도감을 느꼈다. 그러자 바로 뒤이어 작은 고독이 가슴 한 구석에서 고물고물 피어오르기 시작하였다.

'정확히 두 번이야, 유-레이! 유-레이! 라 불렀어. 아니야, 내 귀가 잘 못된 건 아니야. 틀림없는 성호 목소리였어.'

바람이 다시 한 번 으르렁거렸다. 유리에는 문득 봄답지 않은 황량한 해변의 풍경에 살며시 공포감을 느꼈다.

'성호가 쫓아왔다고 해서 두려울 건 없어. 바보로구나, 나란 사람 은……'

애써 그렇게 생각하고 입술을 일부러 삐죽거려도 보았지만, 웃기기 는커녕 솔직히 자백한다면 지금 유리에의 심정으론 그 사람 성호라도 상관없었다.

누군가 눈앞에 나타나주기라도 했으면 하고 바랬다. 식전 아침부터 술이 덜 깬 채 으스스 추운 해변을 혼자서 어슬렁거리는 자신에게 화가 났다.

도저히 종잡을 수 없는 복잡한 심정이 가슴가득 뒤엉켜 속절없이 울 고만 싶었다.

2

속절없이 울고만 싶었던 것도 유리에에게 있어 무리는 아니었다.

세상의 더러움을 모르는 성호는 유리에가 괴로워 할 만큼, 그만큼 유 리에를 사랑하고 있었다.

어린 아이가 어머니 품을 찾는 것처럼, 그러한 성호의 외골수적인 순정이었다. 유리에의 말 한마디로 도둑질은 물론 살인죄까지도 감내할 헌신적인 성호였다.

그러나 새해 들어 스물다섯, 속고 속이고…… 남자를 겪을 만큼 겪었던 유리에는 체념하는 데는 이미 익숙해진 터라, 그 지방에서는 다섯 손가락 안에 드는 명문가의 외아들인 성호의 그런 열정을 귀엽다 여기며 비웃어 넘겼다. 그리고 지금까지 냉담하게 물리쳐 왔으며 앞으로도 그럴 작정이었다.

"정어리 시기가 지나면, 나 장전(長箭) 따위엔 안 있어요."

성호의 어리광이 성가시기까지 하였던 유리에는 이런 말로 그를 단념시키려했다.

실상 정어리 철이 지나면 유리에처럼 정처 없이 떠돌아다니는 술집 여급에게는 아무런 보잘것없는 항구 '장전'이었기에 정말로 이곳을 떠날 작정이었다. 그런데 어느 샌가 꿈결같이 정어리 철이 지나가버렸고, 이후로도 마땅히 갈 곳이 없어 꾸물거리는 사이에, 불과 3개월 동안이었지만 이 곳 장전에 애정을 느끼고 어물어물 청어 잡이 철을 맞게 되었다.

"정말로 경성에 가는 겁니까?"

"예, 정말로 갈 거예요. 경성이 될지 어디가 될지, 내 알 바 아니지만 서두"

그리고는 유리에에겐 희망도 후회도 없는 그럭저럭한 나날이 계속되었다.

유리에의 이런 머뭇거림을 성호는 나름 기쁜 대답이라도 얻은 것인지, 하룻밤이 멀다하고 유리에가 묵고 있는 숙소 '장전장'에 드나들면서 물 쓰듯 마구 돈을 쓰기도하고 비싼 반지나 옷을 사주기도 하였다.

성호로서는 그런 것들로 유리에의 마음을 잡고 싶다는 초조함도 있었겠지만, 좋은 일도 거듭되면 싫증이 나는 법인데 하물며 오뉴월 파리처럼 귀찮고 성가시게스리 매일같이 손을 바꾸고 물건을 바꾸어 짓누르듯 다가오는 성호의 행동에 유리에는 이윽고 마음의 결정을 하지 않을 수 없었다.

골똘히 생각한 끝에 마침내 청어가 잡히기 시작하여 갑자기 활기를 띠게 된 장전을 버리고, 오늘밤 야행으로 몰래 이곳을 떠날 결심을 하였다.

고기잡이철이 되면 매일 밤 철야가 계속되다시피 하였다. 이럴 때면 유리에는 거칠고 시커먼 뱃사람들에게 몹시 시달리게 되고, 인사불성이 될 정도로 억지 술을 마시기도 한다.

그러나 그런 일 정도는 능숙한 방법으로 구슬리고 헤쳐 나갈 수 있지만, 순수한 애정을 방패삼아 다가온 성호의 경우는 뱃사람 다루듯 하기엔 몹시 어렵고 난처했다.

뿐만 아니라 이미 한물 가버린 쓸모없는 자신을 그렇게 까지 사랑하는 성호의 순정을 생각하면, 자신의 한심스런 행동이 참을 수가 없었고, 때로는 불쌍한 생각마저 들었다.

'이 더러운 몸뚱이가 그렇게도 욕심 나냐?'
며 괴로워 몸부림치다가도 그냥 내던져버리고는 실컷 울고 싶기까지 하였다.

그런 애정의 늪에 한번 빠져들면 가라앉을 때 까지 빠져드는 법인데, 그럴 때마다 그런 부류의 사랑의 종말까지 빤히 들여다보고 있는 유리에로서는 당황스러워 마음을 곤추세웠지만, 성호의 애정만큼은 어찌 해볼 수 없었다. 자신의 패배를 인정하고 혀를 차면서 깨끗이 항복하고 만 것이다.

3

자신의 패배라며 혀까지 차면서 깨끗이 항복했던 그 일이 바람을 맞으면서 홀로 해변을 거닐고 점점 있는 유리에 에게는 오히려 빛나는 승리처럼 생각되어 마음이 맑아졌다.

성호의 구애를 거절한 것이나 이렇게 황급히 장전을 떠날 수밖에 없는 것도 모두 성호를 위한 것이라서 유리에로서는 사심 따위는 조금도 없었다.

그걸 생각하면 그 빛나는 승리라는 것은 동시에 영락없는 쓸쓸한 승리이기도 했다.

'쓸쓸해 하는 것을 보니, 정작 그 사람이 싫지는 않은 모양이구나.'

유리에는 문득 그런 생각을 하고 당황스러워 애써 지우려고 하였지만, 지금 스스로의 행동이 모두 성호를 위해서라는 것을 생각하니 전적으로 그것을 부정 할 수도 없었다.

설사 그것이 진심이었다면 당연히 성호의 순정에 대한 그 만큼의 보답을 해야 했고, 또 그렇게 하는 것이 진심으로 성호를 위하는 것이라며 유리에는 스스로에게 명료하게 대답했다.

그것만이 일생에 가장 아름다운 행동이 될 것 같다며 스스로 크게 만족감을 느꼈다.

하늘을 뒤덮고 있던 구름 덩어리가 빠른 속도로 멀어져 가고, 바다 저편에서 태양이 일직선으로 헤엄쳐 건너와서 유리에의 눈을 정면으로 쏘았다.

바람이 세차게 몰아쳐 유리에가 앉아 있는 바위마저 날려버릴 정도 였지만 이상하리만치 바다는 잠잠했다.

항구 출구를 장악하고 있는 형제섬 뒤쪽엔 청어잡이 배가 들락날락 꼬리를 물었고, 뿌웅— 뿌웅— 증기 뿜어내는 기분 좋은 소리는 아침 하늘에 상쾌하게 울려 퍼졌다.

유리에는 담배연기를 가슴 가득 빨아들이고는 동해 한복판을 향해 힘 있게 토해 내었다.

그 엷은 보랏빛 담배연기사이로 해안 일대에 빈틈없이 드리워진 사 각그물을 —그것은 멀리 건너편 영진(靈津)으로까지 계속되어있어 인간 의 잔인함을 그대로 드러내는 듯한 광경이었다— 무심히 바라보던 유 리에는 갑자기 일어서더니 바위 뒤쪽에서 뛰쳐나와 벗어둔 구두를 다 시 주워 한손에 든 채 바위를 타고 등대 쪽으로 달려갔다.

형제섬 부근 먼 바다(外海)와 맞닿은 이 일대는 해금강에 비할만한 절 경으로, 어촌 장전으로서는 과분한 것 중 하나였다.

처음 장전항에 내렸을 때 유리에는 곧바로 이 해변의 기이한 바위형 태와 치솟은 절벽, 해초가 번성하여 깊은 못처럼 시커멓게 보이는 바닷 물에 매혹되었다. 그 때문에 장전에 까지 흘러들어왔던 것을 후회하지 는 않았다.

그런데 장전을 떠나려고 결심한 지금, 그때의 기억이 뚜렷이 되살아났다.

유리에는 잠자리에서 일어나자마자 세수도 하지 않고 이 해변으로 뛰쳐나왔고, 말없는 바위와 바다에게 이별을 고하고 있었던 것이다.

'장전에서의 추억은 이 바위와 바다만이……'

이런 결심이었는데, 유리에로선 당황스러우리만치 마음속으로부터 격하게 올라오는 뭔가 알 수 없는 소리가 있었다.

'정말 그것뿐이야? 또 있잖아.'

유리에는 세차게 머리를 흔들었다.

"성호씨!"

입 안에서 작은 소리로 불러보고는 어린아이처럼 얼굴을 붉혔다. 그러고 나서 그렇게 얼굴까지 빨개진 자신이 문득 사랑스러웠다.

유리에는 화끈해진 뺨을 양손으로 감싸고, 몹시 거친 그 촉감을 찬찬히 애무했다.

4

유리에는 달아오른 뺨을 양손으로 감싸고, 그 거친 촉감을 찬찬히 애무하면서 오랫동안 말없이 고개를 숙이고 있었다.

마주앉아서 묵묵히 잔을 기울이던 성호의 눈에는 희미하게 눈물이 고여 빛났고, 유리에의 핏기 없는 얼굴은 불타는 결의가 엿보였다. 유리에는 오늘밤이야말로 이 번민에서 벗어나야겠다는 결심을 하고 크게 한숨을 내쉰 후 겨우 고개를 들었다.

"나도 마실게요."

하고는 자작으로 두 잔, 세 잔씩이나 계속 마셔댔다.

그리고 의아해 하는 성호의 얼굴을 똑바로 보고

"미안해요, 지금까지 숨겼었는데…… 나에겐 아이가 있어요."

그렇게 말을 꺼내놓고 보니 유리에의 입에서는 스스로도 예상치 못할 만큼 그럴싸한 거짓말이 줄줄이 나오기 시작하여, 종국에는 그녀 자신마저 그 진의에 속을 정도였다.

유리에는 제 입으로 말한 가엾은 한 여자의 이야기에 자기 스스로가 도취되어 뭔가 생각난 듯 말을 멈추고 술잔을 입에 대었다. 그리고는 고독하게 살아가는 이야기, 옥중에 있는 남편 이야기, 양자로 준 아이 이야기, 그리고 지금 자신에게는 남편의 출소와 아이의 성장만이 기쁨이라는 등의 이야기와, 당신 마음이 눈물이 날 만큼 기쁘고 고맙다는 등등의 허튼소리를 계속 지껄여댔다.

그러는 가운데 유리에는 정말 스스로가 그런 비극의 주인공이란 착각까지 들어 몸까지 부르르 떨더니 한동안 어깨를 쑤석거리면서 울기까지 했다.

"유리에씨!"

입버릇처럼 "유-레이(幽靈)!"라 하던 성호는 다시금 눈물고인 눈에 존경심을 가득 담아 "유리에씨!" 하고 본명을 부르더니, 조용히 잔을 들어 올린 유리에의 손을 가로막고 힘없이 고개 떨어뜨렸다.

그 상태로 사죄할 생각이었는지 '모든 게 내 잘못이다'며 구구하게 같은 말을 되풀이 했다.

돌아갈 즈음 성호는 유리에의 손에 작은 종이쪽지를 쥐어주고는 몇 번이나 뒤돌아보더니 어둠속으로 사라졌다.

「언제까지라도 기다리겠습니다. 힘든 일이 있으면 생각하세요.」라 쓰여 있는 쪽지였다.

유리에는 그것을 소중이 양말 속에 넣어 보관하였다. 그리고 나서 밤 새도록 거의 한잠도 자지 못하고 알 수 없는 적막감과 싸우다가 끝내는 유리에 답지 않게 엉엉 소리 내어 울었다.

'내가 여기를 떠나면 되는 거야. 지금 당장이라도……'

스스로 이곳을 떠나려고 마음을 정했을 즈음, 동쪽 하늘은 이미 하얗 게 —그로부터 채 2시간도 지나지 않았다— 변해 가고 있었다.

'오늘 중으로 장전을 떠나지 않으면 안 된다. 그래야만 어젯밤의 슬 픈 내 신상이야기는 꾸민 이야기가 아니라 점점 진실성을 띠고 성호의 머릿속에 언제까지라도 아름다운 인상을 심어 줄 수 있을 거야'

혼자 몸이라 홀가분한 것이 오히려 다행이라 생각하고 유리에는 다 시 한 번 세차게 도리질을 한 후, 숨을 크게 들이마셔 보았다.

"이것으로 지옥행은 면할 것 같은데? 후후훗……"

이런 생활이, 이런 환경이 언제까지 지속될는지는 모르지만, 언제 이 곳을 떠나게 될는지는 모르지만, 이미 진작부터 각오하고 있었던 유리 에로서는 더 이상의 고민은 없었다.

일단 마음먹은 만큼 어언 1년 만에 경성으로 돌아가는 것 자체가 즐 거웠다.

'그래, 그렇다. 이 해변을 한 바퀴 돌고 나서 바로 짐을 싸기로 하자.' 며 스스로 수긍하면서 웃고는 다시 힘을 내어 눈앞에 우뚝 솟아 있는 벼랑을 기어 올라가기 시작했다.

벼랑 중턱에 이르러 잠시 선 후, 아무런 맥락도 없이 문득 '못다 이룬 꿈(見果てぬ夢)'이라는 말을 생각해냈다. 그리고 그 말을 계속 중얼거리면서 발밑의 물가 둔치를 내려다보았다.

바로 그 때, 잠을 설친 탓인지 공복 탓인지 심한 현기증을 느끼는 순간 발을 헛디뎌 나무뿌리에 매달리고 말았다. 그렇게 매달려 있는 사이에 벼랑이 쿨렁쿨렁 무너지기 시작하는 것만 같았다. 일순간 순식간에 자신의 몸뚱이가 바닷물 속으로 빨려 들어가 버릴 것만 같았다.

더 이상은 기어 올라갈 수도 없었다. 유리에는 안색이 완전히 창백해질 정도로 온 힘을 다해 얼굴을 숙이고 바위 위로 기어 올라갔다. 그렇게 얼굴을 숙이고 기어가는 중에 이번엔 그런 자기의 우스운 꼴이 되살아와서,

"너란 여자, 정말로 이상한 사람이야. 호호호……"

갑자기 참을 수 없을 만치 우스꽝스럽단 생각이 치밀어 올랐다. 유리에는 입을 한껏 크게 벌리고 눈물이 날 정도로 계속 웃었다.

정인택의
일본어 소설
일본어 소설 완역

제3장

껍질
【殼】

- 1942년 1월 『綠旗』에 「殼」 발표(일본어)
- 1944년 12월 창작집 『淸凉里界隈』에 수록 재발표(일본어)

본문은 1944년 12월 창작집 『淸凉里界隈』에 수록된 내용이다.

1

「연세가 연세인지라 아버지가 이번엔 정말 돌아가실지도 몰라요. 잠깐이라도 좋아요. 부탁이니 제발 한번 다녀가세요.」라는 같은 문구의 편지가 동생한테서 두 번째 날아왔을 때도 학주(鶴住)는 놀라지도 당황하지도 않았다.

경성에서 1시간이면 갈 수 있는 고향에 2년이 넘도록 가지 않고 있었다. 나를 불러들이기 위한 구실이다.

'누가 그런 수에 속아 넘어간담?'

학주는 그렇게 씩씩거리며 연필에 침을 묻혀가며 1시간도 넘게 고생하며 썼을 동생의 편지를 여지없이 버려버렸다.

그러나 다음날 아침 '아버지 위독'이라는 내용의 전보가 2시간 간격으로 두 통씩이나 날아왔을 땐 설사 그것이 거짓말이라고 해도 한 번은 믿어보는 것이 자식 된 도리라는 생각이 들기 시작했다. 갑자기 흉통을 느끼고 당장이라도 숨을 거두려 하는 아버지의 얼굴이 눈앞에 떠올라 학주는 황급히 장롱 구석에 처박아 두었던 트렁크를 꺼냈다.

그 때 문득 인기척이 나서 돌아보니, 이내 시즈에(靜江)가 젖은 손을 닦지도 않고 멍하니 방 한 구석에 서 있었다.

학주는 까닭 없이 자신의 행동에 말로 다할 수 없는 무안함을 느끼며,

"당신도……"

라고 말을 건넸지만, 아무래도 아내의 눈빛이 자신을 질책하는 것만 같아 무심결에 시선을 떨어뜨렸다. 함께 가잔 말을 하지 못한 것에 대한 안타깝고 허전한 마음이었다.

"당신도…… 같이 가야하긴 하지만……"

겨우 그렇게 말하고 나서 새삼스럽게 아버지에 대한 가벼운 분노를 느꼈다. 불쌍한 여자다. 학주는 아내를 똑바로 볼 수 없을 정도의 수치심마저 느꼈다.

"그렇지만……"

시즈에는 주저하는 듯한 투로 입을 열었다.

"그렇지만 임종을 지키지 않고서는 제가 견딜 수 없어요. 부탁이니까 제발 …… "

" …… "

학주는 말없이 트렁크의 먼지를 털고 그것을 방구석으로 내동댕이쳤다. 그리고는 필사적으로 참고 있는 아내의 얼굴을 따뜻한 눈으로 바라보며 조용히 어깨를 감쌌다.

"당신이 오는 것 아버지가 기뻐하지 않을 거야."

" …… "

이번에는 시즈에가 말을 잃고 고개를 숙였다. 어깨가 가늘게 떨리는 것은 온힘을 다하여 눈물을 참기 때문일 거라는 생각이 들었다. 학주는 아내의 어깨를 잡은 손에 힘을 주어 흔들었다.

"워낙 완고하셔서…… 오랜 병으로 마음도 약해지셨겠지만— 숨을 거둘 때까진 우리사이를 인정하지 않을 거야. 아버지가 살아계신 동안은 당신을 며느리로 받아들이지 않을 것 같아 ……"

"그래도…… 저도 따라가게 해 주세요. 아버님은 아버님이고 저는 저예요. 또다시 쫓겨난다 해도 마땅히 가는 것이…… 정말이에요 부탁이니 저도 데려가 주세요."

눈물에 젖은 그 애절한 얼굴이 너무도 애처롭고 안쓰러워 학주는 하마터면 고개를 끄덕일 뻔 했다.

그러나 아무리 생각해도 임종을 코앞에 둔 아버지 앞에 시즈에를 데려갈 수는 없다는 생각이 왠지 거부할 수없는 철칙처럼 느껴져,

"당신 기분도 모르는바 아니지만…… 당신이 가는 것은 아무래도 소용없을 것 같아. 아버지 뜻을 거역하면서까지…… 그게 효도라고는 할 수 없을 거니까…… 상황을 봐서 당신이 와도 좋을 것 같으면 그 때 내가 전보를 칠 테니까……"

"혹시 모르니까 준비는 하고 있어, 정말인지 아닌지 모르니까 우선은 나 혼자 갈게."

겨우 그렇게 시즈에를 달래놓고 기차 시간에 늦는다는 구실로 학주는 허겁지겁 집을 나오긴 했지만 풀죽은 아내의 모습이 언제까지나 눈에 아른거려 눈시울이 뜨거워졌다.

2

아버지는 왜 시즈에의 인간적인 면을 보려고 하지 않을까?

한 달 정도만 옆에 두고 보시면 '과연 학주 녀석 눈이 높긴 하구나 조선에서 제일가는 며느리다.' 라며 아버지도 자랑스러워하실 텐데……

학주는 기차에 타고나서도 그 점을 안타까워했다.

그걸 생각하면 생각할수록 시즈에가 불쌍해서 가슴이 미어졌다. 그러다가 문득 학주는 잠시 잊고 있던 것에 생각이 미치자 하마터면 비명을 지를 뻔했다.

결국 아버지한테 말려들었다는 생각이 들어 무심결에 좌석에서 일어나 반항이라도 할 듯한 몸짓을 했다.

그러나 곧 바로 그런 자신이 한심해졌다.

'아버지도 벌써 예순을 넘기고도 둘, 셋이다. 최근 눈에 띄게 쇠약해져서 언제 쓰러질지 가늠하기 어렵다. 아무리 달인이라고 해도 여생이 뻔한 것인데……'

나중 생각이 이겼는지 불쌍한 아내의 모습 대신 늙은 아버지의 손발이, 얼굴이 눈에 아른거렸다.

'아아 난 정말 불효자로구나.'

속은 거라면 속은 대로 괜찮지 않은가? 이번 기회에 오랜만에 고향에 내려가는 것도 나쁘진 않겠지.

스스로 자신을 채찍질도 해 보고, 독려해보기도 하면서 멍하니 바깥 풍경을 바라보고 있자니, 어느 틈에 또다시 남겨두고 온 집안일과 시즈에의 일이 떠올랐다. 마음이 여려 언제까지라도 울고 있을 것만 같은 시즈에의 뾰족한 턱과 길다란 눈을 떠올리는 것이었다.

태생도 모르는 여자라는 이유만으로 남편이라 믿고 의지하는 사람의 가문에 받아들여지지 않는다는 사실은, 여자에게 너무 가혹하고 슬프고 납득되지 않는 일이었다.

그래도 시즈에는 그 슬픔을 혼자 가슴에 묻고 원망하지 않았다. 원망은커녕 오히려 신분이 낮은 자신에게는 과분하다면서 학주에게 온갖 애정을 쏟으며 묵묵히 이를 악물고 참아내었다.

그런 인고의 세월도 어언 3년이 넘었다.

학주가 시즈에를 사귀게 된 때부터 치자면 4년 가까이나 된다. 그러나 완고하기만 한 아버지는 그 4년간에 걸쳐 양반집 가문을 더럽혔다며, 어리석게도 그 하나만을 구실삼아 시즈에를 집안에 들이려 하지도 않았다.

2년 전 봄, 학주 부부는 갓 태어난 아들을 안고 의기양양하게 지금 학주가 타고 있는 이 기차를 탔다.

'아무 죄도 없는 손자 얼굴을 보면 완강한 아버지 마음도 풀어지지 않을 수 없겠지.'

그것은 학주의 바램이었다기보다는 한시라도 빨리 남편 가문의 일원이 되고 싶어 하는 시즈에의 소원이기도 했다.

그러나 아버지의 태도는 1년 전 그들이 결혼을 허락해 달라고 함께 찾아왔을 때와 조금도 달라지지 않았다.

아버지는 뒷짐 진 채 마당으로 내려와서,

"조선인과 내지인(內地人, 일본인)은 풍속도 습관도 다르고, 게다가 문벌도 천한데다 조상도 모르는 일본여자와는 동석할 수도 없고, 집안에 들일 수도 없다. 가문의 수치다."

라며, 문지방도 넘지 못하게 했다.

학주가 소리를 지르기도 하고, 눈물을 흘리며 애원을 해도 아버지는 시즈에를 보려고 하지도 않았다. 학주가 집에서 뛰쳐나와 보니, 시즈에는 아이를 품에 꼭 안은 채, 구르듯 비탈길을 지나 강 쪽으로 달려가고 있었다.

순간 학주의 머릿속에는 시즈에가 그대로 새파란 R강 속으로 뛰어들 것만 같은 불길한 생각이 번뜩였다.

학주는 목청껏 소리 높여,

"시즈에, 시즈에"

라 부르며 뒤를 쫓아갔다.

시골에 다녀온 그 날부터 아프기 시작한 아이의 병세가 폐렴으로 진행되더니 얼마 되지 않아 허망하게 죽어버렸다.

학주 부부는 거듭되는 불행한 운명을 한탄조차 못하고 1년 이상을 그저 멍하니 지냈다.

아버지와도, 고향과도 모두 인연을 끊어버렸다. 물론 고향에서도 엽서 한 장 오지 않았다.

학주도 일부러 소식 한 번 전하지 않았다. 그러나 마음속으로는 아버지로부터 결혼을 허락한다는 편지가 날아오기를 시즈에와 함께 매일같이 기다렸고, 반드시 그런 소식이 오리라고 믿었다.

그런데 2년째가 되는 지금에야, 그들에게 날아온 편지는 아버지의 위독함을 알리는 동생의 서툰 글이었고 그 다음 것도 마찬가지였다. 그리고 나서 또 전보가 날아왔던 것이다.

3

기차가 R강 철교를 건너갈 무렵 짧은 겨울 해는 벌써 저물어가고 있었다.

멀리 차창 너머로 자신을 태어나게 하고 십 수 년 동안 자라게 해 준 고향의 조그만 마을이 산기슭에 아담하게 보이기 시작했다. 마을 입구에 서 있는 느티나무는 을씨년스러운 그림자를 흐르는 R강에 검게 떨어뜨리고 있었고, 그것을 에워싸고 안개 인 듯 피어오르는 하얀 저녁연기가 아름다운 대조를 이루고 있었다.

학주는 흥분할 때의 습관처럼 입을 굳게 다물고, 이 아름답고 고즈넉한 고향마을에 평온한 마음으로 오지 못했던 자신을 책망했다. 그리고는 애써 그런 생각을 떨쳐버리려고 가볍게 머리를 흔들면서 눈을 감았다.

잠시 후 '쿠웅―' 하는 작은 반동이 느껴져 창밖으로 얼굴을 내밀어 보니, 역 구내의 희미한 불빛이 별처럼 깜빡이고 있었다. 2년 만에 찾아온 고향 역이었다.

역 출구에는 몰라볼 정도로 키가 자라버린 동생 용주가 입가에 웃음을 띠며 여기저기 둘러보고 있다가 기차에서 조급히 내리는 학주의 모습을 발견하고 허둥지둥 다가와 꾸벅 인사를 했다. 그리고는 아무 말 없이 트렁크 쪽으로 손을 내밀었다.

"오오― 용주야, 많이 컸구나."

"응."

그간 못 본 사이에 목소리까지 변했다는 생각이 들면서 문득 아버지의 노쇠한 모습까지 그리워졌다.

학주는 들판에서 불어오는 북풍을 정면으로 받고는 갑자기 발을 멈추었다.

"아버지는 좀 어떠시냐?"

그러자 용주는 얼굴을 떨구고 바로 대답하려 하지 않았다.

"용주야, 아버지가 많이 위독하시냐?"

다그치는 형의 말에 용주는 더듬거리며,

"으응? 아아— 그게…… 자 잘 몰라……"

그것 뿐, 더 이상 아무 말도 하지 않고 도망치듯이 앞장서서 걸어 갔다.

학주는 쫓아가려 하지 않고 번개처럼 머리를 스치는 상념 하나를 놓 치지 않고 꼭 붙잡았다.

아뿔싸— 기차 안에서처럼 다시 한 번 비명소리를 내었다.

'감쪽같이 속았구나!'

아버지가 살아계신다는 안도감 보다는 가벼운 분노가 앞섰다. 학주 는 묵묵히 걷기만 할 뿐이었다.

"여기요—"

동생 용주가 갑자기 소리 지르며 뛰기 시작했다. 학주가 눈을 들어보 니 마을 입구 느티나무 아래에 집안 식구들과 마을사람들이 한 덩어리 가 되어 나오고 있었다.

학주는 저절로 눈물을 흘리며 어슴푸레한 어둠 가운데 있는 그 하 얀 덩어리를 물끄러미 바라보다가, 당황스러워 얼굴을 돌려 눈을 문 질렀다.

멀리서부터 모자를 벗고 고개를 숙인 후 차분한 걸음걸이로, 그러나 돌격하는 심정으로 성큼성큼 가족들 앞으로 나아갔다.

응접할 겨를도 없이 인사말을 쏟아 붓는 가족과 친척들과 마을사람

들을 대하고서 학주는 비로소 고향에 돌아왔다는 것을 절절히 실감할
수 있었다.

꾸밈없는 소박한 고향으로 빠져들고 싶어 하는 자신을 오히려 기특
하게 생각하면서, 불과 얼마 전까지 머릿속에 가득했던 불쾌감과 반감
따위는 말끔히 잊고 여유롭게 사람들과 이야기를 나누었다. 그리고 아
버지 방문을 열었다.

덕지덕지 신문지를 붙인 벽 주변만 어슴푸레 밝히고 있는 등불도 눈
에 익숙했고, 흙 냄새나는 온돌에 깔아놓은 장판도 그대로였다.

지독한 잎담배 냄새와 함께 사람들의 훈김이 확 들어왔다. 낮은 천장
에 눌리기라도 한 듯 학주는 문지방 쪽에서 아버지를 향해 양손을 짚고
큰절을 하였다.

4

비록 잠깐이었지만 '이런 비상수단을 써서라도 불러들이는 데에는
무슨 이유가 있겠지'라는 생각보다는, 속았다 당했다 따위의 생각이 앞
서 본의를 의심했던 자신이 마치 큰 죄라도 지은 것만 같아 학주는 얼
굴이 달아올라 고개를 들 수가 없었다.

'그 얼마 되지 않은 사이에 저렇게까지……'

병환 때문이라고는 해도 저토록 늙으시리라고는 생각도 못 했다. 눈
시울이 뜨거워지면서 학주는 '정말 내려오기를 잘했다'는 생각을 했다.

위독한 건 아닐지라도 몸이 아픈 것만은 분명했다. 오랜만에 도회지

에 나간 아들이 돌아왔다며 아버지는 불편한 몸으로 부축까지 받으며 일어나서 맞아주었다.

어두컴컴한 등불 밑에서 학주는 일부러 정면으로 아버지의 얼굴을 보았다. 은빛 나는 백발과 힘줄 투성이에 가느다랗게 떨리는 말라빠진 손, 눈물이 가득한 퀭한 눈, 지도처럼 자잘하게 패인 주름 등등이 모두 자신의 불효 탓인 것만 같아 불현듯,

'어떤 말씀이라도 따르겠습니다.'

는 말이 튀어나올 뻔했다.

일어나서 아들을 맞이해 준 아버지의 얼굴은 화난 기색도 불쾌한 모습도 아니었다.

"잘 왔다…… 무사해서…… 다행이다."

아버지가 힘없는 어조로 그렇게 말하자 학주는 더 이상 참지 못하고 땀 냄새가 물씬 나는 아버지 이불 위로 엎어져 버렸다.

십여 년 전까지만 해도 굴지의 부호였던 일가는 아버지 대에서부터 몰락하기 시작하여 이제는 다른 사람의 땅을 소작하지 않으면 열 식구 먹고 살 방도가 없을 정도가 되었다.

그래서 형은 소작인이 되었고, 학주는 고학으로 겨우겨우 중학교를 마쳤던 것이다.

거듭되는 고통보다도 그나마 가진 것을 잃지 않으려고 엄청 마음고생을 했다. 지금도 그 생각만 하면, 목에서 쓴물이 넘어올 정도였다.

학주도 당연히 고향으로 돌아와서 아버지를 도와야 했지만, 이미 몸에 베어버린 신학문에 대한 매력은 학주를 다시 한 번 고향을 떠나게 하였다…… 그 때부터 아버지의 흰머리가 갑작스럽게 늘어나기 시작했다.

그래도 시즈에와 결혼하기 전까지 학주는 효자였다.

쥐꼬리만 한 월급에서 다달이 5원, 10원을 떼어내는 것은 힘들었지만, 그것이 시골로 보내어지면 몇 배의 가치가 있으리라는 생각에 한 달도 거르지 않고 돈을 보냈다. 그것이 마을에서는 대단한 자랑거리가 되었다.

그런데 집에서 선을 보라고 해도 듣는 시늉도 하지 않던 학주가 의외로 아버지를 거역하고 시즈에를 사귀게 되면서부터 집과는 멀어지게 되었다.

아니 그보다는 자신의 생활에 쫓기다 보니 5원씩이나마 송금하던 것도 끊어지게 되었고, 게다가 아버지의 완고함이 언제부터인지 그들 부자사이를 의절 상태로 몰아간 채 오늘에 이른 것이었다. 학주는 그런 불효를 회고하면서 아버지의 병만큼은 어떻게든 자신의 힘으로 낫게 해드리고 싶었다.

그런 결심을 한 학주는 다음 날 기차로 아버지를 경성으로 모시고 가서 아는 의사에게 보여야겠다는 생각을 하고, 그것을 형에게 말했다.

착하기만 한 형이 반대할 이유가 없었다.

"그게 좋겠다. 그렇게 하면 아버지도 꼭 좋아지실 거야. 내가 못나서 너까지 고생을 시키는구나."

형은 소박한 어조로 이야기를 계속하다가 잠시 입을 다물고 뭔가를 생각하는 듯했다.

"시즈에씨는…… 잘 있냐?"

행여 아버지 방에 들릴까봐 형은 진지한 얼굴로 소리를 죽여 가며 물었다.

5

그 말에 학주는 지금까지 잊고 있던 시즈에를 떠올렸다.

잠자리에 들어서도 불안이 쉽게 가시지 않아 이런저런 생각으로 뒤척이다 보니 어느새 날이 밝아오기 시작하였다.

무엇보다도 시즈에가 있는 집에 아버지가 쉽게 가주실 것인지가 큰 문제였다.

이전에 비해 아버지의 마음도 많이 누그러진 것 같았고, 어제 오늘의 태도로 보아 묵인하는 듯한 낌새도 엿보였지만 아버지 성격상 쉽게 단언할 수 있는 사안은 아니었다.

성격이 그렇기 때문에 섣불리 말을 꺼냈다가 오히려 기분만 상하게 할 수도 있었고, 그렇다고 병든 아버지를 시골에 그대로 두는 것은 더더욱 괴로운 일이었다.

그러나 고민한다고 해서 해결될 문제가 아니었다.

막상 부딪히면 어떻게 되리라는 생각과, 성심성의를 다해 권해보는 것이 우선이라는 생각이 들어, 아침을 먹고 난 후 학주는 아버지 앞에 무릎을 꿇었다.

"제발 경성으로 가시게요 아버지, 부탁입니다."

라며, 애원하듯 말씀드리고는 마치 단죄를 기다리기라도 하는 것처럼 고개를 숙이고 있었다.

머리 위에서 의외로 아버지의 부드러운 목소리가 들려왔다.

"나이가 들면 아들의 뜻에 따라야지. 부탁한다."

학주는 눈앞이 환하게 밝아지는 것만 같았다.

온몸으로 기쁨이 솟구쳤다. 우리들 아니 시즈에의 진심이 통한 것이다. 고맙게도 아버지의 마음이 풀렸다는 생각에 그저 기쁘기만 했다.

"그럼 아버지, 빠르면 빠를수록 좋으니까 오늘 낮 기차시간에 맞추어서……"

"기다려, 기다려라. 네가 그렇게까지 하니 가긴 가겠다만…… 그 대신 내 부탁도 들어줘야 한다."

"예?"

'무슨 부탁일까?'

뭔가 중대한 말이 나올 것만 같아 학주는 마음을 단단히 먹고 띄엄띄엄 이어지는 아버지의 말에 귀를 기울였다.

'대체 무슨 말씀을 하시려는 걸까?'

아버지는 때때로 기침을 섞어가며 우리집안은 훌륭한 집안이라는 것, 너무 기대하면 안 된다는 것 등등을 두서없이 말하다가 갑자기 어조를 바꾸더니,

"너 아직 결혼 안 했잖느냐?"

시치미를 뚝 떼고 학주의 얼굴을 빤히 바라보면서 확신하는 어조로 말하는 것이었다.

"그렇지?"

확인이라도 하듯이 다시 한 번 재차 물었다.

학주는 대답할 수가 없었다.

'이 다음엔 무슨 말을 하려는 것일까? 그것이 아버지의 부탁과 무슨 상관이 있을까?'

도대체 알 수가 없어 학주는 긴장할 뿐이었다.

오랫동안 ―학주에게는 그런 생각이 들었다― 아버지도 쿨럭쿨럭 기침만 할 뿐 말을 꺼내지 않았다.

그리고는 잠시 조용히 입을 다무는가 싶더니 느닷없이,

"X마을의 황씨네 딸을 며느리 삼기로 했다."

마치 판결이라도 내리는 듯 냉정하게 말했다.

아버지는 학주가 항의할 틈도 주지 않고 사람이 바뀐 것처럼 힘이 넘치는 목소리로 말을 계속했다.

"이참에 너를 부른 것은 내 병 때문만은 아니다. 이 혼담이 성립되었기 때문이야. 내 아무리 허약해졌어도 오늘내일 사이로 죽지는 않겠지. 그건 그렇고 내 말을 먼저 들어라. 너도 할 말이 많겠지만 말이다. 네 기분을 전혀 모르는 것은 아니다. 그러나 우리집안이 아무리 몰락했다고 해도 문벌이나 가문은 중요하단 말이다. 황씨네 쪽에서도 네 과거는 묻지 않겠다고 했다. 그래서 내가 날짜까지 잡아두었다. 예식을 치르기 전에는 결코 못 간다. 나도 결단코 움직이지 않을 것이다. 남자가 서른이 되었는데도……"

학주는 귀를 틀어막고 싶었다. 아무리 저항해도 소용이 없다는 걸 알았다.

앞으로의 난관을 어떻게 극복할 것인가…… 그런데 아버지의 이야기는 점점 더 의외의 방향으로 흘러갔다.

"…… 나를 닮아 너도 고집이 세니 너희들을 억지로 갈라놓으려는 생각은 없다. 그래서 나도 포기했다. 그 대신 내 말대로 명목상만이라도 황씨 딸을 받아들여라. 결혼하고 나서, 너 하고 싶은 대로 해라. 경성에서 살고 싶거든 경성에서 살아도 좋다. 황씨 딸은 네 형이 맡기로 했으니. 이제 됐냐? 왜 대답이 없어? 이렇게 말해도 모르겠냐?"

'시즈에를 첩으로 만들라는 것입니까? 황씨네 딸에게는 그런 죄를 저질러도 된다는 말씀입니까?'

학주는 이렇게 소리치고 싶은 것을 꾹 참았다.

분노 때문인지 슬픔 때문인지 학주의 두 눈은 빨갛게 충혈 되어 있었다.

6

"잠시 생각할 시간을 주세요—"

그렇게 말하고 학주는 무거운 마음으로 아버지 방을 나왔다. 그리고 마루에 쪼그리고 앉아 초겨울의 약한 햇볕을 쬐며 잠시 동안 생각을 했다. 끝없는 들판 한 가운데에 서 있는데 해가 저무는 것 같은 암담한 기분이었다.

아버지를 죽일 것인가, 시즈에를 살릴 것인가? 결국 그 문제 —그것만으로도 충분히 중대한 문제였지만— 에 지나지 않았다.

그러나 결코 그 정도로 끝나는 문제가 아니었다. 헤아려보면 그 속에는 깊이를 알 수 없을 만큼 잡다한 암시가, 제시가, 의문이 깔려 있었던 것이다.

그것들은 생각만으로 이치만으로는 아니 어떤 방법으로도 해결할 수 없는 것이었다. 맹목적으로 자신이 믿고 있는 길로만 갈 뿐이었다.

그것이 다행히 해결할 수 있는 길이라면 그 말씀이 옳을 수도 있다. 미리 알았더라면 더한 형태를 취했을지도 모른다. 그러나 그렇다 해도 결국은 마찬가지였을 것이다.

학주는 가벼운 현기증을 참으며 억지로 일어나 재빨리 매무새를 가다듬고 조용히 방을 빠져 나왔다.

유채밭을 둘러보고 있는 형에게로 다가갔다.

"형님!"

그렇게 부르고는 자기도 모르게 눈물이 나는 걸 참으며 머리를 푹 떨구었다.

"형님! 전 불효자입니다. 용서해 주세요. 아버지한테는……"

'아버진 언제까지라도 제 마음을 모를 겁니다. 옛날사람에 고집불통인 아버지에게서 벗어난다는 것은 무리일 겁니다. 아버지가 나쁜 게 아닙니다. 그러나 저도 옳다고 생각합니다. 형님도 아실지 모르겠지만 그렇게 믿고 계셔요. 아버지와 저 사이에는 영원한 거리가 가로막혀 있어요.'

그러나 학주는 그 말을 차마 입 밖으로는 꺼내지 않고,

"아버지를 부탁드려요."

형님의 침통한 얼굴을 보고 싶지도 않았고, 자신의 약한 모습을 보이고 싶지도 않았기에 학주는 간단히 그렇게만 말하고 뒤도 돌아보지 않고 언덕길을 달려 내려갔다.

옆에서 불어대는 바람이 몹시 차가웠다. 학주는 역을 향해 미친 듯이 달려가면서 자신의 발이 집에서부터 한 걸음 한 걸음 멀어짐에 따라 아버지의 여생이 시시각각 줄어들 것만 같았다.

남몰래 눈물을 뚝뚝 떨어뜨리면서,

'나는 아버지를 죽인 대죄인이다. 대죄인이다.'

라며 마음속으로 계속 외쳤다.

"혀~엉"

바람에 날려 끊어질 듯 끊어질 듯 절규하는 소리가 필사적으로 뒤쫓아 오는 것 같아 뒤를 돌아보니 용주가 가방을 흔들며,

"형! 기다려—"

학교 교문에서 공처럼 튀어 나오고 있었다.

두 사람 모두 숨을 헐떡거리며 잠시 동안 말없이 바라보았다.

"형! 벌써 가는 거야?"

용주가 불만스런 투로 물었다.

"응."

덩치는 컸지만 어린아이 같은 몸짓과 말투에 학주도 덩달아 마음이 밝아졌다.

"아버지하고 또 싸웠구나. 그래서 형 도망가는 거요?"

"이제 안 올 거야?"

"응— 그러니까 이 형 몫까지 아버지께 효도해야 한다. 용주야……"

" …… "

"아버지를 잘 모셔야 해."

용주는 잠시 학주의 얼굴을 바라보다가,

"큰일 났네."

하며 고개를 숙이고 중얼거렸다.

"뭐가 큰일이라는 거냐?"

"그러니까…… 나도 아버지하고 싸울 것 같아서……"

"왜 그래? 형은 어른이니까 그렇다지만 넌 아직 어리니까 아버지 말씀을 잘 들어야지."

"그래도 나 경성에 가고 싶단 말이야."

"공부하고 싶어서 그러냐?"

"응, 그것도 그렇고…… 교장선생님으로부터 지원병 이야기를 듣고 내가 결심했어. 나도 지원병이 되어 일본을 위해 싸우고 싶어서"

"……"

학주는 목이 메어 곧바로 대답할 수가 없었다.

'그렇다. 용주도 아버지와 한 번은 싸우지 않으면 안 되겠구나……'

아버지의 딱딱한 껍질에 부딪쳐 튕겨 나갈 녀석이 여기 또 하나 있다니. 그러나 그 껍질을 깨부수기는 어려울 것이다. 아버지는 그 껍질을 등에 진 채로 그 무게에 눌려 무너질 것이다.

대죄인의 분신이 눈앞에 또 한사람 있었다.

아버지가 앞으로 10년 쯤 살아계실 정도의 건강이라면, 아니 5년만 더 사실 수 있다면 아버지는 우리를 설득할 수 있을 지도 모른다.

그러나 절대로 변하지 않을 아버지이기에 아마 학주의 반항으로 급격히 병세가 악화되어 겨울이 오기 전에 돌아가실 지도 모른다…….

이런 생각에 학주는 침울해졌지만,

'아니야 감상은 금물!'

이라며 애써 생각을 바꿨다.

이번 참에 내가 아버지 말씀을 거역하는 것은 '사랑에 살고 사랑에 죽는다' 는 한 세대 이전의 감상만이 아니라는 것을 새삼 깨닫고,

"좋아! 언제라도 좋으니 형을 믿고 경성에 올라와라!"

학주는 자신 있게 용주에게 말했다.

그리고 어른처럼 다부진 용주의 어깨를 붙잡고 앞뒤로 세차게 흔들어댔다.

정인택의
일본어 소설
완역

제4장

우산

[傘]

- 1942년 4월 『新時代』에 「傘」 발표(일본어)
- 1944년 12월 창작집 『淸凉里界隈』에 수록 재발표(일본어)

본문은 1944년 12월 창작집 『淸凉里界隈』에 수록된 내용이다.

1

개간한 밭 한쪽 구석에 예쁜 물빛 작은 병이 떨어져 있어서 무심코 주워 왔던 것인데, 그것이 어머니를 이렇게 기쁘게 할 줄은 정말이지 상상도 못했던 일이다.

"영숙아, 어머 이거 동백기름이로구나."

흙투성이 작은 병을 깨끗이 씻고 보니 그 속에 그리 오래되지 않아 보이는 동백기름이 8부 정도나 남아 있었다.

초라한 경대위에 놓아두고 보니, 사각형 예쁜 작은 병은 멋진 장식품이 되었다.

"좋은 물건을 주워왔구나. 이래 봬도 돈 주고 사려면 족히 30전은 될게야. 좀처럼 구하기도 어렵잖아. 엄마도 오랜만에 머리에 기름을 바르고 예뻐질까부다."

항상 꾸지람에 잔소리만 하시던 어머니가 얼굴 가득 환한 웃음을 띠며 경대 앞에 앉아서 흡족한 모습으로 머리를 매만지는 것을 보고서, 어린마음에도 영숙은 기쁨으로 가슴이 벅차올랐다.

작년에 갑자기 아버지가 돌아가시고 나서부터는 시종 가난에 쫓겨 왔던 터라, 매무새 따위는 돌볼 틈도 없이 삶에 찌든 어머니였다. 그 1년 동안은 좀처럼 웃는 얼굴도 본 적이 없었다.

그 때문에 한층 더 늙어 보인 어머니 얼굴이었는데 혈색이 도는 것을 영숙은 넉넉하고 행복한 기분으로 바라보며,

'정말 좋은 일을 했구나!'

하며 효녀가 된 듯한 기쁨에 잠겨 있었다.

서쪽하늘엔 노을이 빨갛게 불타고 있었다.

2

내리다가 그치다가, 장마 때처럼 검은 구름이 낀 하늘이었다. 교외의 길은 질척질척하여 진창길보다도 더했다. 영숙은 곁눈질할 새도 없이 한발 한발 진흙탕 길을 빠져나오며 걷고 있었다.

심부름으로 바느질감을 건네주고 돌아오는 길이었다. 어머니가 심부름 다녀오라고 하셨을 때, 우산이 없어서 싫다고 안 간다고 했더니,

"뭐야 요년아, 비는 곧 그칠 거잖아. 이 정도 비에 우산은 사치 아니냐? 엄마를 보려무나. 엄마는……"

완전 샐쭉해진 영숙은 엄마의 이야기를 끝까지 듣지도 않고 보자기를 뺏어들고 그대로 집을 뛰쳐나왔다.

무겁게 드리운 검은 구름은 당장이라도 비가 되어 후드득후드득 쏟아질 것만 같았다.

영숙이 잰걸음으로 큰 집 토담 모퉁이를 돌아가는데, 뭔가가 발에 걸려 고여 있는 웅덩이 속으로 빠져버렸다.

깜짝 놀라 걸음을 멈추고 보니, 그것은 다 낡아 빠진 가늘고 알록달록한 우산(蛇の目)이었다. 누군가 토담 모퉁이에 세워 두었던 모양이었다.

웅덩이 속에 빠진 우산은 완전 흙탕물 투성이가 되어 다시 사용하기 어려울 만큼 망가진 듯 보였다.

영숙은 당황하여 볼이 팽팽해지고 가랑이가 찢어지도록 도망쳤다. 그러다가 문득 뒤돌아서서 재빨리 주변을 살폈다. 아무도 보는 사람이 없었다. 그것을 확인하고 난 영숙은 성큼성큼 우산이 버려져있는 곳으로 되돌아갔다.

'이 우산은 필시 누군가가 버린 게 틀림없어.'

영숙은 그렇게 생각했다.

'이렇게 큰집에서 사는 사람이 이런 더러운 우산 따위를 받고 다닐 리는 없겠지.'라고 영숙은 스스로 그렇게 믿었다.

'옳거니! 주워가지고 가야지……'

영숙은 문득 언젠가 물빛 작은 병에 담겨있던 동백기름이 생각났다.

비가와도 우산 살 돈이 없어서 항상 머리에 수건을 감고 젖은 채 바삐 돌아다니는 어머니—

'아직은 망가지지 않았으니까 이런 낡아빠진 우산이라도 어머니께 갖다드리면 무척 좋아 하시겠지……'

영숙은 어머니의 웃는 얼굴을 떠올리면서 뭔가에 쫓기 듯이 웅덩이 속 우산 있는 곳으로 뛰어갔다.

마땅히 씻을만한 물도 없어서 영숙은 시무룩한 얼굴로 흙탕물범벅인 우산을 한 손에 꽉 쥐고 첨벙첨벙 흙탕물을 튀기면서 걸어갔다. 화가 났을 때처럼 눈을 크게 뜨고 의기양양하게 똑바로 앞을 향해 걸어갔다.

3

"엄마, 이렇게나 괜찮은 우산을 주은 사람도 있을까요? 정말이지 기가 막히죠?"

어머니는 소리를 버럭 지르시더니 자초지종도 듣지 않고 영숙의 손에서 우산을 뺏었다.

"정말로 크게 도움 되겠네. 학교 갈 때 영숙이가 가지고 다니면 좋겠다. 씻어서 말려 둘 테니까."

기쁨으로 눈을 반짝이면서 어머니는 우물가로 달려갔다.

영숙은 한 시름 놓은 것 같은 그리고 실망한 것 같은 이상한 기분으로 방으로 들어갔다. 그리고 책상 앞에 똑바로 앉아보았지만 웬일인지 지난번 동백기름 때처럼 신이나지 않았다.

어머니의 기뻐하는 목소리와 얼굴이 그대로 내 마음에 들어오기는커녕 그 때처럼 가슴 벅찬 것도 아니었고 효도한 것 같은 기분도 들지 않았다.

'저 우산이 정말 버려졌던 것일까?'

갑자기 그 생각이 들기 시작하자 영숙은 견딜 수 없이 불안해 졌다.

'누군가가 잊어버리고 간 것이라면 어떡하지? 아니면 누군가가 쓰던 것을 잠깐 그 곳에 세워 둔 것이라면…… 더 나쁜 거야— 그렇다면 내가 훔쳐온 것이 되는 거잖아. 훔쳐온 것이 되면……'

그 때 방 밖에서 어머니가 큰 소리로 영숙을 불렀다.

"영숙아, 이 우산 아직 새것이로구나. 더러울 땐 몰랐었는데."

"그래요?"

영숙은 벌떡 일어나서 마당에 펼쳐 놓은 우산을 한참동안 뚫어져라 바라보았다.

정말로 낡아빠진 우산인줄만 알았는데, 깨끗이 씻어놓고 보니 흠 하나 없었고 녹슬지도 않은 새 우산이었다.

그 순간 영숙은 어머니의 눈빛에서 자신을 심하게 꾸짖고 있다는 느낌을 받았다.

영숙은 몹시 당황했다.

어머니의 얼굴은 조금 전의 기쁜 빛은 싹 가시고, 의심하는 눈초리인 듯 잔뜩 미간을 찌푸리고 있었다.

'동백기름 때처럼 왜 그냥 그렇게 넘어가지 못할까?'

영숙은 금방이라도 울음이 터질 것만 같아 황급히 어머니 곁을 빠져나갔다. 그리고는 말리려고 펼쳐놓은 우산을 거칠게 접어들고 밖으로 힘껏 내달렸다.

"나, 다시 돌려 줄 거야. 그 자리에 다시 버리고 올 테니까. 이제 됐어요?"

영숙은 흙탕물이 발밑에서 어깨 위까지 튀도록 힘차게 달렸다. 그리고는 속으로,

"영숙이 멋지다! 영숙이 훌륭해!!"

를 연발하며 계속 되뇌었다.

정인택의
일본어소설

완역

제5장

색상자

【色箱子】

- 1942년 4월 『國民文學』에 「色箱子」 발표(일본어)
- 1944년 12월 창작집 『淸凉里界隈』에 수록 재발표(일본어)

본문은 1944년 12월 창작집 『淸凉里界隈』에 수록된 내용이다.

빨강 파랑 색지가 덕지덕지 붙어 있는 색상자(손궤모양의 결혼예물 상자)는 벽장구석에서 오랫동안 먼지를 뒤집어쓴 채 다른 물건에 눌리어 예전과 달리 형태가 심하게 변형되었고 색도 바래있었다.

'뭘 넣어 두었더라?'

하며, 정숙은 그 좋은 기억력이었음에도 고개를 갸우뚱 하며 하마터면 그대로 내버릴 뻔했다.

그런데 상자 틈새로 삐죽이 내민 예쁜 원색 옷감을 보고서야 갑작스레 옛 기억이 떠오른 듯 점점 처녀처럼 얼굴을 붉혔다.

'아하 그 때 그……'

작은 목소리로 중얼거린 정숙은 먼지투성이인 색상자를 그대로 꼭 껴안고 싶을 만큼 애절한 감정에 휩싸여 자기도 모르게 눈시울이 뜨거워졌다.

이윽고 '휴 ―' 하고 작은 한숨을 내쉰 후 정숙은 정리하던 벽장의 물건들 사이에서 색상자를 꺼내들고 헤엄치듯 조심스레 기어 내려왔다. 그리고는 애정 어린 손길로 묵묵히 먼지를 털어낸 후 양손으로 보듬어 안은 채 얼빠진 사람처럼 털썩 주저앉았다.

'아아 그리웁구나……'

고통스럽기도 했고 즐겁기도 했다. 기쁨과 슬픔이 교차하는 무수한 추억들이 끊임없이 뇌리를 스치고 지나갔다. 봄볕이 내리쬐는 툇마루에서 한동안 넋을 놓고 앉아 있었다.

정숙은 그렇게 오랫동안 자세도 흐트리지도 않은 채 달콤한 추억 속에 흠씬 빠져 있었다.

정숙이네 5인 가족은 숙박업이라는 어제까지의 번잡스런 생활에서 탈피하고, 교외에 마련한 세 칸짜리의 새집으로 이사를 하였다. 마치 산속의 외딴 집처럼 기분 나쁠 정도로 조용한 집이었다.

아직 이삿짐이 여기저기 흩트려져 있긴 했지만, 즐거운 추억을 방해할 정도는 아니었다.

여장부라는 별명이 붙을 정도로 한눈팔지 않고 오직 일만 해온 정숙에게는 마치 딴 세상과도 같은 조용함과 한적함이 오히려 옛 정서를 자아내게 하여 예상치 못한 차분함을 더해주었다.

"무슨 생각에 그리 잠겨 있으세요?"

가까스로 벽장 속 물건들을 다 정리한 할멈이 미소 지으며 더러워진 수건으로 머리에 묻은 먼지를 털면서 물었다.

"으응… 왠지 힘이 쭉 빠지고… 노곤하네요."

정숙은 애썼다는 듯 온화한 시선으로 웃었다.

"무척이나 힘드셨을 거예요. 짐이 너무 많으니 이사하는 게 너무 힘드시죠? 고리짝하고 냄비뿐인 우리 같은 사람들은 집 지어 이사할 것까진 없지만서두……"

"그래요, 거의 모두에게 골고루 나눠주고 왔는데도…… 그래도 가재도구가 아직 많이 남아있네요"

"정말 이예요. 인정 많은 사모님이라 … 한 사람 한 사람 분점이라도 내주고 싶었겠지만, 받은 사람들은 고맙다고 하기는커녕 불평만 늘어놔요…… 인정머리 없는 사람들뿐이라."

"세상이 다 그런 거지요. 그보다도 어쨌든 이렇게 한시름 놓을 수 있으니 다행이네요. 아직 은거생활 하기는 이르지만 당분간은 그저 조용히 휴식을 취하고 싶네요."

"전 지금까지 이 눈으로 쭈욱 봐 왔기 때문에 아는데요. 그 동안 사모님 일하시는 것이나 고생하신 것을 생각하면 저 같으면 도저히……"

"지기 싫어하는 성격이라 그래요. 여자 힘이라도 제 한 몸값 정도는 할 수 있겠지 싶었어요. 욕먹을 각오로 이를 악물고 살아 왔으니까요. 내 자신 가끔 생각해봐도, 난 지고는 못살아요. 난 남들에게 결코 지기 싫었으니까."

그렇다, 지기 싫어하는 성격과 반드시 이기고 싶은 성격 그것뿐이었다. 정숙은 마음을 가라앉히고 다시 한 번 색상자를 들여다보았다.

그리고는 다시 한 번 그리움을 되새겼다.

아아─ 이 색상자 안에는 지난날 3대에 걸쳐 모셨던 주인집을 박차고 나왔던, 독립하여 남들처럼 살아보려고 마음먹었던 그 때의 추억이 가득 담겨져 있다.

그리고 그 후로부터 여자로서의 즐거움도 잊고 오로지 지지 않으리라는 일념으로 세상과 싸워왔다. 그리고 이젠 세상에게도 자기 자신에게도 이겼다고 할 만큼 성공했다.

정숙은 어쩐지 그것들이 그 색바랜 색상자 덕분이라도 되는 양 찬찬히 바라보면서 계속 어루만졌다.

"사모님, 점심은요?"

하릴없는 할멈이 부엌에 서서 주먹 쥔 손으로 허리를 두들기며 물었다.

"가볍게 물에 말아 먹을까 봐요."

정숙은 뒤도 돌아보지 않은 채 대답했다.

그리고는 다시 색상자를 물끄러미 바라보는가 싶더니 두근거리는 가슴을 어찌하지 못하고 잠깐 숨을 들이마신 후 조심스럽게 상자 뚜껑에 손을 얹었다.

새해가 되면 정숙의 나이 오십이다. 연말의 어수선함 가운데 조금의 여유가 생기자 불현듯 자신의 나이를 떠올리더니, 정숙은 무언가 큰 실수라도 한 것처럼 울적하고 억울해졌다.

달리는 마차의 말처럼 내달려온 잿빛생활의 연속이었다.

과연 내 삶의 보람은 어디에 있었던 걸까?

아등바등 살다가 그대로 나이를 먹어버린, 되돌릴 수도 없는 지난날이 안절부절 못할 만큼 후회스러웠다.

그런 생각이 들면서부터 정숙은 날마다 투숙객이 30명을 넘을 만큼 번창 일로에 있는 숙박업에서 손을 놓아야겠다는 생각을 하였다. 그리고 가장 적절한 시기가 바로 지금이 라는 생각이 들어, 정숙은 어느새 나름대로 변명까지 준비하고 있었다.

〈경성여관〉 이라는 간판을 올린 지 어언 7년이나 되었다.

객실이래야 방 4개 뿐인 변두리 허름한 초가집에서 시작하였던 것이 관철동 여관골목에 늘어선 전통여관과 당당하게 어깨를 나란히 할 만큼 성장했다.

그 7년 동안의 고생과 노력, 더욱이 그 토대를 만들기까지는 여공생활, 돈놀이, 하숙 등등 안 해본 일이 없을 정도였다.

돌이켜보면 남자를 능가하는 배포가 아니고서는 꿈도 꿀 수 없는 일이었다.

그런 만큼 정숙은 젊음도, 여자로서의 기쁨도, 삶의 보람도 생각할 겨를 없이 그 〈사업〉속으로 녹아들어 버렸다.

여자 몸으로 너무나 벅찬 그 〈사업〉을 위해, 정숙은 20여 년간을 오직 일만 해 왔다.

그 각오 하나로 스스로가 험한 생활에 뛰어들었고, 여주인의 알뜰살뜰함만을 밑천으로 〈경성여관〉을 일류숙박업소로 만들어놓았다. 그것말고는 다른 아무것도 생각하지도 원하지도 않았던 정숙이었다.

그런데 벌써 오십 줄에 들어선다 생각하니 조금 과장한다면 정숙은 너무도 놀란 데다 말할 수 없는 분노를 느끼기까지 하였다. 새삼 지난 날들을 뒤돌아보았다.

고독보다도 더 격심한 서러움이 온 몸을 저미었다.

충분치는 않지만 그럭저럭 여기까지 꾸려왔으니 어쨌든 이제 한숨 돌리는 마음으로 선택했던 여유가 건강 측면에서나 생활면에서도 무질근한 피로감을 느끼게 했다.

이를 악물고 견뎌온 마음의 빗장이 열리고 보니 무엇보다도 몸이 예전처럼 움직여주질 않았다.

동트기 전부터, 때로는 심야 한 시 두 시까지 선 채로 일을 해도 끄떡없었던 몸이 요즘 들어 눈에 띠게 쇠약해 진 것 같았다. 마음은 아직도 남자들에게도 지지 않을 만큼의 강인함이 남아있다고 자부하면서도, 눈이 침침해지고 식욕도 떨어지고 손발이 저리고 새벽녘이 되면 때론 일어날 수도 없을 만큼 허리 마디마디가 쑤셔왔다. 정숙은 그것을 어찌

해볼 수도 없었고 그때마다 자신의 나이를 생각하지 않을 수 없었다.

열일곱 꽃다운 나이에 황해도 산골짝에서 경성으로 나온 이래, 너무하다 싶을 정도로 몸을 혹사해 온 대가가 이제 눈앞에 나타난 것이다.

정숙은 새해가 되자마자 고향을 둘러보려고 곧바로 목욕재개 하고 몸단장을 했다. 그리고 한산한 온천의 새하얀 욕조 안에서 팔 다리를 마음껏 뻗고서 다가올 미래를 생각하던 중에 그런 한적하고 조용한 생활을 자신의 것으로 만들고 싶어졌다.

은거 같은 그런 패기 없는 생활 속으로 뛰어들 작정은 아니었다. 어쨌든 노후를 위해 남부럽지 않을 만큼의 재산도 모았고 하니, 이제는 슬슬 은퇴하여 조금은 편안히 지내도 될 때라는 생각이 들었다.

정숙의 마음은 빠르게 움직였다.

'조용한 교외에 5인 가족이 지낼 정도의 조촐한 집이라도 장만하여 우선은 안온하고 절제된 생활을 시작해 보는 거야.'

이런 결심을 굳히기 위해 당일치기로 예정된 일정을 2, 3일 더 연장하였다.

그리고 정숙은 일주일 만에 밝은 모습으로 돌아왔다.

일단 생각을 굳히고 나면 즉각 행동에 옮기는 성격의 정숙은 그날로부터 〈경성여관〉을 넘길 요량으로 소문을 내고 다녔다.

안주인의 손길에 익숙해진 손님들과 그녀의 대접에 감동하며 드나들던 단골들의 만류에도 아랑곳없었다.

굴지의 평판 좋은 여관인 만큼 살 사람이 줄을 이어 경쟁이 붙을 정도였다.

2월말까지는 모든 일이 정숙의 계획대로 척척 정리가 되어갔다.

한번 결심 하고난 이상, 주위사람들이 무슨 말을 하건 간에 돌이킬 정숙은 아니었다.

일단 반대부터 하고 보는 여든의 시어머니 의견도 일축하였고, 돈벌이도 못하고 아내에게 이끌려 살아온 무기력한 남편도 형식적으로만 항의할 뿐 묵묵히 모든 일을 정숙에게 맡겼다.

시부모님도 남편도 정숙이 하는 일에는 대꾸하지 못하고 그저 믿고 지켜볼 따름이었다.

부모나 남편을 제치고 정숙이 가장의 위치에 앉게 된 까닭은 증조부 대부터 모셔온 주인댁 이판서 가문이 몰락할 위기에 처했을 즈음, 의리를 저버렸다고 할까? 당돌했다고나 할까? 옛 인연의 끈을 단칼에 자르고 뛰쳐나온 때부터였다.

정숙은 그 일의 주동자라기보다는 거의 독단으로 자신의 견해와 포부, 그리고 결의를 가족들에게 강요했었다. 그 때문에 시어머니와 심한 욕설이 오고 간적이 한 두 번이 아니었다.

시국을 읽어내는 안목도 없었던 이판서의 고집 때문에 1912년(大正 元年)경부터 가세는 나날이 기울어 갔다.

이판서로서도 나이가 나이이고 보니 고뇌하던 끝에 갑자기 피를 토하고 사망하고 말았다. 그러고 나니 이름 높은 가문이 볼품없이 몰락하였고, 이후 유족들은 그날그날 끼니 걱정을 해야 할 만큼 비참해졌다.

스무 명 정도의 하인들 가운데 마지막까지 주인댁에 충실한 사람은 대를 이어 노비생활을 해온 정숙이네 식구들뿐이었다. 의리가 두터운 노인들이었던지라 정숙이부부의 불만이나 불평은 들으려고 하지도 않았다.

"지금까지 우리가 입은 은혜가 어딘데 너희들은 안타까운 마음도 없느냐? 행여라도 안 될 소리를 입에 담는다면……"
이라는 등 갸륵한 충성심을 드러내며 성심을 다해 주인댁의 몰락을 막을 생각이었다.

그러던 어느 해 봄, 정숙의 시아버지가 손도끼로 발목을 찍는 실수를 하는 바람에 패혈증을 얻어 덜컥 죽어버렸다.

지주를 잃은 이판서댁 유족과 정숙의 가족은 그 후부터 매사에 서로 물고 뜯거나 반목을 일삼은 탓에 그동안의 아름다웠던 주종관계는 이미 끝나 있는 상태였다.

노골적으로 노임 건을 문제 삼기도 하였고, 처우 개선을 요구하는 정숙이 부부를 시어머니는 서글픈 눈으로 보기만 할 뿐, 주인마님과의 중간 입장에서 어쩔 줄 몰라 당황할 뿐이었다.

세상물정 아무것도 모르고 거드름 피우며 안방에 들어앉아 있던 이판서댁 주인마님은 이런 정숙이 부부의 주제넘은 불손한 행동을 항상 일가의 비운과 연관 지어 생각하였고, 지금에 와서는 상대할 기운조차 없는지 서러움과 눈물의 나날을 보내고 있었다.

정숙으로서는 고용인인지 아닌지 분간도 안가는 데다 노예보다도 비참한 대우를 받고 있다는 생각만이 머리에서 떠나지 않았다.

언제나 냉담함으로 사물을 판단하고 보다 자유로운 인간다운 생활을 지향하던 정숙은 때로는 주인마님의 명령을 거역하기도 하고, 더 강하게 자기주장을 하기도 했다.

새로운 풍조에 물든 것은 아니었다. 초등학교 수준의 교양조차도 갖추지는 못했지만 그 정도의 사고는 정숙의 일종의 생리 같은 것이었다.

자나 깨나 하루라도 빨리 독립하고 싶었고, 다른 사람들 사는 것과 같은 삶을 살아보고 싶다는 생각만 하고 있었다. 그런 생각을 하면 할수록 주인마님의 말이라면 기를 쓰고 따르려는 시어머니나 남편이 더 없이 겁쟁이처럼 보였고, 심지어는 한심해 보이기까지 하였다.

'고르고 골라 왜 하필이면 이런 집에 시집을 보냈느냐'며 친정 부모님을 원망하기도 하였고, 자기가 시집오자마자 기다렸다는 듯이 몰락해버린 이판서댁을 원망하기도 했다. 그 때문에 정숙은 오래전부터 이판서댁을 나오려고 마음속으로 결정하고 있었다.

남편은 겨우 초등학교를 나온 순박하고 선량한 사람이었다. 이렇다 할 재주도 없이 그저 사람만 좋은 타입으로 정숙이 넌지시 주인댁을 나가자고 말했을 때도 수긍도 부정도 하지 않고, 모든 일을 정숙이 알아서 하라는 식의 분명치 않은 애매한 태도밖에 보이지 않았던 남자였다.

때문에 남편은 정숙이 강하게 나오면 쉽게 따라줄 것이 분명하지만, 봉건적이고 인습덩어리인 시어머니는 나이에 따른 옹고집까지 한몫을 하면서 결사적으로 반대했다.

"무슨 당치도 않은 말을…… 은혜도 모르는 놈들 같으니."
하면서, 행여 그런 말을 입 밖으로 꺼내기라도 할라치면 반미치광이처럼 고래고래 소리 지르며 욕설을 퍼부어 댈 것이 틀림없었다.

만에 하나 식구 한사람이라도 주인댁에 남겨둘지도 모르며, 게다가 시아버지에게는 훨씬 부풀려 고자질할 것이 분명했다. 정숙은 오직 이것이 큰 고민이었다.

어차피 힘들여 일할 바에는 남을 위해서가 아니라 자기 스스로를 위해서 일하고 싶었다. 그렇게 해서 번듯한 일가도 이루고 싶었다. 언제까지나 이런 몰락한 집에 얽매어 종노릇 해봤댔자 변변한 대책도 없고, 출세할 날이 올 리도 없었다. 마음 내키는 대로 해버리고 싶었다.

그러한 정숙의 소망은 갈수록 더해만 갔고 그것이 작렬할 때마다 주인마님과의 트러블로 표출되었다.

그리하여 언제부턴가는 만약 시어머니가 따라주지 않으면 시어머니마저 버리고 나갈 각오를 굳히고 있었다. 정숙은 그럴만한 꼬투리를 잡으려고 온 신경을 집중하고 있었다.

정숙은 이제 누구 눈치 볼 것도 없이 창신동 한 구석에 조그만 문간방 한 칸을 얻어, 언제라도 마음만 먹으면 이사할 수 있도록 몰래 세간살림까지 옮겨 두었다.

여기저기 남편의 일자리도 부탁하여 어느 신문사 발송부에 취직까지 시켜두었다. 이후부터 자신을 위한 일자리도 수소문하여, 때마침 당시 유행하기 시작한 고무신 공장의 여공 자리가 나기만 하면 바로 취직할 생각이었다.

혹시라도 이 일이 시어머니 귀에라도 들어간다면, 시어머니는 천지가 뒤집어질듯이 놀랄 것이다. 고래고래 악쓰고 울부짖으며 나를 설득하려 하다가, 그게 안 되면 '네 멋대로 하라'는 식의 으름장을 놓을 것이다. 그렇게 되면 천하의 정숙이라도 힘에 부칠 것이다.

"언제까지나 그런 노인네 밑에서 남의집살이를 하시고 싶으세요? 어머니! 기필코 편히 살게 해 드릴 테니까 제 말대로 하세요. 그렇게 하는 편이 오히려 주인마님을 위한 일이기도 해요. 생활비가 훨씬 더 절약될 테니까요."

하며 남편 핑계까지 대면서 몇날며칠씩이나 설득을 했다.

시어머니로서도 어쩐지 그 말이 맞는 것 같았는지, 또 만일의 경우 혼자 떨어져 살아갈 만한 용기도 없어서였는지, 내키지는 않았지만 어쩔 수 없이 모든 일을 며느리에게 맡기고야 말았다.

삼대(三代)를 이어 내려온 주종관계를 하루아침에 끊어버린다는 것은 천하에 무서울 것 없는 정숙이로서도 그리 쉬운 일은 아니었다.

어느 날 아침, 별것도 아닌 사소한 일로 정숙은 주인마님과 입씨름을 하게 되었다. 그런데 정숙은 먼저 달려들며 지나칠 정도로 또박또박 대꾸하며 일부러 주인마님의 부아를 돋우어, 마침내 주인마님으로부터,

"너희 같이 못된 것들은 당장 이집에서 나가거라. 당장……"

이라는 소리를 지르게 하는데 성공했다. 어떻게 해서라도 싸움 끝에 나가지 않는다면 의리나 인정에 얽매어 계획한 일을 그르치게 될지도 모를 일이기 때문이었다.

이러한 상황의 절반은 정숙이 일부러 꾸민 연극이었다. 때문에 주인마님으로부터 이렇게 내침을 당하기는 했지만, 주인댁을 나오고 얼마 동안 정숙은 아침저녁으로 주인댁을 향해 큰절을 올렸다.

자립한다는 것은 생각만큼 그리 간단한 일도 아니었고 즐거운 일도 아니었다. 그러나 정숙은 타고난 의지력과 승부욕으로 어떤 박해나 고난에도 굴하지 않았다. 스스로가 세운 목표를 향해 단 한 발도 헛디디는 일이 없었다.

맞벌이였음에도 정숙이부부가 집 한 채 마련하기까지는 실로 5년여의 세월이 걸렸다.

그동안 정숙은 드러내 놓고 말하지 못할 정도의 생활고를 겪었다. 욕설과 조소와 증오에 휘둘리면서 빈민가를 상대로 돈놀이를 시작한 것

도 그 무렵이었다.

경성 외곽의 급속한 발전과 함께 땅값이 급등함에 따라 생각지도 않았던 큰돈이 들어왔을 때, 정숙은 자신의 꿈이 매우 현실적이었다는 생각에 너무 기뻐 눈이 퉁퉁 붓고 눈알이 빨개지도록 울었다.

숱한 우여곡절이 있었지만서도 정숙의 〈사업〉은 막힘이 없었다. 무엇을 하든지 실패하는 일이 없었고, 결국에는 여자 몸으로 토지나 가옥에까지 손을 댔다.

서툰 하숙집으로 재미를 본 후 시작한 〈경성여관〉이 의외의 대박을 터뜨렸을 때, 정숙은 자신의 운명에 강한 자신감을 갖게 되었다.

'그 시절엔 나도 젊었었지……'

그 옛날 자신의 모습을 어렴풋이 떠올려 보면 흐뭇한 적도 있었지만, 한없이 초조하고 괴로웠던 기억이 먼저 눈앞을 가로막았다.

외로웠다. 정숙은 여느 때보다 더 감상적인 기분이 되어 슬며시 색상자의 뚜껑을 열어보았다. 그런데 곧바로 내용물을 확인하는 것이 왠지 두려웠다. 결혼예물로 색상자를 마련해 주셨을 때의 설렘을 다시 한번 느꼈다.

'그대로 들어 있으려나?'

주저주저 하면서도 마음 한쪽에서는,

'어서 열어봐. 어서'

하며, 재촉하기도 하여 정숙은 슬며시 눈을 감았다.

그리고는 색상자 안에 덮여있는 면 보자기를 힘껏 들추었다.

'있다……'

환성이 터질 정도로 마음이 설렜다.

'그때 그대로네! 그대로 들어있네!'

순간 처녀시절 말투로 돌아가 얼마간 중얼거린 다음 정숙은 미친 듯이 색상자 안에 있는 물건을 꺼내어 무릎위에 펼쳐놓았다.

크고 아름다운 꽃송이가 정숙의 무릎위에서 일시에 활짝 피어난 것 같은, 노랑 빨강의 강렬한 원색 치마와 저고리가 봄날 오후 햇살을 받아 현란할 정도로 눈부시게 빛났다.

새색시 시절 정숙의 결혼예복이었다. 그 예복 밑에는 여러 종류의 색색 원단이 단정하게 개켜진 채 빼곡히 들어 있었다.

앞 뒤 없이 딱 한 번 주인댁을 뛰쳐나왔을 때, 눈부신 앞날을 상상하며 입었던 적이 있었다.

그것 뿐, 그 후로는 이렇게 색상자 안에 넣어둔 채, 처음에는 아까워서 못 입고 나중에는 입어 볼 여유가 없었다.

그러다가 이렇게 화려한 옷을 입을 수도 없는 나이가 되었고, 마침내 자기의 존재조차 잊어버리고 살아왔던 것이다.

소매 단과 깃 섶에 파란색 테두리를 댄 그 위에 '수복(壽福)' 이라는 글씨가 연이어 금박으로 새겨진 예쁜 저고리를 정숙은 양전히 펴서 가슴 위에 대어 보았다. 기장이 짧은 것이 옥에 티였다. 새색시 시절엔 몸매도 날씬하고 귀여웠었다는 생각이 들었다. 그러나 그 하얀 피부와 봉긋했던 가슴이 어디로 가버렸는지 이젠 남정네처럼 거칠고 몸뚱이까지 펑퍼짐한 판자처럼 되어 버렸다.

시집 온 다음날부터 정숙은 이판서댁 시중드는 일과 잠시도 쉴 틈 없는 물일로 불어터진 손을 다듬을 겨를도 없었고, 매무새를 둘러볼 겨를조차 없었다.

어려운 살림가운데 친정어머니가 무리해서 지어주신 예복이었는데, 이판서댁에 있는 동안 정숙은 단 한 번도 못 입고 말았다.

이판서댁을 나오기로 결심했을 즈음, 무슨 죄라도 지은 듯한 일말의 죄책감을 금할 수 없었다.

그런데 색상자 안에서 예복을 꺼내 입었을 때 갑자기 눈앞이 확 열린 듯하여 온몸 가득 새로운 기쁨과 용기가 솟아났다.

자신의 앞날이 눈부신 희망으로 용솟음치는 것을 눈물이 날 정도로 느꼈다.

'소중히 보관해 두길 잘했다.'

여자 혼자 몸으로 어찌됐든 이만큼이나마 헤쳐 나온 것은 어쩌면 이 예복이 나를 지켜준 덕분인지도 모른다는 생각이 들어, 정숙은 문득 향수와도 같은 격렬한 애착심을 느꼈다.

"어머나 곱기도 해라. 사모님, 결혼예복인가요?"

할멈은 마당 한 가운데에 밥상을 든 채로 멈춰 섰다.

정숙은 다시 한 번 저고리를 펼쳐 가슴위에 대 보고는,

"어때요? 이상하지요? 옛날 옷은…… 자 그쪽에 좀 널어놓아 두세요."

라 말하고,

"아아 눈부시다"

하면서 정숙은 할멈에게서 눈을 돌려 하늘을 올려다보며 눈을 깜박거렸다.

이삼일 동안은 집안정리 하느라 겨를이 없었지만 막상 오랫동안 동경해왔던 조용한 생활에 접어들게 되자, 돌연 낯선 세계에 홀로 내던져진 듯한 불안한 생각이 들었다.

탄력 없는 몸뚱이에서도 힘이 스르르 빠져 나가 정숙은 심신이 축 늘어져 버린 느낌이었다.

밤늦게까지 서서 일하던 몸뚱이였던지라 한밤중에 잠자리에 들어도 좀처럼 잠이 오지 않았다.

'이것이 그토록 기대하고 기다리던 생활일까? 소원이 이루어졌다는 것이 과연 이런 것일까? 이겨야지 이겨 내야지 하면서 기를 쓰고 살아온 결과가 기껏 이것이란 말인가?'

정숙의 눈은 점점 맑아져만 갔다.

그럼에도 아랑곳없이 옆에서 널브러져 자고 있는 남편을 부러움과 경멸어린 눈으로 내려다보았다.

아침도 아침이지만 밤에도 역시나 동트기 훨씬 전에 잠을 깼다.

"주인장! 주인장!"

하고 부르는 귀에 익은 단골손님들의 목소리와 모습까지 눈앞에 선명하게 떠올랐다.

"어머나! 00호실 손님 00시까지 깨워드려야 하는데"

하면서 벌떡 일어났다가 황급히 다시 이불속으로 기어들어가 혼자서 쓴 웃음을 지을 때도 있었다. 그러나 정숙은 새소리조차도 들리지 않는 고요함이 어쩐지 부자연스럽게 느껴져 제일 먼저 일어나고야 마는 것이었다.

하루가 갑절 혹은 세갑절이나 길어진 것 같은 따분함에 청소하는 할멈을 곁눈질해 보기도 하지만, 울적함과 지루함에서 벗어날 수는 없었다.

시어머니 따라서 긴 담뱃대를 사다가 하루 종일 뻐끔뻐끔 담배를 피우는 것이 하루 일과였다. 평생을 고된 일로 길들여진 몸으론 오히려 그것이 견디기 힘든 고통이었다. 그렇다고 해서 세상 사람들이 즐기는 취미 따위는 꿈도 꾸어보지 못했다.

연극이나 영화를 본다거나 백화점 쇼핑도 정숙에게는 거리가 멀었다. 정해진 좁은 세계에서만 살아왔기 때문에 마음을 터놓고 지내는 친구도 없었다.

정숙에게는 늙어빠진 시어머니와 희망 없는 남편, 가정부 할멈에 심부름하는 아이만이 말상대의 전부인 생활이었다.

정숙의 패기가 불만을 느끼고 돌파구를 만들고 싶어 하는 것도 무리는 아니었다.

너무나도 순조롭게 목표의 정점에 도달해 버린 지금 그런 여력을 소모할 방법을 어디서 찾아야 할 것인지 정숙은 종잡을 수가 없었다.

'한 녀석이라도 좋으니 아이라도 있었더라면……'

석녀(石女)로 태어난 자신이 원망스러웠다.

결혼 한지 십년이 지나도록 아이가 생기지 않아 정숙이 부부는 대단히 초조해 했었다. 불공은 말할 것도 없고 의사를 찾아가고 약을 지어 먹는 등등 사람이 할 수 있는 일은 다 해 보았는데도, 하늘이 아이를 점지해 주지 않은 데에는 어쩔 도리가 없었다.

이미 예전에 포기한 일이었지만, 아이를 낳지 못한 것이 정숙의 인생에서 가장 마음에 걸리는 일이었다.

느닷없이 그 때의 일이 떠올라 정숙을 몇날며칠씩이나 서글프게 한 일이 몇 번이나 반복되었다. 그 때마다 정숙은 머리를 마구 흔들며,

'나에게는 아이 대신 〈사업〉이 있지 않은가? 아이가 없으니까 남자들이 하는 일도 거뜬히 해 낼 수 있었잖아?'

하며 자신을 합리화하며 위로했다.

그렇지만 '지금은 다르다'며 정숙은 예전과는 다른 의미로 머리를 마구 흔들어댔다.

'나도 아이를 갖고 싶다. 여자아이라도 좋으니 아이를 갖고 싶다.'는 생각이 절실해짐과 동시에, 자신이 석녀(石女)라는 사실이 또다시 어두운 벽에 부딪히게 했다.

그러나 지금에 와서 어찌해볼 방법이 없음을 깨달은 다음엔 어김없이 절망감에 몸부림치다가 몸을 저미는 고독감에 빠져버리고 만다.

'몸이 안 좋은 탓일까?'

고민 끝에 억지로라도 그런 쪽으로 매듭지어버리곤 했다.

그러나 그렇다고 해서 위로가 될 만한 그런 만만한 종류의 고독이 아니었다. 앞으로 살날이 얼마 남지 않았다는 생각이 들수록 더했다. 그래서 정숙은 다시는 그런 생각을 하지 않기로 했다. 괴로웠기 때문이다.

몸이 좋지 않기 때문일 거라고 믿어 버리는 것이, 결코 그런 핑계거리 때문만은 아니었다.

달리는 마차의 말처럼 질주하다가 갑자기 끽 하고 멈춰버린 시점이었던지라, 숨이 차는 것도 당연한 일이었다.

아니 어쩌면 멈춘 게 아니라 그대로 절벽에서 굴러 떨어진 상황이라

생각하면 생명에 지장이 있을 만큼 큰 부상을 입었다고도 이야기 할 수 있다.

몸이 우둔해진 정도라면 어느 정도 참을 만도 하겠는데, 요즘에 느끼는 증상으로는 확실히 병이라고 생각할 수밖에 없었다. 단순한 노화현상이 아니라 지금까지 무리 했던 몸을 갑자기 쉬게 하니까 그 여파가 한꺼번에 몰려온 것이 틀림없었다.

이상하리만치 나른하고, 허리와 발목이 쑤시고, 이유 없이 머리가 아프다…… 도저히 참을 수 없어서 그대로 영원히 잠들어버리고 싶은 날이 매일같이 계속되었다.

그러나 그렇게 잠들어 버리면 여장부 정숙의 체면이 말이 아니라는 생각에 억지로 마음을 가다듬고 일어났다.

— 우선 마당을 한 바퀴 돌고 난 후, 밖으로 나오고 싶어 하는 병아리들을 닭장 밖으로 나오게 해준다. 강아지 먹이도 준다. 그리고 나서 빈 터에 정성들여 기른 야채나 풀꽃들을 보며 거닌다. 그리고 난후 남편과 마주앉아 적막하고 쓸쓸하기 그지없는 아침을 먹는다.—

그러던 어느 날 아침, 입이 무거운 남편이 신기하게도 들뜬 기분으로 말을 걸었다.

"어이 저기 케케묵은 색상자는 뭐요?"

"이삿짐 정리하면서 꺼내놓았어요."

"전신거울이 붙어있는 양복장 위라니 어울리지 않는군."

"뭐 어때서요?"

"별난 취미네. 할머니가 다된 주제에 저런 화려한 옷을 소중히 보관하고 있다니 어떻게 된 것 아냐?"

"아니 속까지 다 열어 본거유?"

"그럼 봤지, 하하하하……"

"이상한 사람이네. 이 양반! 호호호…"

두 사람은 잠시 동안 얼굴을 마주보며 젊은 사람들처럼 웃고 또 웃었다.

"당신 저 예복 기억해요?"

"……"

남편은 그 질문에는 대꾸하지 않고 갑자기 얼굴이 굳어지더니 시선을 밖으로 돌리며 혼잣말처럼 중얼거렸다.

"주인마님과 두 도련님은 어떻게 지내고 계실까?"

정숙은 갑자기 뭔가 허를 찔린 듯 놀라서 얼굴을 들었다.

스스로 뛰쳐나오긴 했지만, 정숙은 아침마다 주인집을 향하여 절을 올렸을 정도였기에 별다른 나쁜 감정을 갖고 있지는 않았다.

그렇지만 이판서댁 마님은 노여움에 정숙이 가족들에게 두 번 다시 문턱을 넘지 못하게 하였고, 아예 아이들의 왕래까지 끊어 버렸다. 때문에 언제 부터라고는 할 수는 없지만 서로간의 마음이 멀어져 의절상태가 되어버린 것이었다.

"정말이지 어떻게 지내고 계실까요? 이제 경성에는 안 계실지도 모르겠네요."

이판서댁을 나오고 얼마 되지 않았을 때는, 풍문으로라도 가끔 그쪽 동정을 들을 수가 있었지만, 이윽고 그것마저도 끊어져버렸다.

그런 와중에 정숙에게는 일과 사업이 밀물처럼 밀려 들어와, 인사가 아닌 줄 알면서도 오랜 세월 주인댁 일을 마음에 둘 여유도 없이 지내왔던 것이다.

지금까지 한 번도 주인마님을 생각하지 않았다니…… 정말이지 남들에게, '은혜도 모르는 사람'이라는 욕을 듣는다 해도 어쩔 수 없었다.

그러고 보니 자신이 종업원을 해고 시켰을 때의 서운했던 일까지 생각이 떠올랐다.

'세상일이 다 그런 거지 뭐.'

하면서 그땐 달관한 표정은 지었지만, 내심 분하고 서운했던 기억이 가벼운 자책의 채찍으로 다가왔다. 그런 경우를 당하고서야 겨우 주인마님 기분을 알 것 같았다.

그 순간 정숙은 주인마님이 보고 싶었다. 이제 나이가 꽤 드셨을 거란 생각도 들어 불현듯 그리움에 몸을 떨었다.

"지금 연세가 얼마나 되셨을까?"

"글쎄 말이야, 어머니보다 열 살 아래였으니까 그럭저럭 칠십은 되셨을 거야."

"그럼 돌아가셨을지도 모르겠네. 당신 뭐 좀 들은 이야기는 없어요?"

"글쎄, 사방팔방으로 수소문 해봐도 모두들 전혀 모른다는군."

"그게 언제적 이야기인데?"

"최근에 그랬지"

"그래요?"

이 사람은 역시나 나보다도 더 주인댁 걱정을 하고 있었다. 정숙은 왠지 낯이 화끈거리고 염치가 없었다. 그래서 정숙은 직접 샅샅이 뒤져서라도 주인마님의 주소를 꼭 알아내야겠다고 다짐했다.

이러한 결심이 저 색상자가 계기가 되었다는 생각에 정숙은 양복장 위를 애정 어린 눈길로 물끄러미 쳐다보았다.

다음날부터 정숙은 매일아침 읍내에 나갔다.

그리고 이판서 유족들의 행방을 찾고 싶다는 일심으로 옛 친구들과 상인들, 또 이판서의 지인들을 만나고 다녔다.

그러기를 사흘째 되는 날 밤, 늦은 시간에 정숙은 대문을 발로 차기라도 할 듯 기세등등하게 들어왔다.

"여보! 알아냈어요, 알아냈다니까요."

정숙은 이미 코를 골며 잠들어 있는 남편을 흔들어 깨우며 소리쳤다.

"뭐요 이거야 원 시끄러워서"

일어나기를 싫어하는 남편에게 정숙은 코 앞 가까이 얼굴을 쑤욱 내밀고,

"주인마님의 주소를 알아냈어요."

"뭐라고? 주인마님의 주소를 알아냈다고?"

사흘 내내 모든 정보를 다 동원하여 찾고 찾은 끝에 인력거 끄는 박 서방으로부터 이판서 유족들의 주소를 알아낼 수가 있었다. 다리가 아프도록 찾아다닌 보람이 있었던 것이다.

"그게 그런데……"

정숙은 잠시 말을 끊었다가 미간을 살짝 찌푸리며,

"불쌍해요. 그 후로부터 지금까지 고생만 하셨다네요. 큰 도련님이 어딘가 회사에 취직하여 겨우 입에 풀칠은 하고 살았지만, 작은 도련님이 난봉꾼이라 무척이나 마음고생을 하셨대요. 그 때문에 주인마님이 많이 늙으셨다네요."

"도대체 어디 사신대? 주소가 어떻게 되냐고?"

"신당동 00번지 이모씨 댁이라고 쓰여 있는걸 보니 아마 세 들어 사는 집인가 봐요. 그래도 한 때 이판서댁 마님이었는데…… 정말 안 됐어요."

정숙이 부부는 얼굴을 마주보며 눈물을 머금었다.

"곧 바로, 내일이라도 당장 찾아뵙시다."

"예. 그래요."

"우리들이 찾아가면 반가워해 주실까?"

"이제 연세도 연세이고, 또 이미 오래 된 일이니까 틀림없이 다 잊고 계실거야."

하면서도 정숙은 어떻게 용서를 빌어야 할지 몰랐다. 선물로 주인마님이 좋아하시는 거라도 듬뿍 준비하고……

'그런데 주인마님이 무얼 좋아 하시더라? 정말로 사는게 힘들어 보이면 죄 값 치르는 셈치고 우리가 돌봐드려도 좋겠지.'

정숙이 부부는 완전히 옛날 마음으로 돌아가서 밤늦도록 이러한 일들을 상의하였다.

다음날 아침, 주인댁 사정을 들은 시어머니는 마치 사람이 죽기나 한 것처럼 소리를 지르며 통곡하면서,

"어찌됐든 살아 계시다니 고맙구나. 고마운 일이로구나. 나도 같이 가자. 나도 데려가거라."

하고 불편한 수족을 바르르 떨면서 나갈 채비를 하였다.

몇 번이나 말리고 또 말렸지만 듣지 않았다.

결국 셋이서 함께 가보기로 했다.

신당동이라고 들어서 짐작은 하였지만 예상보다 훨씬 비좁고 허름한 동네였다.

진흙투성이 좁은 골목을 몇 번이나 돌고 돌아서 겨우 찾아낸 집은 처마가 갈지자로 기울어지고 형편없이 찌그러진 초가집이었다.

시어머니는 지팡이에 매달리다시피 한 채 눈만 껌뻑이고 서있었다. 정숙은 시어머니를 부축하면서 대문 안으로 한 발짝 들여 놓았다. 그러자 그것이 신호탄이라도 된 것처럼 대문 옆 허름한 방에서,

"아이고 아이고"

하는 통곡소리 터져 나왔다.

정숙은 머리를 얻어맞기라도 한 것처럼 그 자리에 멈춰 섰다. 바로 여기가 이판서 유족들이 살고 있는 방이라는 것을 직감으로 알아차렸다.

불길한 예감이 전광처럼 뇌리를 스쳤다. 정숙은 잡고 있던 시어머니의 손을 놓고 쓰러질듯 방 안으로 달려 들어갔다.

놀라 휘둥그레진 정숙의 눈에 비친 광경은 이판서댁 마님이 숨을 거두기 직전의 모습이었다. 갑자기 눈앞이 캄캄해진 정숙은 벽에 몸을 기대고 겨우 지탱하고 있었다.

단지 깊은 주름이 조금 늘어난 것 말고는 옛날과 다름없는 하얗고 단정한 얼굴이었다.

맑고 차가운 자태로 천정을 똑바로 향한 채 누워있었다. 옆에 앉아서 그 흰개미 같은 새하얀 얼굴 위로 둘러앉아 목 놓아 울고 있는 사람은 그 옛날 미소년의 흔적은 찾아 볼 수 없이 변해버린 큰도련님이 틀림없었다.

이 광경이 짧은 순간에 정숙이 본 모든 것이었다. 정숙은 정신을 놓은 듯 그대로 주저앉아 통곡하였다.

늙은 시어머니가 젊은 사람처럼 뛰어 들어온 것도, 자기 옆을 지나 방 안쪽에 있는 주인마님의 주검을 끌어안고 울고 있는 것조차도 모르고 한껏 울어댔다.

신당동 부근 주민들의 이목을 집중시키고, 한동안 수다거리가 될 만큼 이판서댁 마님의 장례식은 화려하고 성대하게 치러졌다. 그것은 오직 정숙의 주선에 의한 것이었다.

상주의 사양을 강하게 물리치고 정숙은 경비를 아끼지 않고 성심을 다하여 옛 주인마님의 마지막을 화려하게 장식해주었다.

무사히 장례를 마치고 열흘정도 지난 뒤, 정숙은 상주일가를 집으로 초대하여 집안 식구들만의 조촐한 식사자리를 마련하였다. 그 자리에서 정숙은 머뭇거리면서, 옛날 말투로 '도련님' 하고 부르면서 말을 꺼냈다.

"참으로 외람되기 그지없지만 기분 나쁘게 듣지는 말아주세요. 사실 저희들 부족한 점이 많을 줄 알지만 도련님의 뒤를 돌봐 드리고 싶습니다. 뻔뻔스런 놈들이라고 꾸짖지 마시고 들어 주세요. 그 옛날 거둬주신 은혜를 갚고 싶어 그렇습니다. 누추하지만 저희 집으로 와 주신다면 조금도 불편 없이 사시도록 해드리겠습니다. 또 지금 하고 계신 일에 대해서도 후견인 역할을 하고 싶습니다. 아무쪼록 이전처럼 사양하지 마시고 분부만 해주신다면 저희들 노후의 기쁨으로 알겠습니다."

이렇게 말하고 나서 상주의 손을 잡고 얼굴을 찬찬히 살피며 하염없이 눈물을 흘렸다.

그렇게 하염없이 눈물을 흘리던 중 정숙은 태어나서 처음이라 할 만큼 마음속으로 큰 만족감을 느꼈다.

때마침 주인마님의 임종을 보게 된 것이 마음에 걸리긴 하였지만, 그래도 그나마 행운이었다는 생각도 들었다.

만약 주인마님이 살아계셨더라면 어쩌면 자기들 순수한 마음이 받아들여지지 않은 채 그 자리에서 쫓겨났을지도 모를 일이다. 아니 틀림없이 그랬을 것이다.

그런 상황이었다면 너무도 원망스럽고 서러웠을 것이다.

우연이었지만 그 때가 임종 때였기에 남 눈치 볼 것 없이 마음껏 장례를 치를 수가 있었던 것이다.

'은혜도 모르는 놈들'

이란 말을 다신 안 듣고 끝낼 수 있게 된 것이다.

정숙은 자신의 〈사업〉이 성공을 거두었을 때보다도 더 크고 더 분명한 만족감을 느꼈다.

그 때 정숙은,

'그러한 느낌이 어디에서 온 것일까?'

궁금해 하면서도 신기하기 그지없었다.

정숙은 그 느낌을 간단하게 물리칠 수 없었다. 그러나 그것은 돈을 썼을 때의 즐거움을 느낀 것에 불과한 것이었다.

정숙은 지금껏 돈을 모을 줄만 알았다. 모아서 무엇을 어떻게 하겠다는 생각도 물론 없었다. 그저 욕심껏 돈을 모았고, 또 일한만큼 돈은 모였다.

그 때 앞으로 살날이 얼마 남지 않았다는 것과 돈을 물려줄 상속자도 없다는 것을 새삼스레 느꼈지만, 그렇다고 해서 자신의 사치를 위해 애써 모은 돈을 쓰고 싶은 생각도 없었다.

말하자면 정숙은 돈을 모아둘 필요가 없다는 것을 처음으로 깨달았고, 조금 과장해서 말하자면 그러한 사실이 기가 막히고 어처구니가 없어 그저 멍할 뿐이었다.

정숙에게는 이판서 유족을 위해 돈을 쓴다는 것이 더할 나위 없이 좋은 씀씀이가 될 거라는 생각이 들었다.

정숙은 그 일에 여생을 걸어도 후회는 없겠다는 자신감을 갖고 상주를 설득하고 있는 것이었다.

성인이 된 사려와 분별이 있는 큰도련님은 타고난 총명함과 높은 교양의 힘으로 재빨리 정숙의 의중을 간파하고, 언제까지나 묵묵부답인 채 팔짱을 끼고 있을 뿐이었다.

이하 약간의 사족을 붙인다면 —

1. 도련님으로부터, "아주머니가 적적하셨나 보군요." 라는 말을 들었을 때 "아주머니라니요 당치도 않은 말씀입니다. 도련님! 저 벌받습니다요." 라며 정색을 하였지만 그런 호칭을 듣자 이제는 언제 죽어도 여한이 없다는 황홀한 기분이었다.

   "아니에요, 이젠 아주머니이지요. 적적하시다면 같이 살아드릴 수는 있겠지만, 저에게도 미력하나마 자립할 힘은 남아 있으니 도움을 받지는 않겠습니다." 라 말하며 상주는 정숙의 간청을 거절했다.

2. 작은 도련님은 2년 쯤 전에 〈부랑아〉 생활을 청산하고 만주에서

군속으로 근무하다가 산서토벌전에서 장렬히 전사했다.

3. "동거에 찬성하신 다면 뒤뜰에 별채를 지어드리겠습니다." 라는
제의를 드렸을 때 상주는, "아니오, 저희 식구는 저와 아내 이렇게
둘 뿐이라 방 한 칸만 있으면 됩니다." 하면서 마을 중심에 있는
뒷마당이 상당히 넓으니, 그냥두지 말고 마을을 위해 사용하라는
조언을 해 주었다.

예를 들면, "큰 방공호를 파서 마을에 기부한다든지, 또는 절반은
밭을 일구어 마을 사람들의 공동소유로 하는 것도 좋겠지요." 하
였다. 정숙은 신속하게 그 일을 자신이 소속되어 있는 애국반에
신청했다. 그리고 닭장까지 만들었고 거기서 생산된 달걀은 반원
전원에게 공평하게 분배하였다.

4. 할멈의 딸이 시집 갈 때, 정숙은 숙고한 끝에 예전의 색상자 안에
서 저고리와 치마를 꺼내어 직접 수선하여 새로운 색상자에 넣어
서 선물했다. 정숙으로서는 그것이 매우 의미 있는 선물인 셈이었
다. 그걸 입고 자신의 행운을 닮았으면 하는 것이었다. 그러나 할
멈의 딸이 정숙의 그런 마음을 받아들일지 아닐지는 모른다. 자기
자신에 대한 의미는 지금까지의 욕심 많았던 ―그 정도 까지는
아니었지만― 정숙을 여기에 묻는다는 결단이기도 하였다.

5. 그리고 나서 정숙은 비어 있는 색상자를 버리지 않았다. 서툰 솜
씨로 새로운 색지를 발라서 태어난 지 얼마 되지 않은 도련님 아
들의 장난감상자로 쓰라며 드렸다.

6. 그동안 일만 알고 살아왔던 정숙이 앞으로 어떠한 삶을 살아가게
될 것인지는 대단히 흥미로운 이야기이다. 도련님은 이판서 장남

이라는 타이틀이 있으니 그냥 그대로 두어도 잘 살 것임에 틀림없다. 정숙이 거기에서 진정한 평온과 검약된 생활을 반드시 찾아낼 것이라 믿어 의심치 않는다.

제6장

만년기 【晩年記】

- 1942년 5월 「東洋之光」에 「晩年記」 발표(일본어)
- 1944년 12월 창작집 『淸凉里界隈』에 수록 재발표(일본어)

본문은 1944년 12월 창작집 『淸凉里界隈』에 수록된 내용이다.

上

약 달이는 일과 의외의 품삯 일에 가까스로 부엌일까지 마치고 보니 벌써 주위는 완전히 저물어 있었다.

옥순어머니는 옷이 젖어 있는 채로 내몰리듯 방 한구석에 쪼그리고 앉아서 화로와 반짇고리를 무릎 앞으로 당겨 놓았다. 내일 아침까지 꼭 마무리해야 하는 급한 일거리를 맡았기 때문이다.

다리가 부러진 안경을 코끝에 걸치고 몇 번이나 실패한 끝에 겨우 바늘귀를 찾아 실을 꿰었을 때, 좌-악 좌-악 우산에 비 맞는 소리가 툇마루 쪽으로 다가오더니,

"안녕하세요?"

라는 소리가 들렸다. 귀에 익은 반장 목소리였다. 맹장지 문을 열고 어머니가 얼굴을 내밀자, 반장은 우산을 쓴 채 가볍게 인사한 후,

"저어… 내일 신사참배는 이 댁이 참여할 차례입니다."

그렇게 말하고, 애국반 깃발과 참배일지를 싼 보자기를 슬쩍 내밀었다. 어머니는 허둥지둥 일어나서 그것을 받아들고,

"아 그렇습니까? 수고하십니다. 어머! 근데 어깨 끝이 저렇게 젖어서야……"

"정말 자주 내리네요, 봄비답지 않게 말예요."

"저어 기분이 별로 안 좋죠? 그나저나 큰일이에요. 잠간이라도 들어오시면 좋을텐데……"

"예 고맙습니다. 하지만 그럴순 없어요. 지금부터 주례 반장회의라 서요."

"그건, 그것은…… 이런 날에는 맡은 임무가 대단히 고생스러우시겠 어요."

"그럼, 내일 중으로 꼭 부탁해요."

"알겠습니다. 조심해서 가세요."

반장을 배웅한 뒤 어머니는 애국반기와 보자기를 가슴에 품은 채, 툇마루에 서서 가랑눈처럼 하얀빛이 나는 재색하늘에 줄을 긋는 빗줄기를 넋 놓은 듯 뚫어지게 응시하고 있었다.

바깥 인기척에 잠이 깬 듯 잔기침과 함께 박노인의 소리가 났다.

"거기 누구 왔소?"

"아뇨 저어 반장이 다녀갔어요."

어머니는 정신을 가다듬고 방으로 들어와서 차디찬 양손을 노인의 이불 속으로 밀어 넣으면서,

"기분은 좀 어떠세요? 뭐라도 먹을 것 조금 갖다드릴까요? 미음이라 도?"

"으으응… 아직은 먹고 싶지 않소."

자리에 누운 지 불과 닷새 밖에 안 되었는데도 노인의 몰골은 말이 아니었다. 야윈 얼굴을 가까스로 옆으로 돌리면서 힘없는 소리로 대답했다.

"옥순이는 아직 안 들어왔는가?"

"오늘 밤도 늦을 모양이네요. 몹시 바쁘다고 했으니까."

노인은 경직된 얼굴로 아무런 표정도 없이 앉은 채 가볍게 눈을 감았

다가 다시 짧게 물었다.

"비는?"

어머니는 미세한 움직임도 없는 노인의 안색을 살피는 중에 왠지 모르게 측은한 마음이 가슴으로 밀려들어, '장마 때처럼 계속 내리고 있어요.' 라는 의미로 말없이 고개만 끄덕여보였다.

"옥순이 녀석… 머잖아 시집갈 녀석이 매일 밤 도대체 어디를 쏘다니는 거야?"

"밤늦게까지 놀러 다니는 그런 아이는 아니잖아요. 매일같이 야근이라 걔도 고달프다고 할 정도이니까요."

"야근이라 늦는다고?"

어머니는 노인의 그 말에서 문득 심상치 않은 낌새를 느끼고 또다시 입을 다물고 말았다.

여전히 눈을 감은 채 앉아 있었지만 희미하게 핏기가 오르고 있는 것으로 보아 내심 화를 억누르고 있는 것이 틀림없었다.

"내일부터…… 밤일은 그만두라고 해"

"그래도…… "

"과년한 딸년이 밤늦게까지 쏘다니고…… 변변치 못하게스리…… 당치않은 못된 짓이라도 하고 다니는 것 아녀?"

"하지만, 놀러 돌아다니고 있는 것 같진 않네요."

"그걸 어떻게 알아? 용서할 수 없소. 오래비란 놈이 제멋대로 구니까 딸년까지 보고 배워 함부로 나다니고…… 되먹지 못한 놈 같으니라고."

'오래비란 놈이…'

그 말을 듣는 순간 어머니는 급한 일감이 있다는 것도 잊고 그 자리에 확 엎어지고 싶은 듯한 마음의 격동을 느꼈다.

병환 중이라 자잘한 일에도 화내는 것도 무리는 아니지만서두……

이렇듯 음산한 봄비가 계속 내리면 이 인간도 역시나 자식일이 걱정되나보다 싶었다.

어머니는 당장이라도 눈물이 나오려는 것을 애써 얼굴을 돌리며 필사적으로 참았다.

한동안 힘없이 고개를 떨어뜨리고 있다가 겨우 노인 앞에서 조용히 물러나서 다시 바느질 상자를 옆에 가져다 놓았다.

봄이 되고, 그리고 오늘처럼 부슬부슬 비가 내리는 날이면 이 노부부는 서글픈 생각에 휩싸여 사소한 일에도 말이 거칠어지기도 하고 초조해지기도 한다.

이미 잊어버렸다고, 아니 잊으려고 애쓰고 있는 외아들에 대한 기억이 불현듯 선명하게 떠올라서 새삼스럽게 탄식이 나오고 괜시리 적막함을 느끼기 때문이었다.

그럭저럭 벌써 5년이나 되었다.

지금처럼 줄기차게 비가 내리던 어느 날 옥순이 오래비이자 노부부의 외아들인 영순(永順)이 훌쩍 집을 나가버렸고, 이후 행방을 찾을 수 없었다.

시대가 어떤지, 시세가 어떻게 돌아가는지도 알지 못하고, 아예 알려고도 하지 않았던 박노인은 그저 자기 젊었을 때의 잣대로 모든 사물을 이해하려고만 했다. 그러나 노인은 물론 자신의 그런 괴팍한 성격을 알 리가 없었다.

"애비가 조금 나무란 것 가지고 부모를 등지고 가출하는 죄 받을 놈…… 아들이라고 생각도 안한다. 아버지라고도 생각지 마라."

하면서 영영 의절할 것을 선포했다.

그 후로부터 집안사람들은 영순의 '영(永)'자도 입에 올리지 못했고, 노인은 어디 하소연 할 데도 없는 외로움을 홀로 이를 악물고 견뎌왔던 것이다.

꾸짖었다고는 해도 실은 꾸짖은 것도 아니었다. 그것은 일종의 징계였다.

영순이 처음으로 좋아하는 여자가 생겼다며 데리고 와서 함께 살게 해달라며 힘들게 말을 꺼냈을 때, 젊은 놈들의 연애나 사랑이라는 행위를 혐오스런 벌레 보듯 몹시 꺼려하는 노인은 두말도 하지 않고 딱 거절했다.

"결혼은 원래 부모가 정해야 하는 것이라고 그토록 말을 했는데도 좋아하는 여자가 어쩌고저쩌고 하면서 부모를 부모라고도 생각지 않는 불효자식, 음란한 짓 좋아하는 하찮은 놈, 썩 없어지지 못할까?"

그런 벼락이 떨어지고 난 후, 그 일을 둘러싼 일이 있을 때마다 부모 자식사이에 언쟁이 끊이지 않았다.

영순이 학교를 졸업하던 해 어느 비오는 날, 여느 때와 다름없이 불손한 태도로 아버지께 대들던 영순은 마침내 우중에 입던 옷 그대로 우산도 받지 않고 집을 뛰쳐나갔던 것이다.

그것을 끝으로 영순이 어디서 어떻게 살고 있는지 바람결에도 소식은 들을 수 없었으며, 5년이나 지난 지금에는 생사조차 알 수 없을 정도로 소식두절이다.

영순이 가출했던 그것이 계기가 되었는지, 그 후 채굴까지 시작했던 금광이 실패하는 등 하던 사업은 계속해서 엇나가기만 했다.

옥순이 여학교를 졸업할 무렵이 되자 선대(先代)로부터 물려받은 20만석이 넘던 재산이 겨우 세 식구 굶지 않고 살아갈 만큼으로 줄어버렸다.

사방을 둘러보고 또 둘러봐도 주위엔 절망과 고독뿐이었다. 그때부터 노인은 폭삭 늙어버려, 모든 희망을 버리고 초연하게 살아왔던 것이다.

그래도 타고난 완고함은 몸에 달고 있었는데, 그것도 이전에 비해 눈에 띄게 약해졌다. 옥순이 일하러 나가겠다는 말을 꺼낼 때에도 불같은 성격에 화도 내지 않고 가볍게 혀를 차면서 묵인하는 형태로 변해갔다.

그저 혼자 있으면 입버릇처럼,

"사람 내리막길이 되면 흉한 것이야, 흉한 것이야."

를 입 안에서 중얼중얼 시부렁거릴 뿐이었다.

그런 이후로 노인은 사람이 변한 것처럼 말수가 적어졌다. 말할 기력조차 잃어버린 모양이었다.

묵묵히 하루 온종일 경서에 열중하며 지내고 있었다.

겉으론 엄격한 체 하면서도 속마음은 넘치는 애정을 지니고 있는 것이 이러한 완고한 노인들의 통례였다.

생활에 압박받고 점점 죽을 때가 가까워오자, 박노인도 의지할 곳 없는 만큼 외아들 영순 생각에 휘말려 새삼스럽게 후회한 적이 한 두 번이 아니었다. 혼자서 베개를 적신 일도 부지기수였다.

그래도 어쩌다가 영순의 이야기라도 할라치면,

"그런 불효막심한 자식 얘기는 하지도 마라. 없는 자식 셈 치게나."

라면서 눈을 부라리며 말을 끊어버린다.

그러나 그런 즉시 모두가 몸을 에워싸는 적막감과 고독감으로 마음의 갈피를 못 잡고 심신이 물먹은 솜처럼 극심한 피로에 빠져버리고 만다.

흐린 날이 며칠씩이나 계속되더니 다시 겨울로 돌아간 듯한 추위가 엄습해 왔다. 그런 기후 불순 탓에 노인은 지독한 감기에 걸리고 말았다.

고열이 나서 나흘을 온통 자리보전한 채 지냈다.

몸이 쇠약해지자 마음까지 약해진 듯 노인은 요즈음 종잡을 수 없는 번민 속으로 빠져들어 갔다.

가슴 아픈 추억 속에 빠져있던 박노인은 별 도움 안 되는 잡념을 털어버리려는 듯이 눈을 크게 뜨고서,

"아랫방 학생들은 어떻게 된 거야?"

그 소리에 흐린 눈을 깜박거려가며 바느질에 열중하던 어머니는 안경 벗은 얼굴을 들고 말했다.

"무슨 말이에요? 모두들 쉬는 날이라 고향에 가지 않았겠어요?"

"그랬던가?"

노인은 입가에 가느다랗게 쓴웃음을 띠며,

"뭐라도 조금 먹을 수 없을까?"

그렇게 말하면서 정맥이 튀어나올 정도로 깡마른 손을 베갯머리에 있는 긴 담뱃대 쪽으로 뻗쳤다.

中

자리에 누운 지 사흘이나 지났는데도 좀처럼 나을 기미가 보이지 않았다. 미열이 계속되었고 잔기침도 멈추지 않았다.

박노인은 따사로운 봄볕에 등을 대고 종일 담배연기 가득한 방안에 틀어박혀 깊은 생각에 빠져 있기만 했다.

박노인을 이렇듯 반 병자로 만든 것은 어쩌면 옥순의 행동 탓일지도 모른다. 온순하고 순진한 딸 인줄로만 알았는데 그것은 역시나 막내에다 외동딸에 대한 아버지의 생각에 지나지 않았다. 노인이 알아차리기 전에 옥순은 이미 자기주장을 가진 성인 여자가 되어 있었다.

그걸 몰랐던 노인은 눈이 휘둥그레지도록 놀랐고 그로부터 심한 의구심과 초조함 그리고 고독에 휩싸이기 시작하였다.

주위에 누구하나 자기편은 없고 모두들 자기를 헌신짝처럼 버리고 떠났다는 생각에 혹시라도 이대로 폐인이 되어 버리는 것은 아닐까 걱정이 되었다.

옥순이까지 그렇게 대항하리라고는 꿈에도 생각지 못했다. 노인은 무엇보다도 자신이 한심하다는 생각에 견딜 수 없었다.

"내일부터 회사 따위 그만 둬, 젊은 처녀가 밤늦게 나다니는 건 그 부모한테 수치라는 것을 생각지도 않았냐?"

노인이 성난 목소리로 이렇게 딸에게 야단치면, 딸은 죄송한 나머지 울음을 터뜨리는 그런 안쓰러운 장면을 예상했었는데, 딸 옥순이 의외

로 똑바로 얼굴을 쳐들고,

"아버지는 나를 그런 막되먹은 딸이라고 생각하고 있었어요? 저를 조금도 믿어주지 않으세요?"

라며 대들었던 것이다. 노인은 너무 놀라 딸이 무슨 말을 했는지 거의 귀에 들어오지 않을 정도로 놀랐고 두려웠다. 지금 딸의 눈빛은 5년 전의 영순이 놈 눈빛과 같았다.

등골이 싸늘해지는 것을 느꼈다.

'아아 이젠 옥순에게까지 배신당하는구나!'

예전의 박노인이었다면 그대로 그냥 둘 리가 없었건만, 요즘 들어 부쩍 마음이 약해진 병상의 박노인은 화낸다거나 두려움을 느낀 직후, 바로 체관을 움켜잡고 '딸에게까지 외면당하면 어쩌나' 하는 오직 한 가지 생각으로만 달려가고 있었다.

'이대로 내버려두면 언젠가는 옥순이도 반드시 영순이 흉내를 낼 것임에 틀림없을 거야'

지금은 단지 이것만이 신경 쓰여 노인은 몇날며칠을 생각한 끝에 고향으로 돌아가야겠다는 마음을 겨우 정할 수 있었다.

내버려두고 싶지는 않았지만 할 수만 있다면 최대한 빨리 옥순을 혼인시키고 싶다는 생각을 했다.

그러나 그렇게 갑자기 마땅한 곳이 있을 리도 없었다. 좋아한다는 사내라도 생기기 전에 지체 없이 시골로 데리고 가자. 지금의 노인에게는 그것 외의 방법을 생각할 여유도 힘도 없었다.

박노인에게 태어난 고향인 시골로 돌아가고 싶은 마음이 생긴 것은 어제 오늘 일은 아니었다.

사업도 그런 생활에도 종지부를 찍고, 절망과 피로를 느끼기 시작한 때 노인은 경성이라는 곳이 싫어졌다. 시골로 귀향하고 싶은 마음 뿐이었다.

부모님이 돌아가신 후 청운의 뜻을 세우고 시골집을 정리하여 서울로 상경했던 때는 박 노인도 젊었었다. 지금에 와서 그런 시절이 있었는가 하고 꿈같이 되살아날 뿐이었다.

패자는 말이 없다는 말처럼 비참함만이 남아있을 뿐이었다.

자기가 경성에서 해야 할 일은 이제 다 했다는 기분이 들었다. 그래서 선조들의 묘지기라도 하면서 번민 없는 조용한 여생을 보내고 싶다는 생각이 노인의 마음을 온통 점령하고 있었다.

그런 무기력함 밖에 없었다.

그렇게 마음먹은 지 벌써 반년을 훌쩍 넘겼다.

그 때문에 지금 살고 있는 집을 팔려고 내놓았지만 시국이 어수선한 탓에 좀처럼 임자가 나서지 않았다.

"어쩔 수 없지, 헐값에라도……."

옥순의 일을 생각하니 무엇에라도 쫓기는 듯 조급한 마음이 들어 이런 집 따위는 헐값에라도 팔아버리고 지금 당장이라도 경성을 떠나버리고 싶었다.

이제 앞일은 뻔했다. 암담하기만 하였고, 무엇을 한다 하더라도 승산이 있을 것 같지 않았다.

무엇보다도 뭔가를 하고 싶은 의욕마저 일어나지 않았다.

아무리 생각해도 옥순이를 곱게 데리고 내려가는 것 밖에는 다른 방법이 없었다.

지금이야말로 옥순이 녀석이 이러쿵저러쿵 별소리를 다해도 아무 말 않고 결행 할 것이라 다짐했다.

잠시 감추고 있었던 전부터의 결심이 머리를 쳐들던 때 이윽고 노인은 극단의 결심을 할 수가 있었다.

下

한 칸에 350원이니 일곱 칸 반이면 2,625원. 이것저것 제하고 널린 빚을 갚고 나면 손에 남는 것은 겨우 1,000원 될까 말까 하는 정도였다. 그러나 그렇다 해도 시골로 내려가면 그다지 부끄럽지 않은 집 정도는 살 수 있기 때문에 불만은 없었다.

결국은 샀던 때에 비해서 1,500원 남짓 손해였지만 그런 헐값에라도 파는 게 좋다고 했고, 또 그래야만 했던 때였다.

게다가 1,500원과 딸과는 바꿀 수 없는…… 노인은 큰 맘 먹고 그 가격으로 결정하고 손바닥을 쳤다.

아직까지 경험한 적 없는 시골 생활이라는 것에 다소 호기심과 동경을 품고 있는 듯한 옥순은 의외로 순순히 낙향에 동의해 주었다.

회사 일은 그 달까지만 채우는 것으로 하고 그만두기로 하였다.

집을 비워주기까지는 아직 20여일 정도 여유가 있었다.

이렇게 되면 빨리 시골에 살 집을 구해야만 했다. 박노인은 무리해서라도 한 번은 시골에 다녀오기로 했다.

막상 단행하게 되자 노인은 의외로 기운이 솟는 것을 느꼈다.

몸 상태까지 부쩍 좋아지는 느낌이었다.

"괜찮으시겠어요?"

걱정스러워하는 마누라의 얼굴에 대고 박노인은 오랜만에 호탕한 웃음을 터뜨렸다.

"하하하하, 괜찮다니까. 그렇게 얕보지는 말게나."

노인은 휘청거리는 다리를 힘껏 떡 버티며 방 한가운데 가로막고 서 보였다.

"아버지 넘어질까 불안해요. 다리가 후들거려요."

딸 옥순이 비아냥대자 노인은 웃던 얼굴을 돌리고는,

"열이 나지 않으니까 괜찮다. 이래 뵈도 마음의 병만큼은 아니니까."

"지독해요. 호호호호… 아버지는 의지가 강한 분이니까. 그럼 아버지 언제쯤 다녀오시려고요?"

"그게… 사흘 정도면 갔다올거다."

"사흘 만에 다녀오신다고요? 아무리 시골이라지만 그렇게 입에 딱 맞는 집이 기다리고 있을 리가 없을 텐데……"

라며 옆에서 어머니가 중얼거렸다.

"그까짓 거 내가 내려간다고 하면 시골 사람들이 집 한두 채 정도 어떻게라도 못해주겠소? 살 집 구하는 것만 같으면 하루라도 충분하지. 십년 만에 내려가게 되어 여기저기 인사라도 다니려니까 그렇지. 그래서 사흘정도 걸리겠다는 거요."

"당신은 항상 그래서 낭패를 보는 거예요. 너무 넘쳐서 안 된다니까요. 아무리 시골이라도 옛날과는 다를거예요."

"알았소, 알았다니까. 점점 더하면 성낼거요. 살 집을 알아 볼 때까지야. 옥순아! 순박하고 정이 두텁고…… 시골은 그렇단다. 너는 시골과 저절로 친해져서 더욱 구김살 없는 딸이 되어야 한다."

"됐어요, 설교는…… 3일 정도라면 나도 따라 갈까봐요."

옥순은 놀러가기라도 하는 것처럼 들떠서 보채듯 말했다.

"무슨 소리 하는 거야? 그렇게 서두르지 않아도 이제 곧 이사 할 텐데, 그 때에도……"

"하지만 큰 짐은 먼저 보내야 하잖아요?, 그렇다면 나도 가는 것이 나아요."

"모녀지간에 싸움은 그만해요. 그보다도 빨리 짐 꾸려야겠소. 슬슬 준비해야지."

노인이 분주한 마음에 허둥지둥 벽장문을 열려는 것을 어머니가 바짝 뒤따라가더니,

"당신, 그만두세요, 이삿짐 나르는 일꾼 부르는 편이 낫지 않겠어요? 무리하게 몸을 움직이면 또 몸살 나요. 아직 시간은 충분하니까 푹 쉬고 계세요."

"그래도, 그렇다면……"

그 말에 갑자기 피로를 느낀 듯 박노인은 머리를 가볍게 끄덕이면서,

"그럼 잠깐 누워 볼까나"

팔꿈치를 베게삼아 그 자리에 드러누워 반백의 머리를 쓸어 내리고 있다가 갑자기 현기증이 난 듯 방안을 둘러보더니 거처 없이 앉아있는 늙은 마누라를 불렀다.

"어이, 여보! 짐 되는 것은 모두 미리 보내버리면 어쩌겠누?"

"예예, 보낼 것은 일단 먼저 보내고 싶다는 생각 중이긴 한데요……"

노인은 무슨 생각을 하는 것인지, 으음— 하며 고개를 가볍게 끄덕인 다음 다시 한 번 조용히 머리를 훑어 내리기 시작했다.

"장롱 안에 있는 것들은 꺼내놓았소?"

띄엄띄엄 생각난 듯이 물었다.

"예예 필요한 것만요……"

잠시 동안 방안은 다시 조용해졌다.

노인의 한숨 같은 숨소리만이 도드라지게 크게 울렸다.

"이삿짐꾼들은 늦으려나?"

새삼스럽게 다시 노인은 짧게 끊어서 혼잣말처럼 중얼거렸다.

"이제 올 때가 된 것 같은데……"

어머니 말을 덮기라도 하는 듯이

"나 다시 전화 걸고 올게요."

하며, 옥순이 일어서는 것을, 노인이 황급히 손으로 제지하면서,

"이제 됐다. 됐어"

갑자기 노인은 젊은이처럼 벌떡 일어나더니 뭔가에 쫓기 듯이 성큼 성큼 장롱 앞으로 다가갔다.

그리고 나서 노인은 옥순과 어머니가 의아하게 여길 틈도 주지 않고, 삼단(三段) 장롱 위의 단에 양손을 걸고, '으음— 으음—' 하며 힘을 주고 있었다.

"위험해요, 아버지."

"에구머니! 뭐하시는 거유?"

옥순과 어머니는 입을 모아 소리쳤다.

흔들흔들 흔들리기 시작한 삼단 장롱으로 와락 달려들면서 험상궂

은 눈으로 노인의 안색을 살폈다.

노인은 의외로 태연한 얼굴을 하고 입가에는 엷은 미소까지 띄고 있었다.

"기다리기 지루하니까 마루방에까지 꺼내 놓으려고 했소."
라 침착하게 찬찬히 말하고는,

"아무려면 당신이 하지 않는다고……"

어머니는 아이들이 장난하는 것을 꾸짖는 것처럼 당황한 목소리로 말했다.

"아버지, 위험하니까 물러서세요. 제가 할 테니까요"

옥순은 정색을 하면서 아버지 앞을 가로막고 섰는데도 노인은 삼단 장롱에서 조금도 손을 떼려하지 않았다.

오히려 옥순과 어머니를 밀치면서,

"됐다 됐어 신경 쓰지 마, 이봐라."

승강이 하면서 힘껏 힘을 밀어 붙였다.

세 방향으로 제대로 작용하던 힘이 균형을 잃자 순식간에 삼단 장롱은 이단 째부터 둘로 접혀, 서로 얽혀있는 세 사람의 머리위로 떨어지려고 하였다.

이야말로 소리 지를 새도 없이 일순간에 일어난 일이었다.

옥순과 어머니는 순간, '앗! 죽는구나.' 라는 생각을 했다.

어떻게 대처할 틈도 없이 그만 눈을 질근 감았다가, 그래도 본능적으로 양손을 머리위로 번쩍 쳐들었다.

어머니는 그 자세로 한동안 —그렇게 생각했다— 몸을 움직일 수 없었다.

그러는 동안 두 모녀는 머리 위에 아무것도 떨어지지 않았다는 이상함에 정신이 번쩍 들었다.

그와 동시에, 바로 코끝에서,

'으—음'하는 소리가 동물 신음소리처럼 들려왔다.

두 모녀는 엉겁결에 숨을 삼키고 번쩍 눈을 떴다.

앙상하게 야윈 팔에 힘껏 힘이 들어간 노인의 양팔이 무서우리만치 두텁고 듬직하게 확대되어 눈앞을 가리고 있었다.

그것을 본 두 모녀는 도움 받았다는 안도감보다 먼저 경악스러움과 감사하는 마음이 가슴을 찔렀다.

눈두덩에는 눈물이 흥건히 고였다. 그리고 그대로 노인의 몸에 매달려 소리 내어 울고 싶었다.

머리와 어깨와 양팔로 든든하게 버티며— 괴력을 지닌 금강신(金剛神)의 몸으로 둔갑한 노인은,

'으음— 으음—'

신음하는 것조차 괴로운 듯한 모습으로 머리위로 떨어지려는 삼단장롱을 받쳐 든 채 버티고 서 있었던 것이다.

주름 가득한 얼굴이 새빨개지고 눈에도 핏발이 서 있었다. 마치 물구나무라도 서 있는 것 같은 무모한 형상으로 변해있었는데, 그 모습이 어머니로서는 더없이 존경스럽고 아름답게 여겨졌던 것이다.

후광이라도 비추인 듯 넙죽 엎드려 절하고 싶을 만큼 존경스러웠다.

두 사람은 눈이 아찔한 채,

'이 분이 정녕 나의 아버지, 내 남편의 본모습이었을까?'

생각하며 눈물 흘리던 중에 묘한 신비감까지 느꼈다.

그러고 나서 모녀는 비명 비슷한 소리를 내면서 양쪽에서 매달려 무너지기 시작한 삼단장롱을 벽 쪽으로 힘껏 밀어내고는 허리가 **빠진** 듯 그대로 털썩 맥없이 주저앉아 버렸다.

어깨를 들썩거리며 헉헉대면서 멍하니 쳐다보던 두 모녀의 눈에 비친 것은 양다리를 벌리고 힘껏 버티며 이마에 범벅이 된 진땀을 닦고 있는 박노인의 모습이었다.

"우하핫……"갑자기 노인은 미친 듯이 엉뚱한 소리를 내며 잠시 동안 웃는가했더니,

"거참, 놀랐잖소."

라며 활기찬 젊은이 목소리로 천연덕스럽게 말했다. 그리고는 마루방 쪽으로 쿵쿵거리며 걸어가더니 그 한가운데 털썩 주저앉아서,

"옥순아!"

하고 침착한 목소리로 불렀다.

"아버지, 그러시는 것 싫어요."

눌러 앉은 채로 옥순은 반쯤 울상이 되어 머리를 마구 도리질 했다.

"하하하하… 미안하다. 미안해."

노인은 전혀 다른 사람처럼 원기를 회복하여 계속 웃다가 돌연 위엄 있는 얼굴이 되어

"옥순아!"

하고 다시 한 번 불렀다.

"어떠냐? 시골과 경성 어디가 더 좋으냐? 솔직히 말해다오!"

옥순은 싱글벙글 웃고 있는 아버지가 갑자기 얄미운 생각이 들어서,

"그거야 당연히 경성이 좋지요"

토라진 듯 뿌리치며 옥순이 말했다. 노인은 지체 없이 곧바로,

"으음 알았다. 그럼 시골로 이사 가는 것 그만두자."

결연하게 단언하듯이 말했다.

이사 갈 날을 코앞에 두고 너무나도 갑작스런 아버지의 변덕에,

"왜 그러세요?"

"왜 그러시는 거예요 아버지!"

미심쩍어 하는 두 모녀의 시선을 정면을 받으면서 노인은 담담하게 말했다.

"나 이사 가는 것 취소하려고 해요. 나에게 아직 일할 만한 힘이 있었소. 지금에야 비로소 그걸 알았소. 경성에 조금 더 남아서 세상과 싸워보고 싶소. 내가 아직 그 정도로 약해빠진 늙은이가 되어서는 안 된다는 것이야."

한 마디 한 마디 분명하게 대답했다.

그러나 마음속으론

'지금부터 다시 한 번 싸워보는 거다. 젊은것들에게 질 수는 없지. 더군다나 우리가 갑자기 경성을 떠나면 내 아들 영순이 돌아와도……'

라는 생각이 들었기에 그쯤에서 생각을 돌린 것이었다.

박노인은 점차 노인이 있는 자리까지 들어와 비치는 봄볕을 눈을 가늘게 뜨고 바라보면서,

"어떻게 할 거냐? 반대할건가?"

하며, 바깥쪽을 향한 채 혼잣말처럼 물었다.

"찬성이에요. 아버지, 대 찬성이란 말이에요"

옥순의 통통 튀는 목소리에도 아랑곳없이 노인은 시치미 떼는 듯 천연덕스런 얼굴을 하고 있었다.

제7장

농무
【濃霧】

– 1942년 11월 『國民文學』에 「濃霧」에 발표

본문은 1942년 11월 『國民文學』에 발표한 「濃霧」이다.

9월도 중순이 지나자 백두산기슭의 이 고원지대에는 매일처럼 안개가 자욱했다. 마치 월출(月出)과 경쟁이라도 하는 듯 해가 저물기 시작하면 안개는 밀물처럼 밀려와 현성(縣城, 현 사무소 소재지)을 좌-악 드리우고, 해가 높이 뜰 때까지 꾸물거리기 일쑤였다.

　안개는 밝은 중추절 명월(明月)을 질투하는지도 모른다. 심술궂은 계절의 장난이다.

　적막한 현 관서 앞 큰길에 안개 속에서 두둥실 떠오른 건장한 사내는 신기하게도 발걸음이 땅에 붙지 않을 정도로 취해있었는데 틀림없는 지타(千田)운전수였다.

　"술 마시는 게 어때서? 뭐 나쁜가?"

　말상대도 없는데 지타운전수는 혼자서 이렇게 지껄이면서 눈을 샐쭉거리며 비틀비틀 안개 바다 속을 헤엄치듯 숙사(宿舍) 쪽으로 꺾어서 가고 있었다.

　"취해있어도 핸들을 잡는 지타씨잖아. 가끔 배갈 정도는 마셔도 괜찮을거야."

　"얼뜨기 같으니! 맘대로 하라고 해. 그래 보여도 목숨 내놓고 탄환 속을 뚫고 간 적도 있는 지타씨라니까."

　혼자서 득의만만하게 서 있는 것을 보면 몰래 빠져나가서 술을 마신 약한 모습을 감추려고 허세부린 것이 틀림없다.

　그 증거로는 이슬 젖은 길 가운데서 숙사의 불빛이 깜박깜박 쪽문 틈을 통해 보이기 시작하면 지타운전수는 금세 풀이 죽어 맥없이 숙사로

돌아가서,

"아직도 안 일어났군."

하고는, 작은 소리로 쯧쯧 혀를 찬다. 그리고는 허세 부리려고 입으로 욕설을 내뱉으면서도 이미 숙련된 동작으로 꼿꼿하게 몸도 마음도 바짝 긴장하고 있는 것이다.

숙사 안에서는 딸그락 소리 하나 나지 않았다. 램프가 환하게 켜져 있을 뿐, 쥐죽은 듯 조용한 것이 어쩐지 더 섬뜩했다.

지타운전수에게는 불안해하며 웅성거리는 소리가 들려오는 것보다도 더 불안했다. 갑자기 자책감이 구름처럼 몰려왔다.

"드디어 나타났구나. 비적들!"

다시 한 번 입으로 허세를 부려본 것을…… 그것은 백번의 질책보다도 지타운전수의 마음에 충격을 안겨주었다.

지타운전수는 무심코 발소리를 죽이고 숨을 삼켰다. 그리고 나서 쪽문에 손을 올려놓은 채 오랫동안 서 있었다.

'고르고 골라 하필 오늘밤에 나가는 거야!'

정체 모를 투지 같은 것이 전율처럼 몸속을 마구 달렸다.

복잡한 감정이 술에 취해있어도 떠오를 만큼 머릿속으로 휘감겨왔다.

완만한 안개의 흐름이 발갛게 달아오른 뺨을 스쳐 지나갔다. 선득거리는 게 기분이 좋았다.

문득 눈을 들어보니 안개에 감춰진 달빛이 여느 때보다도 부드럽게 하늘 가득히 퍼져있었다.

잠시 바라보니 역시나 차가운 기운이 눈으로 스며들었다.

그 속에서 희미하게 별이 깜박이고 있었다. 안개의 위층은 아주 맑고 높은 밤하늘 이었다.

비적이 나오기에는 너무 조용한 밤이었다.

'설마 또 나타나지는 않겠지'

생각하며 지타운전수는 작은 현기증을 느꼈다.

살짝 비틀거린 상태로 쪽문을 찌─익 소리가 나게 열었다.

그러자 기다렸다는 듯이 망아지만한 크기의 만주 도사견이 요란하게 짖어대면서 뛰어나왔다. 그러나 지타운전수라는 걸 금방 알아차리고 반갑게 꼬리를 흔들고 몸을 비벼대며 다가왔다.

지타운전수는 아무 말 없이 발로 차 버리고서 성난 듯이 거칠게 쪽문 쪽으로 걸었다. 될 대로 되라고 생각했다.

얼마 동안 개밥그릇(버려진 그릇) 같다는 기분이 들었다. 그는 입가에 씁쓸한 웃음을 띠고 성큼성큼 숙사의 토방 안으로 들어갔다.

오래도록 배를 깔고 엎어져 있었다. 벽에 기대고 눈을 감고 있는 사람도 있었다. 책상에 엎드린 채 움직이지 않는 사람도 있었다.

'안(案)'이 상달되어 모두들 나름대로의 준비자세를 취하며 자고 있었다. 희미한 램프의 불빛이 쓸쓸하게 그들을 비춰주고 있었다.

그날 밤 비적은 없었다.

긴장이 풀리자 지타운전수는 맥없이 털썩 주저앉았다.

"늦었구려, 술 마시면 안 되네."

창가 쪽에서 자고 있던 박씨가 돌아보지도 않고 퉁명스럽게 말을 던졌다. 무뚝뚝한 말 속에서 따뜻한 우정을 느낀 지타는 문득 기가 꺾여 있는 것을 감지하고는 눈물이 핑 돌았다.

"미안하네, 불을 켜두고 온 게 자네였겠지. 미안했었네."

갑자기 방의 온기와 함께 쉰 듯한 남자냄새가 코를 찔러오자, 지타는 구역질이 나서 신발도 벗지 못하고 그대로 아무렇게나 드러누워 버렸다.

"들키면 큰일이야, 불 끄고 빨리 자자!"

"아—"

간간이 개 짖는 소리가 들려왔다. 그것뿐이었다.

비적이 노리고 있는 마을이라고는 생각할 수 없을 만큼 한밤중의 현성은 깊은 잠에 빠져있었다.

이제는 박씨도 지타도 아무 말이 없었다.

창밖에선 밤안개가 커튼처럼 흔들거리고 있었다.

다음날 아침이었다.

현 개척반장의 뒤를 빠져나오려던 지타는,

'아앗'

하며 놀라서 발을 멈췄다. 개척반장의 손에 있는 서류 중에서 너무나도 뜻밖의 이름을 보았기 때문이다.

천용희— 아버지의 이름이 틀림없었다.

다시 한 번 확인한 지타운전수는 덤비듯이 개척반장의 서류에 손을 뻗쳤다.

"뭔가? 지타군인가? 뭘 그리 당황하는가?"

뒤돌아 선 개척반장의 얼굴을 본 지타운전수는 들이대듯 필사적으

로 다가가서,

"반장선생, 그것 좀 보여 주십시오. 부탁입니다."

"이것 말인가?"

"예 잠깐이라도 좋으니 보여주십시오. 제발 부탁입니다."

"이건 자네에게 아무것도 아니야. 요전에 입주한 개척민 명부라네……"

"그 명부 말입니다."

그 때 이미 명부는 지타운전수의 손에 들어온 후였다.

"어떻게 된 거야. 이런! 당황하고 있잖은가?"

지타는 어이없어하는 개척반장을 거들떠보지도 않은 채 미친 듯이 명부를 훑어 내렸다.

순간 그의 시선은 경직된 듯 움직이지 않았다. 혈색도 그렇고 얼굴에서 핏기가 돌기 시작한 것이 다른 사람에게도 확실히 느껴질 정도였다. 명부를 든 손이 덜덜 떨고 있었다.

천용희, 59세, Z도 Z군 출신, 소작(小作).

호주(戶主) 란에 그렇게 씌어 있었다. 아버지라는 사실에 한 점 의심할 여지가 없었다.

가족 란에 어머니와 여동생까지 분명하게 기재되어 있었다.

아버지다. 아버지가 가족을 이끌고 개척민이 되었고, 더욱이 이 간도 성내에 입주해 와있는 것이다.

5년씩이나 잊고 지냈던 고향, 우리 집, 아버지와의 일, 여동생까지— 이 모든 것이 한꺼번에 어지럽게 지타운전수의 상념 속을 헤집고 다녔다.

자책과 회한의 정이 교차하였고, 복잡한 격정이 마음속을 계속 뒤흔들었다.

"반장선생, 이 사람들 어느 곳에 입식되어 있습니까?"

지타운전수의 목소리는 들떠있었다.

"내가 본 명부에서 보면 안도현(安圖縣) 내에 정착하고 있는 것 같은데……"

"그건 알 수 없지. 안도현의 어디인지를 알아봐야겠지."

지타의 목소리는 엉겁결에 싸우는 어조로 변해가고 있었다.

"유수둔(柳樹屯)이야."

지타운전수는 쓴웃음 지으면서 대답하는 개척반장을 노려보면서 다시 한 번 즉각 되물었다.

"언제였지요?"

"지난달 말 경이요. 아는 사람인가 보네. 자네말야 이상하게스리 역정을 내고 있는 것 같구먼."

"아니에요. 아무것도 아녜요. 역정은 무슨……"

지타는 입을 삐죽거리며 잠시 하늘을 응시하다가

"유수둔 이라면 대사하(大沙河) 근처지요?"

그것만 묻고는 대답도 기다리지 않고 잽싸게 뛰쳐나가는 것이었다.

지타는 침울한 얼굴로 숙사 바닥위에 배를 대고 엎드려 누웠다. 눈을 감은 채 간간이 괴로운 듯 뒤척였지만 잠을 이룰 수가 없었다. 지타의 머릿속은 지나간 5년 세월이 매서운 속도로 역류하기 시작했다. 그 영상을 몇 번이나 떠올리면서 그는 그리움이 차올라 차라리 눈을 감고 있었다.

이윽고 그의 눈가에서는 눈물이 고여 흘러 내렸다.

5년! 걱정했던 대로 무척이나 고생을 하셨구나.

'아버지가 연로하신 몸으로…… 결코 짧은 세월이 아니니 상당히 늙으셨을 거야. 도대체 어쩔 작정으로 만주까지 올 생각을 하셨을까? 이제 밭일(농사)하시기 힘드실 텐데…… 그 때부터 눈물이 마를 날 없었을 어머니는 어떻게 변하셨을까? 여동생도 벌써 열다섯 살, 착한 딸이 되어 있겠지.'

그 때는 정말 농사일이 싫었다. 그것 때문에 고향을 떠난 지타운전수였다.

아버지 나이 서른다섯에 겨우 얻은 독자였던지라 유별나게 귀염 받았던 것과, 그나마 어중간한 학교라도 나온 탓에 지타는 조상대대로 물려받은 농사일이 싫어서 견딜 수 없었다.

학교에서도 우수한 학생으로 담임선생님으로부터 농사일을 시키기에는 아깝다는 말을 들었는데, 그것이 집을 뛰쳐나오는데 한몫을 하였다.

학교를 졸업하고 2, 3년간 그는 농사 일이 정말 싫었다. 공부를 계속하고 싶다는 생각만 들어 매사가 즐겁지 않았다.

빈둥거리는 아들은 역시나 아버지 눈에 거슬렸다.

아버지는 욕설을 해대며 함께 밭에 나갈 것을 권했다. 설득도 했다. 그러나 그것이 화근이 되어 부자지간에 싸움이 벌어져, 화창한 봄날 지타는 마을에서 모습을 감추고 말았다.

그 때는 고학할 수 있는 시절이 아니었다. 중학교 교복대신 지타는 기름투성이 작업복을 입었고, 트럭 차고에서 일한 지 3년 만에 졸업증

서 쯤 되는 운전면허를 손에 쥐게 되었다.

그러나 아직은 익숙하지 않았기 때문에 직업운전수로 나설 단계는 아니었다.

중일전쟁이 발발하자마자 그는 북지의 전쟁터를 돌아다녔다.

승전중인 황군의 손이 되고 발이 된 그는 부대 안에서 용맹운전수로 이름을 날렸다.

그는 항상 트럭 행렬의 가장 선두에 나서서 비 오듯 쏟아지는 탄환도 두려워하지 않았다. 그는 언제나 멧돼지처럼 저돌적이었다.

그러던 그가 마침내 산서성(山西省) 넓은 벌판을 눈앞에 두고 부상을 당하여 후송되었다. 왼쪽 어깻죽지에 총알이 박혀버린 것이다.

'이제 왼팔은 불구가 되어 쓸 수 없게 되려나?' 하고 체념하였는데, 두 달 정도 치료받고 나니 예전과 다름없이 움직일 수 있게 되었다.

지타는 다시 종군하기를 원했지만 뜻대로 되지 않았다. 다행히 군의 도움으로 만척(만주척식회사)에서 일할 수 있게 되어, 금년(康德4년) 봄에 안도현 쪽으로 돌아오게 되었다.

그 동안 고향과 집을 잊고 있었던 것은 아니었다. 어수선한 이곳 생활인데다 일이 잘 풀리지 않은 탓에 지금까지 편지도 못하고 지내왔던 것이다.

일간에…… 일간에…… 하면서 그새 5년이나 지나 버린 것이다.

싸우고 집을 나왔던 것은 사실이지만, 아버지를 농사꾼 신세에서 벗어나게 하고 싶은 마음은 고향을 떠날 때부터 작심했던 그의 결심이었다. 지금도 그 마음은 추호도 변함이 없다.

그러나 일개 트럭운전수로, 그것도 곧이곧대로 고지식하게만 살아왔던 그에게 일확천금의 기회가 있을 리는 없었다. 혼자서 안절부절 할 뿐 그에게는 어찌할 도리가 없었던 것이다.

그런 따분한 날이 계속되자 그때는 '차라리 염치불구하고 잠자코 고향으로 돌아가서 사죄라도 할까?' 도 생각해 보았다.

'농민의 피가 흐르고 있으니까 이제부터라도 불가능한 일은 아니겠지, 핸들 대신 곡괭이를 잡으면 되니까.'

노령에 들어선 아버지에게 그게 가장 큰 선물일 것 같아 하루에도 몇 번씩이나 그것을 생각한 적이 있었다.

그러나 사소한 겉치레나 의지로는 안 되었다.

역시나 빈손으로 고향에 돌아갈 결심은 좀처럼 할 수 없었다.

그렇게 헤어진 아버지가 지금 2시간 밖에 걸리지 않는 가까운 곳에 용감하게도 개척민이 되어서 황무지를 일구고 있다. 낯선 기후 풍토와 싸우면서, 그것도 비적들의 포위망 안에서, 노구에 채찍에……

지타운전수는 거기까지 생각하다가 문득 한 가지 일에 생각이 이르자 깜짝 놀라 벌떡 일어났다.

'아버지는 나를 찾으러 온 것이다. 그렇다. 그게 틀림없어…'

아버지는 내가 만주에 와 있다는 것을 바람결에라도 들었을 것이 분명하다.

앞으로 사실 날이 얼마 남지 않은 아버지로서 외아들인 나는 아버지 삶의 전부였을 것이다.

오로지 만주에 가면 아들을 만날 수 있을 거라는 생각에 아버지는 일가족 모두를 데리고 개척민이 되어 만주로 온 것이다. 그게 아니라면 대대로 뿌리내린 정든 고향을 버리고 이런 벽지까지 와 있을 리가 없다.

　아버지가 개척민 모집에 응한 것은, 죽기 전에 한번만이라도 아들을 만나고 싶다는 유일한 소망이었을 것이다.

　이제 더 이상 의심할 여지는 없었다.

　떨어져 지내고 있었어도 아버지 마음 정도는 손바닥 보듯 훤히 알 수 있었다.

　불쌍한 아버지, 그리고 어머니, 지타운전수는 거친 주먹으로 눈을 문질렀다. 거기서 당장 유수둔으로 달려가고 싶은 그리움으로 지타의 마음은 불타올랐다.

　연로하신 아버지 마음을 헤아리고 보니 이제 가만히 있을 수가 없었다. 그러나 지타는 직무상 마음대로 안도를 떠날 수 없는 몸이었다.

　울어서 퉁퉁 부은 눈을 동료들에게 들킬까봐 지타운전수는 혼자 몰래 숙사를 빠져나와 공허한 마음으로 술집근처를 배회하였다.

　어떻게 해야 좋을지, 어떻게 찾아갈 것인가, 그로서는 지금 어찌할 도리가 없었다. 주어진 임무를 잊었을 리 없었던 그는 비틀거리며 한 술집으로 들어갔다.

　정신을 차리고 보니 머리맡 창 쪽이 희미하게 밝아오기 시작했다. 곧 날이 밝아질 거라는 생각을 했다.

　이 밤도 아무 탈 없이 아침을 맞았다.

　고통스런 회상에서 현실로 돌아와 보니 제일 먼저 신경 쓰이는 것은 역시나 비적들이었다. 이로써 또 하루가 늦어졌다.

마음이 조금 느슨해지자 갑자기 피로감이 느껴졌다. 엇갈린 희미한 안도감이 작은 온기가 되어 따뜻하게 몸속으로 전해졌다.

언제까지라도 여기서 푹 잘 수 있었지만 이미 술이 다 깨어버린 뒤라서 몸도 마음도 기진해 있는데, 이상하게도 눈은 맑아져 왔다.

'사는 곳을 알고 있으니까 만나는 것은 언제라도 가능하다. 그건 그렇고 이제 조금이라도 자 두지 않으면……'

언제 몇 시에 출근명령이 떨어질지도 몰랐다. 그럴 경우 사람들에게 책을 잡히고 싶지는 않았다.

더욱이 토벌하러 가는 도중에 사고라도 난다면, 이거야 말로 나 한사람의 책임으로 끝날 문제는 아니다. 날이 밝아지기 시작했다고 해도 방심은 금물인 것이다.

전부터 공작 중이던 내부 파괴책이 3명의 비적을 귀순시키는 공을 세웠다. 그 중 1명은 비적계급으로 중장이었다.

3일전 한밤중에 그들이 현청 경무과에 귀순을 신청했는데, 그들의 자백에 의해서 악화일로에 있던 그 쪽 사정을 소상히 알게 되었다.

현성 경무과는 갑자기 술렁거렸다.

전 방면으로 대기명령이 발효되었다.

안도현은 산간벽지로, 고대로부터 부월(斧鉞)이 숨겨진 백색지대로 둘러싸여 있어 비적의 발호는 상상을 초월하리만치 심각한 곳이었다.

일만(日滿, 일본과 만주) 군경의 끊임없는 토벌 공작에 다소 줄기는 하였지만, 그들은 산간 밀림을 이용하여 틈을 타고 귀신처럼 나타났다 사라지곤 하였다.

특히 작년 여름부터 시작된 통화(通化)와 삼강(三江) 두 성의 대토벌의 여파는 남북으로 안도현을 압박하였기 때문에 피할 길을 잃은 비적단은 계속해서 현 내로 흘러들어와 호시탐탐 현성을 엿보고 있었다.

일만(日滿)군경 모두 합한 00명 남짓으로 현성을 비롯한 현 내 60여 마을을 지켜낸다는 것은 지극히 어려운 일이었다.

그러나 불가능한 일은 아니었다. 때문에 현성 경무과장실에서는 매일처럼 밤을 새워 작전이 진행되고 있었다.

그물망처럼 펼쳐진 연락망에 의해 각 마을의 자위단(自衛團), 신선대(神撰隊)가 총동원 되었다.

그래도 매일같이 비적들은 어딘가의 마을을 습격했다. 오늘은 우심정자(牛心頂子), 내일은 대포재하(大捕財河)와 대순자(大旬子). 그들은 남북 상호 간에 호응하며 유격전법을 취하기 시작하였다. 그것이 모두 현성을 중심으로 십리부터 백리까지 사이의 마을이었기 때문에 토벌대로서 바쁘게 뛰어다녔다.

시시각각 현성 습격의 위기는 다고오고 있었다.

이에 대하여 현성 경무당국도 유격적인 전법을 채용할 수밖에 없었다.

두 세 마을을 연계하여 경비구역으로 하고, 그 경비구역을 전전하면서, 낮에는 크게 기세를 올려 주위를 경계하고, 밤이 되면 비적들의 정보에 의하여 그 주요마을로 잠입하여 비적단을 견제했다.

비적단은 내통하는 사람과의 연락이 끊겨 주력 토벌대의 소재를 파악하지 못해서 쉽게 마을로 접근할 수 없었다.

이렇게 비적단을 마을 안으로는 한 발짝도 접근하지 못하게 하였다. 불과 두 달 사이에 작은 전투를 60여 차례나 치르는 동안 토벌대도 적지 않은 희생자를 내고 말았다. 뿐만 아니라 사방에서 몰려든 비적단이 합세하여 사정은 날로 악화되었다.

머잖아 안도현이 고립무아의 궁지에 빠져들 것만 같았다.

바로 그럴 즈음 적 장교의 투항이 있었다. 토벌대 본부는 들떠서 모두 함께 춤을 추었다.

13일 밤중을 기해 비적단 주력 300명이 넘는 병력이 일거에 현성을 습격하려고 움직이는 중이라는 것이 적 장교로부터 얻은 정보였다. 즉시 무전을 날렸다.

그 밤중에 명월구(明月溝)에서 상사(上司)토벌대가 황급히 지원해 왔다. 경관 00명, 일본군 수비대 00명, 만주군 00명을 독려하여, 철통같은 경계진이 펼쳐졌다.

만일을 위해 준비하고 있는 것이었다. 가장 염려되는 제1선 마을로 병력을 분배하였기 때문에, 당시 현성에는 약간의 병력밖에 남지 않았다.

300여 명이 넘는 우세한 비적단에 비하면 불안하기 그지없다.

현성 주위의 토벽 약 6킬로미터, 방비 시설로는 토벽 외측을 둘러 해자(垓字, 성 밖에 둘러 판 물도랑)를 판 것에 불과했다. 그 넓은 현성을 지키면서 어느 쪽에서 공격해올지 모르는 적을 맞아 싸우기에는 아무래도 병력이 너무 부족했다.

그럼에도 수비대의 얼굴에는 결사의 각오가 감돌았다.

그런데 당일 13일 밤, 비적의 습격은 싱거웠다. 불과 30~40명 정도의 비적이 동문을 탐색한 것에 지나지 않았다.

장교가 귀순에 의해 계획이 누설된 것을 알고 습격을 보류한 것이 틀림없었다.

　형식적으로 동문을 탐색했던 30~40명의 비적은 상사토벌대의 일제사격에 맥없이 도망갔다. 그러나 추격할 수는 없었다. 한밤중이기도 했거니와, 혹여 비적의 작전일지도 모르기 때문이었다. 그런 삼엄한 긴장 속에서 14일 밤은 무사히 지나갔다.

　그저께도 어제도 마찬가지로 긴장과 경계가 종일 밤낮으로 계속되었다. 언제 근처 마을로 지원되어 달려가야 될지 알 수 없어 지타운전수 이하 트럭 부대도 현 관서 뒤에 숙사를 정해놓고 아무데서나 옷을 입은 채로 자면서 대기하고 있는 것이었다.

　"성가신 놈들이군. 실컷 나오라기에 후딱 준비했는데……"

　지타운전수는 일부러 눈을 감고 벽 쪽을 슬쩍 보면서 일종의 초조함과 부끄러움을 느꼈다.

　'아침부터 무슨 얼간이 짓을 하는 것이지? 나 하나 개인의 문제는 천천히 나중에라도 해결할 수 있다. 지금의 나에겐 아주 중요한 책무가 있다. 조금만 자고 나서 기운을 차려야지'

　어느 샌가 희미한 불빛이 방 구석구석까지 비치고 있었다.

　사르르 선잠이 들려고 할 때였다.

　요란한 비상벨 소리에 지타운전수는 용수철처럼 튕기듯이 벌떡 일어났다. 출동 명령이었다.

　"모두 일어나라! 일어나! 비적이닷!"

　지타운전수는 눈을 비빌 새도 없이 재빨리 복장을 갖추면서 동료들을 두들겨 깨웠다.

"비적이야?"

자고 있던 사람들이라고는 생각할 수도 없을 만큼, 모두가 민첩하게 이불을 박차고 벌떡 일어났다. 동지들 서로 얼굴을 대강 마주 보는가 했더니 결연히 입을 꾹 다물었다. 그리고는 숙사 밖으로 와르르 쏟아져 나왔다. 시계를 보니 정각 6시였다.

현 경무과는 들끓듯 크게 웅성거렸다. 상사 토벌대장, 경무과장을 비롯하여 무장을 단단히 한 직원일동은 전화기 주변에 이마를 맞대고 서로 웅성거리고 있었다.

"대사하 비적 습격, 현재 격전 중, 지원 요망."

지금 막 생생한 총성까지 들리는 상황에서 이러한 보고 전화가 경무과를 뒤흔들고 있었다. 현성으로는 접근할 수 없다는 것을 깨달은 비적단이 대사하(大沙河)를 습격한 것 같았다.

보기 좋게 비적단에게 덜미를 잡힌 것이다. 경무과장은 발을 구르며 억울해 하였다.

어젯밤까지의 정찰에 의하면 비적단은 현성의 방비가 빈틈없는 것을 알아차리고, 슬슬 포위망을 풀기 시작하여 주력은 양 강 입구 방면에서 무송현(撫松縣) 쪽으로 이동하였다는 것이다. 그 쪽으로는 이미 주선농 마을(住鮮農部落, 조선인 농민이 사는 마을, 역자주)이 산재해 있어서 심히 위험했다.

경무과장은 어제 일부러 사람을 풀어 비적단이 임박해 오는 사정의 절박함을 전하고, 그것에 대한 세세한 주의까지 주었다.

그런데도 뜻밖에 비적단은 명안(明安) 도로상의 요충지 대사하를 포위하고 마을에 총탄을 마구 퍼부어 댔다.

"대사하 구자(ロ子)에 대기하고 있는 결사대는 몇 명인가?"

핏대 오른 경무과장이 소리쳤다.

"000명입니다."

"뭘 꾸물거리는가? 즉시 대사하 쪽으로 출동하라고 명령하라! 나도 상사대장(上司隊長)과 즉각 달려갈 것이다. 신속히 트럭 3대 준비하라!"

명령이 떨어지기가 무섭게 현 관서 정문 앞에서는 폭발하는 듯한 엔진소리가 들려왔다.

"그럼 이곳을 잘 부탁한다."

다혈질 경무과장은 요란스레 구두소리를 내면서 뛰어나갔다. 경무과장과 0명의 무장경관이 그 뒤를 따랐다.

두 대의 트럭에는 이미 00명의 토벌대가 짐칸 가득히 타고서, 발차명령을 기다리고 있었다.

맨 앞 선두 트럭의 운전대에는 지타운전수가 입을 꾹 다문 결연한 표정으로 앉아있었다.

경무과장이 타는데 돌아보지도 않았다. 상기된 얼굴에는 조금도 피로한 기색이 보이지 않았다. 어젯밤의 지타와는 정반대로 넘칠 것 같은 투지가 온몸에 가득 차 있었다.

"발차!"

경무과장의 발차 명령이 떨어지자 세 대의 트럭이 엄청난 모래연기를 일으키면서 대로 위를 달렸다.

번쩍번쩍 헤드라이트 불빛이 산과 들을 삼킬 듯이 짙은 안개를 둘로 갈라놓았다.

뒤편에서,

"와아아 —"

하는 방위부대의 환성이 마치 승리의 함성처럼 새벽하늘에 크게 울려 퍼졌다.

현성을 벗어나니 짙은 안개가 예상보다도 훨씬 넓게 멀리까지 좌악 깔려 모든 것을 감싸고 있었다.

10미터나 멀어진 앞차의 모습이 희미하게 안개 속으로 사라져 버렸다. 물론 주위 전망 따위는 짙은 안개 때문에 전혀 볼 수가 없었다.

"난처하군. 이놈의 안개!"

"앞을 전혀 볼 수가 없으니 불리할 수밖에."

"상관없으니 그대로 돌진하라!"

막막한 안개바다 한복판을 뚫고 자갈투성이 길을 전속력으로 돌진한다는 것은 위험하기 그지없는 행동이었다. 그러나 일각을 다투는 시점이었다.

전속력으로 달려야만 그 사이에 대사하가 비적단에 유린당하지 않을 것이라고 생각하니 마음은 쏜 화살과도 같았다.

신변의 위험 따위를 돌아볼 새가 없었다. 세 대의 트럭은 한 덩어리처럼 붙어서 오직 앞을 향해 안개 속을 돌파해 나아갔다.

대사하를 비적의 손에서 구해내는 것은 전적으로 토벌대의 책임이었다.

지금 오로지 불같은 그들의 투지를 자극하고 있는 것은, 그동안 애를 먹이던 비적단의 주력부대를 포착해낼 수 있다는 것에 있었다.

소부대의 유격반은 자연 소멸할 수밖에 없었고, 다시 추격해서 각 개소를 격파 하는 것도 아침식사 전에 끝내야 할 일이었다.

토벌대나 경관들은 이 하나의 목표를 향해서 불같은 투지를 보여주고 있었다.

이들 용사를 태우고 세 대의 트럭은 바퀴가 타버릴 정도로 안개 속을 질주하고 있었다.

"바람이 분다."

누군가가 트럭 위에서 환성을 질렀다. 그리고 보니 뺨에 닿는 알싸한 안개의 흐름이 상쾌했다. 기분이 좋아졌다.

이건 분명 차체가 휘감아 올린 바람이 아니었다. 바람이 불고 있다는 확실한 증거였다.

"바람이 분다."

뒤따라오는 트럭에서도 누군가가 말했다.

"천우신조다."

"안개가 걷히겠군."

세 대의 트럭에서 예기치 않은 만세소리가 터져 나왔다. 이제까지의 어둠은 완전히 사라지고 용사 한 사람 한 사람 얼굴에는 희망 섞인 새로운 용기가 가득 차올랐다.

그러나 그 만세소리와 함께 의외일 정도로 가까운 곳에서 돌연 여러 발의 총성이 터져 나왔다.

총소리만 아니었다면 주변은 평소와 다름없는 새벽의 고요함 그 자체였을 것이다.

지금 안개의 흐름은 육안으로 느낄 수는 없지만, 안개는 큰 강처럼 저지대 쪽을 향해서 흘러가고 있었다. 그 안개의 느슨한 흐름 속에서 다시금 위협하듯 여러 발의 총성이 계속 되었다.

끼끼끼— 끼— 익 요란스럽게 삐걱거리면서 급정차한 세 대의 트럭에서 병사들이 메뚜기처럼 우르르 뛰어내리더니 재빨리 길 양쪽 풀숲으로 숨었다.

트럭위에 남아있는 병사들도 재빨리 총을 들고 헤드라이트 주변에 나누어 대기했다. 순간 안개의 흐름도 멎을 정도의 살기가 세 대의 트럭을 에워쌌다.

대사하를 3킬로 앞에 둔 지점은 경사가 완만한 모래언덕 그늘이었다. 그 언덕 저쪽에서 잠시 시간을 두고, 이번엔 타타타타타— 요란한 총소리가 1분씩이나 계속되었다.

그러나 총소리만 들릴 뿐, 탄환은 단 한 발도 트럭 주변으로 날아오지 않았다. 잠복하고 있던 비적단이 대원의 전진을 저지할 목적으로 트럭소리가 나는 방향 쪽으로 마구 위협사격을 가하는 것 같았다.

총성이 그치자 이젠 기다렸다는 듯이 우측 풀숲에서 포성이 들렸다. 토벌대의 척후병이 응사한 것이었다.

잠시 동안 총성이 난무했다. 적의 총성이 점차 멀어졌다. 이윽고 사방은 완전 조용해졌다.

잠시 후, 걷히기 시작한 안개 속으로부터 이슬에 흠뻑 젖은 척후병들이 출발 당시의 가뿐한 몸으로 돌아왔다.

아니나 다를까 10명 정도의 비적이 모래언덕 그늘에 숨어 기다리다가 엎드려 위협사격을 하고 있었던 것이다. 척후병의 응전으로 적은 맹렬히 반복 사격하면서 도주했다고 하였다.

발각된 이상, 전방에는 혈기왕성한 병사 대집단으로 교체시키리라는 것도 각오해야 했다. 게다가 적은 이곳의 안개와 지형의 기복을 이용해서 어떤 비겁한 공격수단을 취할는지 알 수 없었다.

아무리 조바심 나더라도 지금까지처럼 무턱대고 트럭을 몰아서는 안 되었다.

척후병 3명씩 도로 양측을 경계하면서 선두에 서고, 그 뒤에서 트럭 세 대가 기어가듯 서행했다. 적어도 적 병력 태반을 이쪽으로 유인하는 데 성공한다면 대사하를 구하려는 목적의 일부는 달성하게 될 것이라고 생각했다.

삼엄한 경계와 긴장 속에서 전진하기를 1킬로미터, 눈앞의 작은 언덕을 넘으면 거기서부터 대사하 마을이 지척지간 이었다. 그 지점에 다다랐을 때, 지타운전수는 돌연 엄숙한 얼굴로 전방을 응시하더니,

"과장님, 총성이 들립니다."

하며 핸들을 꽉 쥐었다.

"음."

'알고 있네. 아까부터 듣고 있었네. 격전인 듯 하구먼. 그대로 가라!' 라 말하려는 듯 경무과장은 가볍게 고개를 끄덕였다.

그럼에도 역시나 경직된 얼굴로 귀를 기울이고 있었다.

"적은 상당 규모의 큰 부대 같구먼."

생각난 듯 경무과장이 불쑥 말했다.

콩 볶는 듯한 맹렬한 총성이 언덕 저편에서부터 점점 뚜렷하게 들려왔다. 그 소리를 듣고 있는 사이, 금방이라도 뒤에서 비적단이 돌진해 올 것만 같아 가슴이 조마조마했다. 그런 마음이 전원에게 전해진 것

같았다.

　대사하가 함락된 후라면, 비적단을 전멸시킨다 하더라도 이젠 두 번다시 현성으로 돌아갈 수 없을 거라는 생각이 들었다. 그러자 전신이 부들부들 떨렸다.

　상황이 대단히 좋지 않았다.

　전신이 멍해지면서 이성을 잃고 저마다,

　"서둘러! 서둘러라!"

　역시나 소리를 죽여 가며 웅성거렸다.

　그 때, 그것을 저지하기라도 하듯이 선두에 서있던 척후병 하나가 양손을 마구 흔들며 뭔가를 외치면서 되돌아오고 있었다.

　트럭은 끼—익 하고 전진하기를 멈췄다. 경무과장과 토벌대장이 운전대에서 구르듯 뛰어내려 척후병 옆으로 다가갔다.

　보고를 들을 틈도 없었다. 다음 순간에는 이미 언덕위에서 총탄이 마치 비 오듯 쏟아지기 시작했다.

　또 한 차례 복병의 총성이었다.

　경무과장과 토벌대장은 일시에 땅에 엎드렸다가 한발 한발 트럭이 있는 곳까지 물러가서

　"흩어져!"

라며 크게 손을 흔들며 지시하였다.

각자는 권총을 빼어 들고 무장하면서

　"엎드려, 엎드렷!"

하며, 핏발선 얼굴로 핸들을 움켜쥐고 있는 지타운전수를 끌어내려 옆으로 눕게 했다. 그의 머리위로 피융— 하고 적탄이 날아갔다.

100여명이 넘는 숫자적으로 훨씬 우세한 적이었다. 게다가 적은 지형의 이점을 잘 이용하였고 점차 걷혀가는 안개사이에서 엿보다가 쏘고 또 쏘기를 계속하였다.

타타타타 타타타타……

왼쪽에서는 기관총까지 쏘아댔다. 눈을 뜰 수 없을 정도로 맹사격을 퍼부어댔다.

재빨리 흩어졌던 토벌대는 포복으로 전진하면서 끈덕지게 적진을 압박해갔다. 그러나 머리위에서 바로 적이 퍼부어대는 사격이 한층 더 맹렬하고, 게다가 대단히 정확했다.

이미 여러 명의 토벌대가 미처 비명소리도 내지 못하고 길 옆 풀숲 속으로 쓰러진 채 움직이지 않았다.

적은 실로 완강했다. 토벌대의 필사적인 분전에도 불구하고, 그 다음의 선두는 일보도 전진할 수 없었다.

그렇게 대치한 채로 상당한 시간이 흘렀다.

지타운전수는 문득 고개를 들어 언덕 위를 쳐다보았다.

바로 그 순간 귀를 찢는 총성에도 끄덕하지 않았던 그의 얼굴이 창백하게 변했다. 입 안이 바싹 말라 아무 말도 할 수가 없었다.

언덕 저편에 한 점 하얀 연기가 올라오고 있었다. 그 연기는 점점 넓게 퍼져가더니 이번엔 시시각각 검은 연기를 뿜어내고 있었다.

뒤이어 새빨간 화염(불꽃)이 마치 승천하는 용처럼 솟구쳐 올랐다.

대사하 마을에 불을 지른 것 같았다.

대사하 마을은 이미 타고 있었다.

불길에 휩싸인 채 아비규환의 소란 속에서 비적단과 백병전을 벌이

고 있는 마을주민의 모습이 지타운전수의 뇌리에 명료하게 비쳤다. 그
대로 숨이 멎을 것만 같았다.

"앗!"

지타운전수는 다시 한 번 몸서리를 쳤다.

'대사하 근처는 유수둔(柳樹屯)이다. 유수둔에는 불쌍한 아버지가
……'

'어쩌면 유수둔도 이미 비적단의 손에 들어가 대사하와 같은 위기에
처해 있을지도 모른다. 저 소동에 말려들어 손발이 묶여 끌려가고 있는
노쇠한 아버지가……'

"아버지―이"

엉겁결에 지타운전수는 목멘 소리로 외치고는 얼굴을 파묻고 목 놓
아 울었다. 그렇게 계속 흐느끼면서 그는 마음속으로,

'아버지! 살아만 계세요. 살아만 계신다면 이제 평생 아버지 곁에 있
을게요. 저도 농사꾼이 되어 아버지를 도와드릴게요. 기쁘게 해드릴게
요……'

끊어질 듯 끊어질 듯 이렇게 간신히 외쳤다.

그러고 나니 이상하게도 마음이 차분해져 왔다. 지금의 외침은 결코
거짓이 아니었다.

'이제 허세나 의지 따위는 개(犬)에게나 주어버리고, 이 몸 이대로 아
버지께로 돌아가자. 언제까지나 가난한 농민일 수는 없을 테니까. 만주
에는 얼마든지 넓고 비옥한 토지가 있다. 그걸 개척하고 경작하면……'

만주에 뿌리를 내리는 상황에 대하여 지타운전수는 스스로 묻고 스
스로 수긍하는 동안 이런 생사의 갈림길에 서서 얻어낸 이런 결론에 대

하여 조금도 의심하지 않았다.

'핸들을 곡괭이로 바꿔들면 나도 개척민의 한 사람이 되는건가? 한 번쯤은 아버지께 지주가 되어 살아가게 하기 위해서는…… 그건 그렇고 아버지는 과연 살아계실까?'

이런 생각을 하면서 다시 한 번 얼굴을 들어 올린 지타운전수의 눈에는 맹렬한 기세로 타오르는 화염 속에 갇혀 있는 대사하 마을과, 집요하게 퍼붓는 적탄과, 언덕 경사진 곳에 붙어서 악전고투하고 있던 토벌대의 모습이 빙글빙글 감기면서 스쳐 지나갔다.

바로 그 때, 전광석화(電光石火)처럼 지타운전수의 뇌리를 스친 것은 새도 지나가기 어려운 험준한 산서성 정상에 위치한 적진을, 초인적인 정신력으로 하나 또 하나씩 물리쳐 가고 있는 황군 용사들의 신(神)과도 같은 모습이었다.

지타운전수는 적이 맹렬히 쏘아대는 총탄이 하염없이 날아오는 가운데 두려움도 없이 상체를 벌떡 일으키더니 순식간에 운전대에 앉아 핸들을 잡았다. 그리고는

"과장님, 대장님 돌격입니다!"

라 소리치면서 엔진에 시동을 걸기 시작했다.

"그럼, 해볼까?"

"가는 건가?"

경무과장도 토벌대장도 같은 생각을 하고 있었던 듯 엎드린 채로 씨—익 웃고는 재빨리 대답했다.

"예, 그럼 갑니다. 어서 타세요."

지타운전수도 가슴을 활짝 펴고 그들과 같이 웃으면서 결연히 잘라

말했다.

　제각기 적을 쫓아 흩어졌기 때문에 장시간 전투를 계속해야만 했다. 이미 비적단이 마을에 진입했다고 추측된 지금, 그런 미적지근한 전법을 취하고 있다는 것은, 마을의 전멸을 면할 수 없겠다는 생각이었던 것이다.

　이젠 더 이상 일각도 지체할 수 없었다.

　위험을 무릅쓰고 전원 트럭에 승차했다.

　병력반감을 각오한 이상, 결사하리라는 각오로 전속력으로 적중을 돌파 하는 것 밖에 다른 방법은 없었다.

　무조건 돌진해야만 했다. 아무리 험한 길이건, 적진 속이건, 화염 속이건 간에 마을사람들과 손을 잡을 수 있을 때까지 눈 딱 감고 돌진하는 것 밖에는 없었다.

　"됐습니까?"

　지타운전수는 사지를 쭉 버티고 오직 한 길, 대사하 그 다음엔 유수둔으로 통하는 하얀 대로를 비장한 각오로 쏘아보았다.

　"됐다!"

　문을 반쯤열고 언제라도 뛰어내릴 자세로 앉아있는 경무국장의 대답이 들리는 순간, 지타운전수가 운전하는 맨 앞 트럭은 포탄처럼 적진을 향해 돌진하였다.

　모래 먼지와 안개는 점점 몰려오기 시작하는 아침바람에 하늘 높이 날아가고 있었다. 그 사이로 부드러운 햇살이 언뜻 들이비치더니 불꽃처럼 흔들거렸다.

정인택의
일본어소설 완역

제8장

참새를 굽다

【雀を焼く】

- 1943년 1월 『文化朝鮮』에 「雀を焼く」 발표(일본어)
- 1944년 12월 창작집 『清凉里界隈』에 수록(일본어)

본문은 1944년 12월 창작집 『清凉里界隈』에 수록된 내용이다.

1

단단히 마음먹고 돌아온 고향이건만, 이렇게 지루하고 기나긴 나날이 계속되리라고는 생각지 못했다.

그 날도 근배는 아침밥을 먹고 난 후 왠지 내키지 않은 나른함에 빠져 햇빛도 들지 않는 칙칙한 방안에서 뒹굴고 있었다.

"편지예요—."

아내목소리가 마당에서 들렸다. 근배는 벌떡 일어나 정신없이 마루로 뛰어 나갔다. 불길한 소식이라도 상관없었다. 편지가 왔다는 것만으로 마음이 콩닥거리는 것이 필시 마음 한 구석에 자리하고 있는 경성생활에 대한 미련일거라는 생각이 들어 근배는 몇 번이나 자신을 꾸짖었는지 모른다.

그러나 그것은 자신의 힘으로 어찌할 수는 없었다.

"이게 뭐야?"

근배는 마루에 선 채 아무런 흥미 없이 인쇄물 엽서를 내려 보고 크게 기지개를 펴더니 한동안 그걸 집어 들려고 하지도 않았다. 가벼운 실망감이 다시금 온몸을 나른함 속으로 빠져들게 하였다.

"지금쯤 도착하고도 남을 텐데……."

고맙지도 않은 우편물 이었다. 근배는 기대를 뒤엎는 묘한 기분에 싸여 답답한 마음에 혀를 차면서 중얼거렸다.

독촉 편지를 써야겠다는 생각을 하면서도 평소의 게으른 습관에서 벗어나지 못한 근배는 오랫동안 하릴없이 뒹굴기만 하였다.

'에—잇 이젠 보내든 말든 맘대로 해'

라는 식의 뒤틀린 심정이 되어 그냥 잊어버리려고 했다. 그러나 그것이 늦는다고 해서 언제까지나 불복하는 듯한 얼굴을 할 것까지는 없었다.

한 가지 즐거움이었던 것만은 분명했다. 오늘도 오후부터 내키지 않는 지루함에 안달이 나서 견딜 수 없었다.

"잊혀질만한데도…… 지독한 놈들이다."

다시 한 번 중얼거리면서 엽서를 주워들고 허둥지둥 방으로 돌아왔다. 그리고는 책상 서랍에서 20원을 꺼내어 엽서와 함께 장지문 밖으로 내밀면서 아내를 불렀다. 습관처럼,

"규섭아."

하고 아들 이름을 부르면서 부엌으로 향했지만 부엌엔 아무도 없었다.

"학교 갔어요. 언제까지 집에만 있을 거예요?"

아내는 자기를 부르고 있다는 걸 알면서도 볼멘소리로 대답하였다.

"규섭이 없으면 아무라도 좋으니 이리와 봐요. 부르는 게 안 들리오?"

근배의 목소리가 약간 거칠어지면서 '쨍그랑' 하며 뭔가 던지는 소리가 났다.

이번엔 아무 반응도 없이 샐쭉해진 아내가 밖을 내다보았다.

"가끔은 내가 부르면 바로 나와 봐요. 거북이 같이 목만 빼꼼이 늘여 내놓다니……."

"………"

아내는 시종 마음속으로 불만을 느끼고 있으면서도 그것을 말로 표

현하지는 못했다. 평소에는 남편에게 복종하는 것을 의무로 알고 지내던 아내는 침묵하는 것으로 한껏 대항하였지만, 그래도 비실비실 근배 앞으로 나왔다.

"읍에 나가는 사람에게 부탁해서 이것 좀 빨리 가지고 오라고 해줘요. 곧바로 말이오."

'곧바로'라는 말은 '지금 자네가 즉시 다녀와'라는 의미이기도 했다.

아내는 엽서와 돈을 받아들고서,

'아직 청소도 하지 않았고 빨래도 산더미인데……'

이렇게 일이 밀려있는데 뭘 그렇게까지 급하게 구는가 싶은 마음에 아내는 살짝 뾰루퉁해서 원망스런 눈초리로 남편의 등을 쏘아 보았다.

"빨리 다녀와야 해! 무게가 있으니깐 조심해서 가지고 와요."

남편은 재빨리 뒤돌아보더니 언제나처럼 무뚝뚝하고 퉁명스러운 어조로 다시 한 번 재촉하였다.

2

근배가 그만큼 안달하며 재촉했는데도 아내가 읍내 우체국에서 공기총을 수령해온 것은 아들 규섭이가 학교에서 돌아올 즈음 이었다.

낮잠에서 막 깨어난 근배는 포장을 풀면서 다시 한 번 아내에게 화풀이라도 하려는지 찡그린 얼굴을 하고 있었다.

그 때 근배 앞으로 아들 규섭이 기세 좋게 구두를 벗어던지고 달려들었다

"아버지! 그것 뭐예요?"

숨이 끊어질듯 할딱거리면서 발갛게 달아오른 얼굴을 근배에게 들이댔다.

"조용하지 못하겠니? 별것 아니다."

근배는 낮잠에서 깨어 맑은 기분으로 공기총을 만지다가 아들 규섭에게 한 번 호통치고 그간의 화를 풀어버릴 작정이었는데, 바로 고개를 숙여버린 규섭의 태도에 문득 후회 같은 불민(不敏)의 정을 느끼고는,

"규섭아. 오늘은 빨리 돌아왔구나."

부드러운 목소리로 말하며 미소 띤 얼굴로 규섭을 바라보았다. 규섭은 아버지 기분이 바뀐 것을 알고 재빨리 달려와 어리광을 피우기 시작했다.

"오늘은 토요일이잖아요. 나빠요. 아버지는―"

잠시 말을 끊고는, 친숙하게 무릎걸음으로 다가와서,

"아버지, 그거 공기총이죠?"

"그래 규섭아 공기총이란다. 지금부터 참새 잡으러 가는데 널 데려가려고………"

"정말이에요?"

"그럼, 정말이고말고."

"멋져요. 빨리빨리 조립해요. 아버지. ……우와 대단하다. 굉장해요. 번쩍번쩍 광이나요. 이것 좀 보세요. 탄환도 나왔어요! ……아버지, 저번에 주문한 건데 정말 빨리 도착했네요."

"빠르다니? 한 달씩이나 걸렸잖아?"

그렇다. 생각해보니 공기총을 주문한지가 어느새 한 달이 훌쩍 지나

고 있었다.

'그렇다면 내가 시골로 돌아온 지 벌써 두 달 가까이 되는 셈이로구나……'

시골로 돌아오면 농사꾼이 되어 일손부족에 허덕이는 집안사람들과 다시 한 번 힘을 모아 서로 도우며 농사꾼으로서 확실하게 땅에 뿌리를 내리리라고 다짐했었다.

그런데 그동안 부지런히 일만하던 남동생이 지원병 훈련소에 입소하는 것을 배웅하고 돌아오는 중에 근배의 머릿속에 갑자기 하늘의 계시처럼 번뜩이는 생각이 있었다.

그 생각을 하면서 그것만이 자기에게 가장 멋지게 살아가는 방법인 듯 점점 그 쪽으로 생각이 기울어져 가는 것이었다.

시국 탓에 손님도 현저히 줄어들기 시작하였고, 술 배급도 여의치 않아 한 달에 반은 가게 문을 닫게 되어 슬슬 물장사에 싫증을 느끼던 때였다. 생각해보면 20대 젊은 놈이 이렇듯 큰 역사적 전환기에 스스로 하찮은 물장사에 매달려 있는 것도 어쩐지 부끄럽기만 하였다.

어린 시절 멋모르고 장가드는 것이 싫어서 고향을 뛰쳐나와 술집 종업원을 하다가, 다방과 술집 주방을 전전하던 중에 물장사 요령을 터득한 근배였다.

명색은 어묵가게였지만 버젓이 점포를 내고 운영을 시작하였던 것이 중일전쟁이 막 시작될 무렵이었다.

시작하고 나서 1년은 근배의 정성스런 손님대접이 소문이 난 덕분에 장사가 잘되었다.

허술한 가게치고는 의외로 번창하여 이대로라면 3년 안에는 어느 정도 규모 있는 술집도 차릴 수 있을 같다는 생각에 마음이 설레던 참이었다.

그런데 그 때부터 시세의 흐름에 억눌려 가게가 점점 내리막길을 달리기 시작했다. 게다가 시골에서 그다지 반갑지 않은 소식이 날라들었다.

집 나간 아들에 대한 어머니의 계속된 푸념에, 다 큰 동생과 아들 규섭의 교육문제가 더하여 끊임없이 근배의 마음을 무겁게 짓눌렀다.

호황이었을 때도 부모님과 형제들 생각을 먼저 하는 착한 성품이었던 만큼 여자들의 출입이 잦은 업종임에도 불구하고 조혼한 남자가 곧잘 빠지는 실수도 하지 않았다. 보기 드물 만큼 소박하고 성실하게 살아 왔던 근배였던지라, 한 번 자신의 경성에서의 생활을 뒤돌아보게 되자 모든 것들이 혐오와 자괴감의 씨앗이 되었다.

이러한 생각에 박차를 가한 것은 어묵가게의 부진함도 있었지만, 중일전쟁이 진전됨에 따른 사회정세의 급격한 변화였다.

근배의 친지 중에서도 동년배 친구 세 명이 나라의 부름을 받아 북지의 전쟁터로 나갔다가 두 명이 산서 전투에서 전사했던 것이다.

유가족을 위로하고 돌아오는 중에 근배는 문득 격심한 적막감이 엄습해 오는 것을 느꼈다. 그러자 꼼짝 할 수 없을 정도의 초조감에 정체 모를 울화가 치밀어 올랐다.

'내가 이래도 되는 걸까? 이런 시국에 젊은 몸으로 어묵가게 따위나 하고 있다니, 과연 이래도 되는 것일까?' 라는 생각이 들어 사람들 앞에 떳떳이 나설 수 없을 만큼 가책을 받았다.

등줄기를 흠뻑 적실 정도로 진땀이 흘렀다. 그러나 그런 막연한 가책에서 장차 어떻게 처신할까 하는 단계에까지 생각이 이르자, 4년제 보통학교를 겨우 졸업한 정도의 근배로서는 어떤 일을 해야 할지 전혀 예측도 할 수 없었다. 그런 와중에 올해 20살 된 동생 성배가 지원병 시험을 봤다면서 해맑은 얼굴로 나타났던 것이다.

근배는 동생 성배의 얼굴을 마주하는 동안 스스로도 의외라 여길 만큼 시원스럽게 물장사에서 발을 씻어야겠다는 결정을 할 수가 있었다.

가게를 정리하고 시골로 돌아가서 입대하는 동생 대신 착한 아들로, 좋은 남편으로, 좋은 아버지로 살아가야겠다고 스스로 마음을 정하고 나서야 그동안의 울적했던 기분을 다소나마 해소할 수 있었다. 근배에게는 그것만이 이러한 격동의 시대를 살아가는 가장 바른 길처럼 생각되었다.

그런 결심이 서자 근배는 이제 가만히 있을 수 없었다. 수완 좋게 가게를 정리하였다. 그러고 나니 새로운 결의로 온몸이 달아올랐다. 집 문턱이 높았다는 것조차 깨닫지 못할 정도로 힘이 넘쳤다.

"빨리 하세요. 아버지!"

근배가 잠시 손을 놓고 그런 생각에 빠져 있자, 아들 규섭은 답답한 듯이 양 무릎을 흔들면서 콧소리로 말했다.

"지금 무슨 생각을 하는지 내게 말해주세요. 내가 해결해 드릴 테니까요. 어라! 나온다."

"야아 기다려 기다려봐. 이제 먼지를 털어 봐."

먼지를 털고 수건 끄트머리로 두세 차례 닦아 내자 근사하리만치 윤기를 띤 새카만 총이 되었다. 몸체의 차가운 촉감이 아주 상쾌했다.

근배는 갑자기 공기총을 집어 들고 서서 허벅지에 대고 철커덕 반으

로 꺾더니 탄환을 집어넣는 시늉을 하였다. 그리고 나서 규섭의 코끝에 총구를 대고 조준하면서,

"자, 쏜다. 쏠거다……"

라며 위협했다. 그러자 규섭은 눈앞에 어른거리는 총구에 공포심을 느꼈는지,

"싫어… 싫어요……"

하고 울먹이더니 메뚜기처럼 와락 근배의 품으로 파고들며 팔에 매달렸다.

근배는 팔을 들어 올려보려 했지만 한 팔로는 좀처럼 들어 올릴 수가 없었다. 그사이 꽤 무거워졌다는 생각에 순간 당황하면서 근배는 다른 팔로 공기총을 높이 들어 올리고는,

"잡으면 용치, 잡아봐라. 잡아 봐. 하하하하……"

하면서, 실로 오랜만에 마음속 깊은 곳으로부터 큰소리를 내어 웃어 보았다.

3

추수를 마쳤는데도 가을의 농가는 이 일 저 일로 분주했다. 근배가 잠자리에서 일어난 시간은 식구들이 이미 밭에 나간 후이기 때문에 집 안은 어김없이 텅 비어 있었다.

칫솔을 입에 물고 우물가 옆으로 내려가니 상쾌한 아침 공기가 가슴 깊은 곳까지 깨끗이 씻어 주었다.

마을 앞을 유유히 흐르고 있는 R강에 무심히 도취되어 있으니 경성에서의 타락한 생활 —그렇게 생각했다— 로부터 몸과 마음에 스며들었던 더러움이 곧바로 정화되어 불현듯 이 마을에서 자라던 어린 시절의 순수한 마음으로 돌아 갈수 있었다.

사흘도 되지 않아 용모를 변하게 하는 번잡한 경성에 비해 어렸을 적부터 익숙한 정겨운 시골 풍경이었다.

옛날 그대로의 한적함과 안정감을 간직하고 있는 마을의 모습에 근배는 무언의 격려를 얻었다.

'그렇다. 이 고요함 속으로 들어가 다시 한 번 나를 단련하자'

며 근배는 겸허한 마음으로 두레박의 물을 퍼 올리고는 그 차가움 속으로 머리를 들이밀어 보았다.

그러나 그런 새삼스러웠던 감명도 날이 감에 따라 어느덧 엷어져 갔다.

아침나절 잠시 가족들의 생활을 외면하고 쓸쓸하게 혼자서 집보기로 남아 있는 동안 급작스레 밀려오는 고독감과 무료함에 끊임없이 근심하고 번민하는 나날이 되풀이되었던 것이다.

가족들이 결코 자기를 타인 취급 할리는 없었다.

이제 막 고향에 돌아 왔기 때문에 근배를 한껏 배려하는 마음으로 특급대우를 해 주고 있었던 것이다.

7년씩이나 고향을 떠나있으면서도 변변히 편지조차 보내지 않았던 근배가 어느 날 아침에 기별도 없이 느닷없이 돌아 왔던 날, 늙은 어머니는 허둥대며 죽은 자식이 살아 돌아 온 것처럼 몸을 부들부들 떨면서 그저 눈물만 주르륵 흘렸다.

형은 형대로 창백하게 야윈 동생이 너무 애처로웠는지 역시 말을 잇지 못했다. 아내와 아들 규섭은 멀리서 마치 넋 나간 사람처럼 멍하니 근배를 보고 있을 뿐이었다.

이처럼 따뜻하고 관대하기만 한 가족들을 대하면서 근배는 얼마간 마음속으로나마,

'죄송합니다. 미안합니다.'

라 사죄하였다. 이젠 더 이상 어디에도 가지 않고 착실한 농사꾼이 되어 가족들과 더불어 사이좋게 살아가야겠다며 몇 번이나 다짐을 했다.

그러나 물장사 때의 습관대로 늦잠 자는 버릇이 몸에 베어버린 근배로서는 도저히 새벽에 일찍 일어나는 것이 어려워 가족들과 함께 밭에 나갈 수가 없었다.

벼이삭 한 톨 주우러나가려 해도 혼자서는 어림도 없었다. 당장이라도 예리한 뿔을 들이대며 근배에게 돌진해올 것 같은 소 옆으로는 다가설 수도 없었다.

결국 근배에게 남겨진 일은 마당 쓸기와 낮잠 자는 것, 그리고 규섭의 숙제를 봐 주는 것 정도였다.

근배에게 불가능한 일이었을 뿐만 아니라, 가족들도 마치 귀한 손님이라도 집안에 들인 양 자기들의 일을 근배에게 나눠주려고 하지도 않았다.

"쓸데없이…… 일은 하지 않아도 괜찮다. 너는 당분간 쉬면서 몸을 추스리는게 좋겠다."

하면서 쫓아내는 일이 허다했다.

그것이 진정으로 자기를 위해서 하는 말이라는 것을 알면서도 자꾸 거듭되는 동안 뭔가 이상한 반발심 같은 것을 느꼈다. 이런 경우가 가

당치 않다는 것을 알아챘을 때 이미 처음 결심과는 다르게 근배에게는 나태함이 몸에 붙어버렸다.

그래도 이 고비를 잘 넘어야 한다며 돌려 생각하던 중, 어느 날 문득 근배는 어릴 적에 그렇게도 갖고 싶었던 공기총을 생각해 내고 공기총 한 자루 사야겠다는 마음으로 그날 하루는 뭔가 신나는 일이라도 있는 것처럼 종일 즐겁기만 했다.

짹짹짹짹 지지지지―

참새 떼가 무리지어 이쪽 가지에서 저쪽 가지로 날아다녔다.

근배는 퍼뜩 머리를 쳐들고 하찮은 일에 신경 쓰지 않으려고 스스로를 달래며,

"이제 내가 가야 할 길은 정해졌다. 착실한 농민이 되는 것이다. 어엿한 집안을, 잘 사는 마을을 만들어내는 것이다"

라 중얼거렸다.

그리고는 툇마루 끝에 세워놓은 공기총을 집어 들고 목표물도 정하지 않은 채 참새 떼를 향해 계속 쏘아댔다.

4

무료함에 휘말리자 근배는 때때로 경성(京城)에 대한 향수를 심하게 느끼곤 했다.

어린아이 장난감 같은 공기총으로 시골과 친숙해지는 것이 그리 쉽지는 않았던 것이다. 가벼운 두통을 느끼던 근배는 아버지 묘소 앞에 벌러덩 누워 뒹굴고 있었다.

아무소리도 나지 않았다. 이제 막 저물기 시작한 하늘에는 새빨간 저녁놀이 몇 겹이나 층을 만들어 내고 있었다.

만월과도 같은 커다랗고 둥그런 석양이 철교의 다리 난간에 의지하듯 걸쳐 있었다.

예나 다름없이 숨이 막힐 만큼 맑은 공기였다.

강가에 늘어서있는 포플러나무 가로수는 단풍든 이파리를 소리도 없이 흔들고 있었고 강물은 군데군데 깊은 바다처럼 검푸른 자태를 드러내고 있었다.

"아버지—"

그 때 멀리서 아들 규섭이 근배를 부르는 소리가 희미하게 들렸다. 근배가 있을만한 곳을 잘 알고 있는 규섭의 목소리는 주저함 없이 바로 이 바위 쪽으로 점점 가까워오고 있었다.

이 고요함 속에서 천진난만한 규섭의 목소리를 듣는 동안 근배는 예전에 없던 기쁨이 몸 속 가득 차올라 오는 것을 느꼈다. 아버지로서 그이상의 것은 없었다.

그 목소리는 근배에게 빨리 깨어나라며 뭔가 마음 깊은 곳을 흔들어움직여 주는 듯한 청량감을 동반하고 있었다.

근배는 아무렇게나 내버려 둔 공기총을 한손에 거머쥐고 재빨리 일어나 벼랑 끝으로 달려갔다.

벼랑 끝을 구불구불 돌아서 역으로 이어진 먼지투성이 외길이 한눈에 보이기 시작했다.

어린아이조차도 지나다니지 않는 이 외길을 규섭은 구르듯이 달려오다가, 가끔씩 멈춰 서서 손을 입에 모아대고는,

"아버지—"

하며 벼랑 쪽을 향해 불러대는 것이었다.

"여기다. 규섭아 —"

근배는 벼랑 끝에 우뚝 서서 만세라도 부를 것처럼 양손을 높이 뻗쳐 공기총을 세게 흔들면서 큰 소리로 대답했다.

"여기 있다. 규섭아 — 지금 내려갈게"

규섭이 이를 알아차리자 근배는 이미 돌격 하는 병사처럼 공기총을 두르고 한 발 크게 뛰어 벼랑을 뛰어내려 순식간에 규섭 앞에 서 있었다.

규섭은 와락 달려들며 아버지 허리에 찰싹 달라붙었다.

"아버지, 밥은 드셨어요?"

숨을 몰아쉬며 규섭이 물었다.

"그래, 그래. 자, 이제 가자."

"참새는 많이 잡았어요?"

"잡았지, 요만큼."

"에게게, 겨우 다섯 마리네요?"

"좋아, 고작 다섯 마리라고 했지? 내일은 깜짝 놀라게 해 줄 거다."

근배는 마치 고무공처럼 튀어 오르는 기분을 억누를 길이 없었다.

"규섭아, 집까지 뛰어가기 할까? 어때?"

"정말이예요 아버지?"

규섭이 눈을 반짝거리며 묻는가 했더니 벌써 필사적으로 발을 움직이면서,

"아버지한테는 지지 않을 거야… 절대로!"

근배도 정색을 하면서 그 뒤를 쫓고 또 쫓아갔다.

"고녀석, 참 맹랑하군."

둘은 가볍게 바람을 가르면서 더 멀리멀리 뛰었다.

5

마치 대낮처럼 밝은 달밤이었다.

맑고 높은 밤하늘엔 수많은 별들이 반짝거리고 있었다.

"이제 구워졌어요. 아버지."

"조금 더 구워야겠는걸."

"이제 다 익었는데……"

"성급한 녀석이로군. 아직 멀었잖아."

맛있는 냄새가 한들한들 나뭇가지 사이에서 밤하늘로 기어 올라가는 것처럼 보였다.

풀숲 속에서는 벌레 소리가 요란하리만치 떠들썩했다.

"정말로 이제 다 됐어요. 아버지."

"좋아, 그래 내가 져 줄게."

참새들은 오동포동 살이 찌고 기름기도 적당히 붙어 있어서 노릇노릇 잘 구웠더니 아주 맛이 있었다.

규섭은 아버지가 건네준 참새구이를 손에 쥐고 소금을 듬뿍 뿌리더니 머리부터 오도독 씹어 먹으면서

"아버지—"

하고 불렀다.

"왜 그러니?"

근배도 다 구워진 참새구이에 규섭이처럼 소금을 듬뿍 뿌렸다. 그리고는 한 입에 밀어 넣고 오도독 씹어 먹으면서 부드러운 목소리로 말했다.

"오늘요 학교에서 말에요 선생님께서 「졸업하면 뭐가 되고 싶냐」고 물으셨어요. 그래서 제가 「경성에 가서 중학교에 들어갈 거예요.」라고 대답했어요. 아버지, 나 경성의 중학교에 가도 될까요?"

"그럼, 되고말고. 열심히 공부만 한다면 어디에라도 갈 수 있지."

"그리고 나서요. 「지원병이 되고 싶은 사람은 없을까요?」 그런 것도 물었어요. 그래서 제가 말했어요. 「우리들은 아직 지원병이 될 수 없어요. 대신 스물한 살이 되면 징병검사를 받으러 가겠습니다.」 라고 했어요. 그랬더니 「아하 그렇게 할거니?」 라며 선생님이 머리를 쓰다듬어 주었어요. 재미있지요?"

"그래, 훌륭하구나. 우리 규섭이…… 하하하하…"

무심코 맞장구 치고 있는 중에 근배는 문득 마음속을 스치는 것이 있었다. 근배는 새삼스러운 듯 눈치 채지 못하게 규섭의 모습을 슬쩍슬쩍 훔쳐보았다.

벌써 중학교에 가는 것 까지 생각하고 있다니, 어느새 이 아이가 이렇게 컸단 말인가.

이런 현실이 이상스럽게 견딜 수 없는 기분이었다가 이윽고 그 이상함이 사라져 버리자 이번에는 훌륭한 어른이 된 규섭의 모습이 눈앞에 오버랩 되었다.

혹시 내가 경성에서 하다 남긴 일이 있다면, 그렇다! 이젠 이 아이에게 물려주어야겠다는 생각이 들었다.

그 생각이 옳다 싶었다. 든든한 마음으로 아까 오버랩 되었던 영상을 떠올리며 잠시 잊고 있었던 처음 결심을 새로이 다짐해 보았다.

"참새구이 맛있니?"

"맛있어요."

"알맞게 잘 구웠기 때문 일게야."

"거짓말 마세요. 요새 참새는 모두 맛있어요. 아버지, 그것 더 구워요."

"그래 그러자꾸나."

근배는 아무런 대꾸도 못하고 아들 규섭의 말에 따랐다. 순간 근배는 갑자기 자신이 늙어 빠진 사람처럼 여겨졌다.

'서른도 되지 않았는데, 늙어버렸다니……'
라며 마음속으로 중얼거렸다.

'좋다. 그래, 요즘 세태가 그러니까…… 대신 마을은 이 손으로 지켜줄 테니까'
라며 쓴 웃음을 지으며 시선을 돌렸다.

소리 없이 유유히 흐르는 R강의 유연함을 넘어 눈을 동쪽 하늘로 돌렸다.

오늘 밤도 붉은 구름 한 덩어리가 밤하늘을 아름답게 비치고 있었다.

'저기가 경성 쪽이다. 가로등 주변을 비추는 하늘이 저리도 붉은 데……'

어제까지, 아니 조금 전까지도 그것을 보고 있는 근배에게 근심을 안겨주었는데, 지금은 그러한 근심이 무한히 멀어져 가버렸다. 그 앞에는 오직 어른이 된 규섭의 환영이 커다랗게 서 있을 뿐이었다.

느티나무 그림자가 외길을 검게 가로질러 논밭 안으로까지 뻗어 있었다. 참새를 굽는 구수한 냄새가 아지랑이처럼 한들한들 밤하늘로 기어 올라가고 있었다.

정인택의
일본어소설
완역

제9장

불초의 자식들

【不肖の子ら】

- 1943년 9월 「朝光」에 「不肖の子ら」 발표

본문은 1943년 9월 「朝光」에 실린 「不肖の子ら」이다.

어떻게도 해 볼 수 없는 천하의 난봉꾼이었던 큰아들이 불과 6개월의 훈련을 받고 몰라볼 만큼 늠름하고 반듯한 젊은이가 되어 돌아왔을 때, 늙은 어머니는 마음속으로 생각했다.

'지원병훈련소라는 것이 어쩜 그렇게도 훌륭한 곳인지, 둘째도 셋째도 기필코 입소시켜야겠구나!'

남은 두 아들도 형 못지않은 난봉꾼들이어서, 이런 불초의 자식들 때문에 늙은 어머니의 고생은 그칠 날이 없었다.

그런데 남은 두 아들은 지원병이 되지 않아도 되었다. 영광스럽게도 반도인(조선인)에게도 징병제가 실시되었기 때문이다.

이제 불구자가 아닌 이상, 반도의 젊은이들도 나라를 지키는 간성(干城)이 될 때가 온 것이다.

그 즈음 늙은 어머니의 마음속에는 커다란 변화가 일어났다.

군대에 가는 것을 감화원(感化院)에라도 들어가는 것 정도로 밖에 생각지 않았던 어머니가, 나쁜 짓만 일삼는 아들을, 감히 나라에 바쳐질 수 없는 몸이라는 불운을 뼈저리게 탄식하고 슬퍼하기 시작했다.

낫 놓고도 기역자도 모르는 일자무식(一字無識)인 어머니에게 이러한 변화를 부여한 것이 과연 무엇이었을까?

정인택 의
일본어 소설
완역

제10장

후회하지 않으리

【かへりみはせじ】

- 1943년 10월 『國民文學』에 「かへりみはせじ」 발표(일본어)
- 1944년 12월 창작집 『淸凉里界隈』에 개작 수록(일본어)

본문은 1944년 12월 창작집 『淸凉里界隈』에 수록된 내용이다.

1

어머니.

오랫동안 격조했습니다. 그 후 별일 없으신지요?

동생 현(賢)은 건강히 학교에 다니고 있는 것으로 알고 있습니다. 동리 여러 어르신들도 모두 건강하시다니 무엇보다 기쁩니다.

어머니.

이따금 보내주시는 편지와 정성어린 센닌바리(千人針, 전쟁에 나가는 사람의 복대에, 천명의 사람이 바늘로 한 땀씩 뜬 부적 같은 것 ; 역자 주)와 위문품은 정말로 감사했습니다.

받을 때마다 미안함과 그리움과 안타까움이 함께 복받쳐 올라 저도 모르게 눈물이 나올 정도였습니다.

새삼 감사드립니다.

어머니의 배웅을 받고 고향을 떠나 입대한 것이 바로 어제 일만 같은데 어느새 전장에 와서 두 번째 가을을 맞이하였습니다.

손가락을 꼽아보니 벌써 1년하고도 석 달이나 됩니다.

세월 지나가는 것이 정말이지 꿈처럼 빠르네요.

그 일 년 동안 본의 아니게도 한 번도 소식을 드리지 못했지만, 한시라도 어머니를 잊고 있었던 적은 없었습니다.

"소식이 없으면 무사히 봉공(奉公)하고 있다고 생각해주세요."

라고 말씀드리고는 왔었지만, 그것을 구실삼아 인사 편지조차 하지 않았던 것은 아닙니다.

변명 같아 말씀드리기는 뭐하지만, 전쟁터에 왔다는 것은 명목 뿐, 공훈은커녕 무엇 하나 나라에 도움이 되지 못한 자신이 부끄러워서 어머니 앞에서조차 얼굴을 들 수 없는 심정이었기 때문입니다.

그러나 어쨌든 혼자서 쓸쓸히 집을 지키고 계실 어머니를 일 년 동안이나 위로해 드리지 못했다는 것은 대단한 불효입니다. 크나큰 죄입니다. 용서해 주실지 모르겠지만 깊이깊이 사죄드립니다.

어머니!

그 불효자가 갑자기 왜 이런 긴 편지를 쓸 마음이 생겼는지 어머니는 필시 이상하게 생각하실 겁니다. 그렇지만 실은 저 자신도 모르겠습니다. 그저 왠지 갑자기 어머니와 이야기 하고 싶어졌습니다.

전쟁터로 오기까지의 여러 가지 경위, 전쟁터에 오고 나서 있었던 여러 가지 일들, 앞으로의 생활방식이나 마음가짐 등등 어쩐지 이런 것들을 어머니와 끝없이 이야기해보고 싶어졌습니다. 그다지 뽐낼 일도 없는데다 자랑스럽게 어머니께 알려드릴 만한 훌륭한 공훈을 세운 일도 없습니다.

응석부리던 어린 시절, 저는 자주 바쁜 어머니를 붙잡고는 옛날이야기를 해달라며 보챘었지요. 그 때와 같은 기분으로 저는 지금 어머니께 응석을 부리고 있는 겁니다. 어머니는 다 커버린 이 응석꾸러기를 달래는 방법도 필경 알고 계실 테지요.

언제까지 계속될지 모르겠지만 그런 마음으로 지금부터 매일 조금씩 써서 모아 가겠습니다.

내일이라도 적의 총탄에 맞아 죽으면 거기까지 뿐이겠지만…….

오늘밤은 아주 좋은 달밤. 낮에 피곤했는지 전우들은 아까부터 푹 자고 있습니다.

저도 조금 졸려오는 것 같으니 내일 전쟁에 대비해서 몸을 쉬어야겠습니다.

그런데 내일은 무엇부터 쓸까요?

그럼, 어머니 안녕히 주무십시오.

2

어젯밤은 몹시 무더워 잠들기 힘든 밤이었습니다. 잔적(殘敵) 토벌에 나가, 민가의 거적 바닥에서 묵게 되었는데, 피곤했을 텐데 아무래도 잠이 안오는 겁니다. 선잠이 들었나 싶었는데 무슨 소리가 나서 깜짝 놀라 눈이 뜨였어요.

이래선 안 된다 내일 전투에 낭패를 보겠다 싶어서 억지로 눈을 감고 다시 조금 졸았습니다.

이러기를 밤새도록 반복했습니다.

그리고 끊임없이 어머니 꿈을 꿨습니다.

어머니 얼굴만 크게 비치기도 하였고, 그런가 싶더니 어머니가 혼자서 열심히 풀을 뽑고 있기도 하고, 강가에서 마을 아낙들과 함께 빨래를 널고 있기도 하고……

그 때, 그 시점에서 아무런 연결도 없이 어머니의 다른 모습이 보였는데, 그것이 오히려 집을 지키고 계시는 어머니의 평상시 생활 모습을 확실히 보여주고 있는 것 같아서 저로서는 무척 즐거웠습니다.

그리고 어떤 꿈에라도 어머니의 얼굴은 모두 한결같이 건강하고, 시종 웃고 계셨는데 그것이 저에게는 더할 나위 없이 기뻤습니다.

제가 없어도 어머니는 이처럼 건강하게 지내신다.

분명 그럴 것이라고 생각하는 것만으로도 제 마음은 불현듯 용기가 납니다.

그것만으로 어젯밤의 수면부족 따위는 어디론가 날아가 버렸습니다.

어머니!

꿈은 어리석은 것, 격심한 전투의 틈바구니에서도 우리들의 눈앞에 문득 어머니의 환상을 볼 때가 있습니다.

그 때 어머니의 얼굴이 웃고 있으면 우리들은 피곤이나 괴로움도 싹 잊어버리는 겁니다.

그와는 반대로 어머니의 얼굴이 슬픈 듯한 얼굴이거나, 야위었거나, 울고 있다면 이번에는 갑자기 힘이 쑥 빠져버립니다. 이런 때에 군인들은 실수하거나 적의 총탄에 맞거나 한답니다.

그래서 어머니는 언제라도 어젯밤 꿈속에서의 어머니처럼 밝고 건강하고 씩씩한 어머니로 계셔주십시오.

그것이 저에게 있어서는 무엇보다 큰 격려입니다.

아무리 많은 적이 있다 하여도 나 혼자서 응대할 수 있는 용기가 힘차게 솟아나옵니다.

그리고 어머니를 위해서라도 나라에 도움이 되지 않는다면 면목이 서지 않을 것 같아 앞장서서 적진을 향해 돌진할 수 있을 것 같습니다.

어머니!

언젠가 어머니는 편지에 「다른 사람한테 뒤지지 말아라」고 쓰셨지요. 그것이 어머니의 진짜 마음이겠지요. 「다른 사람한테 뒤지지 말아라」 「용감하게 행동해라」 라고 하는 것은,

어머니!

'천황과 나라를 위해 죽으라.'는 뜻이겠지요.

죽는다는 것. 당신이 가장 큰 힘이라고 믿는, 지팡이처럼 의지하는 장남인 제가 죽는다는 것, 어머니는 진정 그것을 마음속으로부터 소원할 수 있습니까?

그럼 한 번만 더 꿈속에서처럼 웃으면서 저에게

"나라를 위해 죽으라." 고 말씀해 주십시오.

그것을 말씀하실 수 없으면 어머니는 진정 군인의 어머니가 아닙니다. 지원병의 어머니가 아니란 말입니다.

제가 고향을 떠날 때,

"어머니, 머잖아 도쿄를 구경시켜 드릴게요. 벚꽃이 만발한 도쿄를 말이에요."

그렇게 말씀 드렸더니 어머니는 어리둥절하시면서 껄껄 웃고 있는 제 얼굴을 지그시 바라보고 계셨지요?

그 말의 의미는 제가 죽을 거라고 말했던 거예요. 죽는다면 저는 황송하게도 야스쿠니신사에 신으로 모셔질 거예요. 유족의 한 사람으로 어머니는 저를 만나러 도쿄에 갈 수 있다는 그런 의미였습니다.

어머니는 하루라도 빨리 도쿄에 가보고 싶다고는 생각하지 않으십니까?

웃으면서 죽으라고 말씀하실 수 있는 어머니라면 물론 제가 정말로 죽었을 때, 우신다거나 탄식하신다거나 흐트러진 모습을 보이시지는 않겠지요.

천황의 방패가 되어 전쟁터에서 산화한 아들로 인해 볼썽사납게 슬피 우는 일본의 어머니는 한 사람도 없답니다.

어머니!

나라를 위해 전쟁터에 나와 멋지게 죽는다는 것은 황국 일본에서 태어난 남자로서 가장 자랑스러운 일이고, 또 제가 바라는 것입니다. 때문에 그것은 어머니에게도 결코 슬픈 일이 아닐 겁니다. 탄식할 일도 아닙니다. 그러기는커녕 더할 나위 없는 명예이자 기쁨이라는 것입니다.

그렇기 때문에 내지(일본)에서는 유족의 집을 방문할 때,

"이번에 대단한 공훈을 세우고 명예로운 전사를 하셨다니 진심으로 축하드립니다."

라고 인사를 합니다.

그렇습니다. 남자로 태어나 전쟁터에서 죽는다는 것은 어디까지나 축하할 일이지 결코 슬픈 일이 아니지요. 그래서 문상 하는 대신 축하의 말을 하는 겁니다. 그리고 그것을 기쁘게 받아들이는 것이지요.

우리나라 군인이 세계에서 가장 강한 것은 이런 씩씩한 어머니가 있고, 이런 훌륭한 후방 사람들이 있기 때문입니다. 아시겠습니까? 어머니!

어머니!

혹시 무운(武運)이 없어서 제가 전사했다는 통지가 갈 경우, 어머니는 그 통지를 가지고 온 사람에게 먼저 물어봐 주십시오.

"우리 아들은 어떤 죽음을 맞이했습니까? 혹시 비겁하거나 볼썽사납게 최후를 마친 것은 아니었습니까?"

그 때 눈물을 보여서는 안 됩니다. 올곧게, 똑바로 무릎을 모으고 앉아서 어머니는 지그시 그 사람의 대답을 기다리는 겁니다.

"아니오, 당치도 않습니다. 대단히 훌륭하고 용감한 행동을 하셨다는……."

만약 이런 대답이라면 어머니는 그대로 동쪽을 향해 엎드려 절하시고 나서,

"잘 알겠습니다. 고맙습니다."

하며 굳건하고 단호하게 감사의 예를 올리셔야 합니다.

그러나 그 사람의 대답이 혹시라도 그 반대라면,

'이 무슨 어리석은 바보 같은 녀석이란 말인가'

하며, 그 때야말로 어머니는 마음껏 우셔도 좋습니다.

그러나 그런 일은 절대로 없을 겁니다.

왜냐하면 미국이나 영국 군인이라면 모를까, 명색이 황군의 한 사람이기에 적에게 치욕을 당한다거나, 죽음의 문턱에서 비겁한 행동을 할 리는 꿈에라도 없을 테니까요.

저 역시 다시 선발되어 황군에 속하여 받은 명예로운 한 사람, 싸울 때는 용감하게 싸우고, 죽을 때는 떳떳하게 죽을 각오입니다.

어머니도 저에게 지지 않도록 다시 어머니의 각오를 확실히 다져 주십시오.

만약의 어떤 경우에라도 당황한다거나 갈팡질팡하지 않으시기를—

3

어제는 죽는다 죽는다 하고 죽는 이야기만을 썼기에, '불길한 소리 말라'며 화를 내실지도 모르겠습니다만, 전쟁터에 나가는 우리나라 군인은 모두 죽을 각오로 출전합니다.

'살아서 돌아와야지' 같은 따위의 연약한 생각을 가지고 전쟁에 나가는 사람은 단 한 사람도 없습니다.

> ケフヨリハカヘリミナクテオホキミノ
>
> シコノミタテトイデタツワレワ
>
> 오늘부터는 뒤돌아보지 않고 천황의
>
> 방패가 되어 출정하는 우리는

옛날 와카(和歌)에 이런 노래가 있는데, 이 노래야말로 일본군인 한 사람 한 사람의 마음을 그대로 담아 노래한 것입니다.

자, 지금부터 방패가 되어 천황을 수호해드리기 위해 전쟁터에 나가는 겁니다.

'오늘부터는 이제 아무것도 생각하지 않고 오직 나라를 위해서 죽는 일 뿐이다.'

이것이 이 노래의 의미입니다.

이처럼 우리나라의 군인들은 모두 죽을 각오가 되어 있습니다.

더욱이 이곳 전쟁터에서 죽는다는 것은 결코 슬픈 일도 쓸쓸한 일도 아니기 때문에 불길한 일일 까닭은 더욱더 없습니다.

제 몸은 이미 나라에 바쳐진 몸, 저는 이제 어머니만의 아들이 아닙니다. 저는 나라의 아들입니다. 이 점을 잘 분별해 주십시오. 그렇게 하면 지금까지의 어머니 생각이 확 바뀔 것입니다.

부모님보다 앞서서 죽는 자식은 불효자식이라고 합니다.

이 말이 틀렸다고는 할 수 없지만, 그러나 이것은 평화로운 시절의 이야기일 뿐, 거국적인 전쟁의 시기에 결코 합당한 말은 아닙니다. 오히려 이 반대의 경우가 지금입니다.

천황의 은혜에 충의를 다해 죽는다면 부모님은 기뻐해야 할 것입니다. 부모님을 기쁘게 하는 일은 불효한 자식으로선 할 수 없는 일입니다.

충(忠)과 효(孝)는 결코 별개의 것이 아닙니다. 불효처럼 보여도 그 속내는 이것이야말로 가장 큰 효행인 것입니다.

단 한 번도 어머니를 기쁘게 해드린 기억이 없는 저로서는 지금 천황의 방패가 되어 죽는 것으로, 어머니께 단 한 번의 효행을 하고 싶습니다.

어머니! 제가 사랑스러우시다면 바라건대 제가 용감하게 싸우고 죽었다는 말을 들었을 때, 뛸 듯이 기뻐해 주십시오.

"장하다. 내 아들!"
하면서 신명나게 큰 소리로 떠들어 주십시오.

"이런 훌륭한 아들을 두어서 나는 행복합니다."
라며 온 마을에 자랑하며 돌아다녀 주십시오.

지기 싫어하고 자존심 강한 어머니시니까 어머니는 반드시 지금까지의 잘못된 오랜 관습으로부터 벗어날 수 있을 것입니다.

저는 어머니를 믿고 있습니다. 어머니는 반드시 누구에게도 지지 않는, 늠름한 황국의 어머니가 되어 주시겠지요.

그걸 생각하면 저로서는 무엇 하나 미련이 없습니다.

저는 언제라도 웃으며 죽을 마음의 준비를 갖추고 있습니다.

4

'지기 싫어하고 자존심 강한 어머니'에서 생각 난 것인데, 어머니는 정말로 온유하다기보다도 무서운 어머니였어요.

아버지가 돌아가시고 난 뒤라, 어머니는 분명히 아버지를 대신해서 우리들을 엄하게 가르치려고 생각하셨음에 틀림없어요. 그렇지 않으면 갑자기 그렇게 무서운 어머니로 바뀔 리가 없으니까요.

아버지가 돌아가셨을 때 저는 아홉 살, 현이 녀석은 태어난 지 얼마 되지 않았었습니다.

아버지가 외아들이었기 때문에 의지할 만한 친척도 없었으니 어머니는 현 녀석을 안고 얼마 동안 망연자실하셨죠.

저는 어린 마음에도 어머니가 가엾다는 생각이 들어 그 때는 어머니 말씀을 잘 들어야지, 동생도 돌봐야지, 장난을 그만두고 정신 차려 공부해서 훌륭한 사람이 되어야지…… 아무에게도 말하지 않았었지만 이런 결심을 했을 정도였습니다.

하지만 아버지의 장례식을 마치던 그 날부터 어머니는 꼿꼿하게 몸을 가누고 계셨습니다.

　일꾼들을 거느리고 큰 집안 살림을 여자 혼자 몸으로 척척 해내는데 조금의 빈틈도 없어, 마을 사람들이 놀라서 혀를 내두를 정도였습니다.

　그 무렵부터 어머니의 얼굴 어딘가에 남자 같은 강인함이 엿보이기 시작하였고, 오히려 남자보다 대단한 여자 지주라며 주변에 평판이 자자했습니다.

　기분이 좋을 때는 문득 옛날의 온화함을 되찾으셔서, 핥듯이 우리들을 귀여워 해 주실 때도 있었지만, 대부분 일에 쫓겨 무거운 얼굴만 하고 계셨죠.

　그 때의 어머니는 정말로 무서운 어머니셨어요…….

　풀이 죽어 있는 어머니를 보았을 때, 애처로운 결심을 했던 나였습니다만, 어쨌든 한창 개구쟁이 시절, 그 다음 날부터 까맣게 잊어버리고 예전보다 더한 말썽만 부리던— 그런 때에 어머니는 반드시 저희들을 아버지 사진 앞으로 데리고 가서 용서를 빌게 했지요.

　팔자수염을 팽팽히 늘어뜨린 아버지 사진 앞으로 끌려가면, 그것만으로도 벌써 저희들은 위축되어 이유 없이 눈물을 뚝뚝 흘렸습니다. 그렇기 때문에 거기서 듣는 어머니의 꾸지람은 이상하게도 뼈저리게 느껴져 언제까지라도 잊을 수 없었습니다.

　그리고 어머니는 거짓말을 대단히 싫어하셨습니다. 어떤 나쁜 짓을 했을 때라도 순순히 자백하고 용서를 빌면 의외로 어머니는 쉽게 용서해 주셨습니다.

　그러나 그것이 훗날 거짓말이었다는 것이 탄로 나기라도 한다면…… 어머니에게 지금도 그런 기운이 있으실까요?

이미 클 대로 큰 저를 거꾸로 매달아 사람들 왕래가 잦은 마을 입구 느티나무 가지에 달아 놓으셨지요.

하지만 그러한 어머니의 엄한 가르침 덕분에 저희들은 그럭저럭 근성이 비뚤어진 사람이 되지 않고, 제 몫을 하는 어른으로 자라서, 그런 대로 저는 지금 나라에 도움이 되고자 다짐하고 있습니다.

그것을 생각하면 저는 어머니께 뭐라고 감사 말씀을 드려야 할지 모를 정도입니다.

그러나 꼭 그 동안의 은혜를 갚고 싶습니다. 누구에게도 지지 않는 용감한 행동으로 우리 반도의, 우리 마을의, 그리고 내 어머니의 자랑스런 아들이 되어 보여드리겠습니다.

저로서는 이제 나라를 위해 몸을 바치고, 그것으로 어머니께 은혜를 갚는 것 외엔 방법이 없으니까요.

그것만이 가장 큰 효도라는 것을 어머니께서 이젠 납득하셨을 겁니다.

감사라는 말에 생각이 났습니다만, 위문대 정말 고맙습니다.

지난 달 것과 합쳐서 두 개를 한꺼번에 어제 받았습니다.

쇠고기 말린 것과 떡이 전우들에게 아주 인기가 있어서 저도 우쭐했습니다.

그러나 사탕이나 과자는 그렇게 자주 보내 주시지 않아도 됩니다.

어머니는 배급을 받으시면 하나도 드시지 않고 전부 저한테 보내 주시는 거지요? 그러지 마시고 어머니도 조금은 드세요. 동생 현에게도 먹이시구요. 동생 현도 언젠가는 군인이 될 귀한 몸이고, 어머니도 오래오래 사셔서 그 군인을 길러내야 할 소중한 몸 입니다. 저에게는 석 달에 한 번이면 됩니다.

중국군이 아니니까 전지에 와 있어도 먹는 것에 조금도 부족한 것이 없습니다.

5

현아! 축하한다! 거듭 축하한다!

아아— 이제 형은 이대로 죽어도 여한이 없을 정도로 기쁘구나.

고맙다 현아, 이 행운아 내 동생아.

넌 얼마나 행운의 운수를 잘 타고 태어난 녀석이냐?

부럽고 샘나서 형은 이제 가만히 있을 수 없는 기분이다.

옆에 있으면 한번쯤 실컷 때려주고 싶은데 유감이구나.

내 동생 현아!

네가 보내준 편지 중에서 오늘 도착한 짧은 소식만큼 형을 기쁘게 한 편지는 없었다.

네 말대로, 아무것도 쓰지 않았다 해도 네 마음이 그대로 고스란히 형에게 전해왔단다.

글로 쓸게 뭐 있겠냐? 그 신문을 오려낸 조각만으로도 충분하더구나. 전 세계에서 그렇게 값진 위문대를 받은 사람은 형이 처음일 게다.

그래도 사랑스런 녀석아!

그런 형의 기분을 잘 알아차리고, '위문대' 라고 쓴 봉투에 아무 말 없이 그 오려낸 신문조각만을 넣어 보내다니!

얄미운 녀석이구나. 언제 어디서 넌 그런 수완을 배웠냐고 말하고 싶지만, 때가 때이고 소식도 소식이니만치, 이쯤 해두고 용서하련다.

이것도 다 〈징병제〉 덕분이니까. 실로 현 너에게는 '징병제 특혜'인 셈이다.

현아!

그 '위문대'를 받았을 때 형은 눈물이 나서 어찌 할 수가 없었다. 요즘은 완전 적병도 모습을 감추고 있어, 다소 맥이 빠져 있는 상태였기 때문에 정말이지 형은 날아오를 것 같았다.

형은 무심코 그 신문 조각을 양손으로 번쩍 치켜들고, 웃옷도 입지 않은 채 부대장실로 뛰어 들어갔을 정도다.

이일만으로도 형이 얼마나 기뻐 날뛰었는지 알겠지?

자, 그 다음이 대단했다. 순식간에 그 신문기사는 부대 안에 쫘-악 퍼졌다. 다 읽은 사람은 먼저 형한테 다가와서 손을 잡고 축하인사를 쏟아 붓고, 만세를 외쳤단다.

그 때 형의 기분― 글쎄, 뭐라고 해야 할까? 그래,

"아무것도 쓰지 않아도 현은 잘 알겠지?"

다음 순간에는 뜻밖에도 부대장을 선두로 하여 부대 전원이 본부 앞에 정렬하여 동쪽을 향해 요배(遙拜) 한 뒤, 국가(君が代 ; 역자 주)를 합창했단다.

천황폐하 만세를 외쳤단다.

현아! 그리고 그 다음에 무엇을 외쳤다고 생각하니?

"반도징병제실시 만세"

라고 외쳤단다. 모두가 한 목소리로 말이야.

그렇게 외치고 난 후, 형은 참을 수가 없어 마침내 그 자리에 털썩 주저앉아 주변의 시선도 아랑곳없이 엉엉 울었단다.

부끄럽지도 창피하지도 않았단다. 모두들 형의 기분을 이해해주어 실컷 울도록 가만히 내버려 두었단다.

오늘 이 기쁨이야말로 지원병이 된 이래 가장 기쁜 일이었고, 태어나서 가장 기쁜 일이었단다.

내가 앞으로 천 년 만 년 산다 해도 두 번 다시 이 이상의 기쁨은 결코 없으리라는 생각이다.

아— 이제 형의 이 작은 몸뚱이 따위는 내일 바람에 날려간다 해도 아깝지도 억울하지도 않다는 생각이 든다.

현아!

축하한다는 말 외에 순간 떠오르는 말이 없구나. 정말 너는 행운아다. 지극히 행운아야. 생각해 봐라. 너는 스무 살이 되면 영광스런 부름을 받게 될 거야.

황공하옵게도 수족처럼 의지한다는 반도 출신인 너에게 천황의 마음을 보여 주신 것이다. 죽음으로써 천황의 은혜에 보답하지 않고서는 진정 신의 가호만큼이나 두려울 것이다.

현아, 힘을 내라. 천황의 방패가 되어, 형의 시체를 넘어 가려무나.

광대무변(廣大無邊)한 성은에 보답하는 길은 오직 그것 하나. 그리고 오직 그것뿐이다.

6

어머니!

어제 오늘 저의 활약은 정말이지 대단했었습니다. 여하튼 저 혼자서 그저께는 5명, 어제는 3명이나 되는 적병을 찔러 버렸거든요. 요즘 저는 부대에서 가장 인기 있는 사람이랍니다.

어머니!

드디어 반도에도 기다리고 기다리던 징병제가 실시되었다지요.

현으로부터 그 소식을 들었을 때는 황송하기도 하고, 감사하기도 해서 눈물만이 앞을 가려, 정말로 난처했습니다.

이것으로 저희는 황국신민으로서 겨우 제 몫을 하는 어른이 된 것인데, 그러나 어른이 된 것은 반드시 우리들만이 아닙니다. 어머니는 물론이려니와 반도의 모든 어머니도 이 일로 인해 역시나 어른이 된 것입니다.

반도의 청년들도 그렇다지만, 그와 마찬가지로 어머니들의 의무도 역할도 대단히 중대해졌습니다.

훌륭한 군인을 만드는 것은 전적으로 어머니들의 각오와 결심에서 판가름 난다고 합니다. 그것에 대해서는 몇 번씩이나 글로 써서 보냈으니까 이젠 더 이상 반복하진 않겠습니다만, 이제부터는 오로지 그러한 마음가짐을 더욱더 굳건히 하지 않으면 안 될 것입니다.

어머니!

현 녀석의 편지를 받던 날에는 다소 들뜬 기분이었습니다만 요즘은 완전히 평정을 되찾았습니다. 의욕은 충일하다 해도 허둥대고 있는 것은 아니니까 안심하십시오.

그러니까 어머니께도 이렇듯 여유 있게 편지를 쓸 수 있는 겁니다.

모두들 갑작스레 고참병처럼 의젓해졌다며 겉치레 인사로나마 칭찬을 해 주었습니다.

이젠 정말이지 아무것도 마음에 걸리는 것이 없습니다. 잔물결 한 점 일렁이지 않는 거울처럼 맑은 호수를 볼 때의 기분입니다.

지금 저는 열심히 죽을 곳을 찾고 있습니다. 그리고 어떻게 죽음을 맞이하는 것이 가장 지원병다운 죽음이 될지, 가장 징병제 실시를 기뻐하는 반도인 다운 죽음이 될지, 또 이 아무개의 아들다운 죽음이 될 것인지 그것만을 생각하고 있습니다.

공적을 세우려는 생각은 하지 않습니다.

다른 사람에게 발견되지 않는 곳이라도 좋으니 가장 나라에 도움이 될 만한 활약을 하고 나서 죽고 싶다는, 그것만 생각하고 있습니다.

어머니!

현을 멋진 군인으로 키워 주십시오.

본인이 원한다면 소년비행병이나, 아니면 다른 뭐라도 좋다는 대로 시켜 주십시오.

그리고 나서……. 아니, 어머니께 한 가지 더 말씀드려 두고 싶은 것이 있습니다만, 나중에 말씀 드리겠습니다.

7

죽기에 좋은 장소를 찾아보아도 좀처럼 찾을 수가 없네요. 이젠 안달하지 않고 때가 오는 것을 천천히 기다리기로 했습니다.

그 동안에 반드시 저에게 가장 적당하고 목숨을 걸기에 부족함 없는 일이 주어지겠지요.

그럼 이제 잠시 동안 옛날이야기라도 할까요?

그건 그렇고 어머니!

불과 얼마 동안 반도는 어쩌면 이렇게 멋지게 변화한 것일까요? 제가 겨우 철이 들었을 때의 반도와, 보통학교 ―그 때는 보통학교였습니다― 를 다니고 있던 때의 반도와, 중학생 때의 반도와, 중일전쟁이 발발하고 〈지원병제도〉가 실시되자 제가 학교를 중퇴하고 바로 지원병에 응모했던 때의 반도와, 그리고 지금 영예로운 〈징병제〉까지 실시된 반도와……

20여 년 동안에 이렇게 눈부신 발전을 한 곳이 전 세계에 또 있을까요? 지금까지의 역사에는 물론 없었고, 앞으로도 좀처럼 있을 수 없는 실로 놀랄 만한 발전상이자, 자각입니다.

100호(戶)가 채 안 되는 마을을 재정비하기 위해서 아버지는 일생을 바치셨습니다.

그래도 마을은 아버지가 생각하고 계셨던 것보다 절반도 좋아지지 않았습니다.

이제 와서 굳이 생각하자면 반도를 이렇게까지 훌륭하게 개조하고 재삼 단련한 그 배경의 큰 힘에 저희들은 새삼스럽게 눈을 크게 뜨지 않을 수 없습니다.

그리고 '그 배경의 큰 힘'에 나도 모르게 머리를 숙이지 않을 수 없었습니다.

어머니!

학문도 인품도 어디에다 내놓아도 부끄럽지 않을 정도의 아버지가 모든 영달(榮達)과 명예를 버리고 마을을 위해서 평생을 바쳤다는 것은, 우리 아버지이지만 진실로 마음속으로부터 존경해도 될 만한 분이라고 생각합니다.

아버지가 돌아가신 것이 제가 아홉 살 때였기 때문에 저는 아버지가 하신 일에 대해 무엇 하나도 아는 것이 거의 없습니다.

아버지의 모습조차도 지금은 희미할 정도로 밖에 생각나지 않을 뿐이니까요.

그러나 중학교에 들어가던 해부터 저는 우연한 일을 계기로 아버지의 살아생전 하신 일에 흥미를 가지고, 귀성 때마다 그것을 조사하러 돌아다녔습니다.

언젠가 여름 방학 때 밤새도록 어머니께 아버지의 일을 꼬치꼬치 캐물었던 것도 그 때문이었습니다.

그 '우연한 일'이란 어느 여름 날 아무런 생각 없이 아버지가 남기신 낡은 문갑을 만지작거리다가 발견한 한 권의 장부를 말하는 것입니다.

한지로 싸맨 얇은 수제 장부였는데, 거기에는 마을을 되살릴 방법이 조목별로 나뉘어 아버지 특유의 가는 글씨로 쓰여 있었습니다. (이 장부는 제 책장 서랍 안에 소중하게 넣어 두었습니다. 기회가 있으면 현에게도 보여 주십시오. 아버지로서는 드물게 한글을 섞어 쓴 쉬운 문장이니까 현도 편하게 읽을 수 있을 겁니다.)

그 안에는 우선 마을의 나쁜 점, 즉 고치지 않으면 안 되는 점이 자세히 나열되었고, 그 다음에는 차츰 고쳐야 되는 것, 즉각 고치지 않으면 안 되는 것, 그리고 새롭게 시작해야 할 일 등을 셋으로 분류하여,

'어떻게 하면 이 가난한 혜택 받지 못한 마을이 멋지게 재기하여, 어

디에도 뒤지지 않는 모범마을이 될 수 있을까'

하는 것과, 또 그것을 시행하기 위한 주의사항과 필요한 마음가짐을 실로 정성들여 써 놓으셨던 것입니다.

그 순간 저는 아버지를 다시 보게 되었고, 이전보다도 더 존경하게 되었습니다.

마을입구에 세워져있는 아버지의 송덕비로는 놀라지도 감동하지도 않았던 저였지만, 그 장부를 읽고 나서 저는 비로소,

'우리 아버지는 대단하신 분이다. 아버지는 단순한 자선가가 아니라 훌륭한 지도자다.'

그렇게 생각하고 아버지를 우러러 존경하게 된 것입니다.

어머니께서도 잘 아시겠지만 아버지가 젊었을 때의 마을은 정말 형편없었다고 하셨지요?

무지하고 게으른 사람들만 모인 곳으로, 지저분한데다 풍기가 문란하고, 그런 주제에 교활하고 비겁하고…… 정말이지 결점 투성이 인간들의 집단이었다고 하셨지요?

산의 나무는 마음대로 베어버리고, 논이나 밭은 거친 황무지인 채로, 노인들은 진종일 긴 담뱃대를 물고 방 안에 틀어 박혀 있고, 젊은이들은 밤낮으로 술과 여자에 빠져 있고, 좀 더 나은 생활 따위는 바라지도 않고, 하루에 삼시세끼 밥만 먹을 수 있다면 그것으로 만족하고 있었던…….

'그런 마을에 아버지 같은 인물이 계셨구나.' 하고 저는 이상한 기분이 들 정도였습니다.

그 장부의 비망록을 보고서 아버지가 얼마나 마을의 일을 잘 알고 계셨고, 또 얼마나 마을을 사랑하고 계셨는지를 확실히 알 수 있었습

니다.

아버지는 목숨을 걸고, 마을을 살리기 위해서 사십 몇 년 생애를 몽땅 바치셨던 것입니다.

「입에 신물이 나도록 나무를 심으라고 아무리 말해도 누구 한 사람 들어주지 않는다.」「물은 얼마든지 있으니까 논을 더 넓히자고 아무리 소리 높여 외쳐도 누구 한 사람 응해주지 않는다.」「글을 배워라」, 「일을 더 해라」, 「술을 마시지 말아라」, 「도박을 그만둬라」 등등…… 아무리 말해도 들어줄 리 없는 마을 사람들을 상대로 아버지는 얼마나 오랫동안 안달하셨을까요?

그러나 그런 난관을 헤쳐 온 아버지였기에 그 비망록을 만들 수 있었을 겁니다.

마을사람들로부터 비난을 받고, 바보 멍청이라는 놀림을 받으면서도 자선가를 가장하고 묵묵히 싸워 오신 아버지였기에 그 비망록을 작성할 수 있었을 겁니다.

마을의 재기를 위해 조상으로부터 물려받은 땅을 거의 처분한 아버지셨지만, 숨을 거두는 순간까지도 그것을 후회한 적은 한 번도 없으셨을 겁니다.

위대한 아버지셨습니다. 훌륭한 아버지셨습니다. 저는 그 비망록을 읽어 가는 동안,

'그래. 아버지의 뜻을 이어받아 나도 마을을 위해서 이 한 몸 바쳐 일하자.'

이렇게 결심할 수 있었습니다. 제가 대학에 진학하지 않고 ……

8

…… 고등농림학교에 들어간 것은 그런 결심이 확고히 섰기 때문이 었습니다.

아버지께서 하다가 남기신 일을 제가 이어받을 작정이에요. 마을 사람들도 점점 각성하기 시작하였기 때문에, 열심히 하면 제 힘으로도 아버지가 생각하셨던 것과 같은 훌륭한 모범마을로 만드는 것이 가능할지도 몰라요.

안 된다면 제 아들 대에까지 이어가게 하면 될 거에요.

되건 안 되건 어쨌든 저는 마을을 사랑하겠어요.

그리고 마을사람들도 사랑하려고 해요.

그 해 7월, 갑작스레 중일전쟁이 일어났었지요.

전쟁이 점점 크게 확대되어 가면서, 도리 없이 우리나라가 본격적인 전쟁에 착수했던 때, 반도는 처음 깊은 잠에서 깨어났습니다. 찾고 바라던 조국의 모습이 너무나도 갑자기 눈앞에 크게 부각되었기 때문에 약간 두근두근 설렜습니다.

그러나 반도는 진정한 조국을 갖게 되는 기쁨과 슬픔을 숙지하고, 조국의 운명에 모든 것을 전적으로 의탁하고자 하여 안달하기 시작했습니다.

그 현상이 헌금으로, 증산으로, 저축 등으로 애국의 정성이 되어 용솟음쳤습니다. 그리고 그것은 그것만으로 끝나지 않고,

"우리들도 총(銃)을, 칼(劍)을!"

이라는 외침으로까지 진보하였습니다.

그 염원이 이루어져 이듬해 그 명예로운 지원병제도가 실시된 것입니다.

어머니!

이것은 자랑해도 좋은 일이라고 생각됩니다만, 필시 그 때 가장 먼저 조국 일본의 모습을 인지한 사람이 바로 우리 젊은이들이 아니었을까요?

그것을 확실히 알았을 때, 저는 정말로 부끄럽다는 생각을 했습니다. 제 모습이 무척 작고 초라하고 가련하게 여겨져 어찌해볼 수가 없었습니다.

쥐구멍이라도 있으면 들어가고 싶은 심정 이었습니다.

나라가, 조국이 언제까지 지속될지 모르는 이렇게 큰 전쟁을 하고 있는데 100호도 채 안 되는 작은 마을을 어쩌겠다는 것인가? 그런 마을 하나 둘 흥하고 망하는 것이 지금 나라의 운명과 무슨 상관이 있단 말인가?

마을을 위해서 목숨을 바치는 것도 나쁜 일은 아닐지 모른다. 그러나 나라가 큰 전쟁을 하고 있는 이 마당에 그것이 얼마나 유치하고 구차한 생각인가? 눈을 크게 뜨고 일장기를 우러러 보아라, 세계 여러 나라 중에서도 뛰어난 나라, 그 나라의 자랑과 명예를 지키기 위해 그 몸을 던지려는 생각은 할 수 없는가?

나라가 망하면 마을도 망한다. 나라가 부흥하면 마을도 일어납니다.

그렇다면 마을을 위해서 몸을 바치는 것이나 나라를 위해서 몸을 바치는 것이나 결국은 똑같은 일인 것입니다.

저는 생각이 여기에 미쳤을 때 실로 수치스러웠습니다.

그러나 그 다음엔 그런 수치심 따위는 한꺼번에 날려버릴 만큼 커다란 기쁨이 마음 속 깊은 곳에서 솟구쳐 올랐습니다.

아버지의 뜻을 제대로 이어가기 위해서 저는 어떻게 해서라도 나라를 위해 이 한 몸 내던지지 않으면 안 된다는 것입니다. 지하에 계신 아버지도 분명 그것을 기뻐해 주실 것이고, 그러는 동안 마을 사람들도 분명 제 마음을 이해해 주시겠지요.

마을 입구에 제 송덕비 같은 건 세우지 않아도 됩니다.

제 송덕비는 과분하게도 나라에서 야스쿠니신사에 세워 주실테니까……

어머니!

그 때 저는 어머니께 아무 말도 하지 않고 지원병을 지원했었지요. 학교도 그만뒀고요. 어머니께서는 의논도 않고 혼자서 결정했다고 그것만을 꾸짖으셨죠.

그러나 저를 질책하는 어머니의 마음속에 그 옛날 마을사람들과 같은 기분이 남아 있지는 않으셨습니까? 분명히 그 때 어머니의 마음속에는 제가 군인이 되는 것을 탄식하며 슬퍼하는 마음이 숨겨져 있었을 겁니다. 그 때까지도 어머니께서는 조국 일본의 본모습을 모르셨던 것입니다.

어머니께서는 이제 와서 조용히 되돌아보고 그건 아니었다고 말씀하실 수 있습니까?

제가 지원병이 되고 싶다고 말해봤자, 그 때의 어머니는 —지금은 다르지만— 결코 흔쾌히 허락해 주시지는 않으셨을 겁니다.

"이제 곧 어머니께서도 이해하실 때가 올 겁니다."

저는 이정도로만 말하고 끝내 강행해 버렸었지요. 하지만 그 때 거역했었던 일로 어머니는 지금 저를 꾸짖을 수 있으십니까?

어머니!

어머니가 마을 사람들에게 센닌바리(千人針)를 가르치시고, 신사참배를 가르치시며 나라를 위해 맨 앞장서서 일하신다고 하니 고맙습니다.

어머니, 저는 그것으로 족합니다.

지금은 어머니가 일하시는 것만으로도 마을은 아버지가 꿈꾸셨던 것보다도 훨씬 더 훌륭한 모범마을이 될 거에요.

누군가 한 사람의 힘만으로도 집안이나 마을을, 나라를 부흥시킬 수 없는 것은 아닙니다. 그러나 모두가 합심하여 보조를 맞추면 순식간에 몰라볼 만큼의 성적을 올리는 것입니다. 마을을 잘 살게 하는 길도 그런 방법을 취하지 않으면 안 됩니다.

어머니는 마을에 계시면서 마을사람들을 위로하고 북돋아 주십시오. 그리고 현을 누구에게도 지지 않는 당당한 군인으로 키워 주십시오. 그것만이 어머니의 역할입니다.

그리고 아버지의 뜻을 이어가는 것입니다. 그러는 동안 그것이 '배경의 큰 힘'에 보답하는 일이 될 것입니다.

어려운 일일 테지요 어머니!

어머니께서는 감당할 수 없을 만큼 무거운 짐일지도 모르겠습니다. 진실로 송구합니다만 온 국민 모두가 싸우고 있습니다. 아무쪼록 최선을 다해 주십시오.

어머니와 비교하면 제가 할 일은 간단합니다.

저는 그저 죽으면 되는 것이니까요……

기다리고 소망하던 그 죽을 장소를 머잖아 찾게 될 것 같습니다.

9

어머니, 편지 고맙습니다.

제가 마을 사람들에게 뭐라고 인사를 하면 좋을까요? 고맙고 기쁘고 송구해서 하염없이 눈물을 흘렸습니다.

지금까지 각성해 온 마을사람들의 모습을 보고 죽을 수 있기 때문에 저는 정말로 행복한 사람입니다.

자기 집안의 논밭마저 황폐한 채로 내버려두고 돌보지 않았던 마을 사람들이 하나가 되어 서로 힘을 모아 마을전체를 위해 일하고, 게다가 출정병사의 집이라는 이유로 맨 먼저 우리 집 일을 도와주었다고 하니…… 단 한번이라도 좋으니까 이 마을사람들의 변화된 모습을 아버지께 보여 드리고 싶다는 생각에 제 가슴이 벅차올랐습니다.

아무쪼록 마을 분들에게 안부 전해 주십시오. 저는 기필코 훌륭하게 전사하는 것으로 이 은혜에 보답할 결심입니다. 제 보잘것없는 몸뚱이 하나쯤 이제 어떻게 되어도 괜찮습니다.

그렇다고 해도 너무 마을 분들의 신세를 지지 말고 가능한 한 우리집 안 일은 어머니 손으로 하시기를— 마을사람들도 모두 바쁘실 테니까요……

서둘러 이만 줄일게요. 어제와 오늘 제 몸뚱이는 너무도 바빴습니다.

10

드디어 죽을 때가 온 것 같습니다.

오늘 밤 우리 부대는 쐐기처럼 적의 무리 한 가운데 깊이 들어가서 어떤 장소를 점령하라는 명령을 받았습니다. 어떤 시기가 올 때까지는 무슨 일이 있어도 그 장소를 지켜내지 않으면 안 됩니다.

많은 적에 둘러싸인 채 몇날며칠씩이나 그곳을 수호하고 적을 막아내야 하기 때문에, 살아서 다시 돌아갈 수 있으리라고는 생각하지 않습니다.

저는 이번에야말로 제 임무를 멋지게 해내고, 그 위에서 떳떳하게 전사할 각오입니다.

어머니의 말씀대로 기필코 다른 사람에게 뒤지지 않겠습니다.

그러니 안심하십시오.

이 명령을 받은 우리 부대는 지금 열광하고 있습니다.

얼마 간 무료하였던 터라 무리도 아니겠지만,

'죽으라!'

는 명령을 받고 이렇게 기뻐하는 군대가 세상 어디에 있을까요?

이런 군대가 있기 때문에 이번과 같은 쐐기전술이 가능할 것이고, 이런 군대가 있다는 것이야말로 그 전술은 성공할 것입니다. 이 군대의 한 사람으로서 이제 죽으로 가는 저는 정말이지 운 좋은 녀석임에 틀림없습니다.

그렇다고 해서 개죽음을 하지는 않겠습니다. 반드시 이 명예로운 임무를 다 마친 후에 꼴사납지 않은 죽음을 맞을 작정입니다.

전우들은 지금 죽을 준비로 쫓기고 있습니다. 저도 빨리 이 편지를 다 쓰고, 주변을 정리해야 합니다.

이 편지를 쓰기 시작한 밤도 달 밝은 밤이었는데 오늘 밤도 보름달, 추석 때처럼 둥근 달이 동쪽 하늘에 걸려 있어, 당장이라도 손으로 잡을 수 있을 것 같습니다. 마치 대낮같은 밝은 그 달빛 아래에서 이 편지를 쓰고 있습니다.

지금까지 거의 다 썼기 때문에 별로 쓸 것은 없습니다. 이제 어머니의 결심도 확고히 서셨겠지요.

그저 어머니께서 오래오래 사시도록 그것만을 기원하고 있습니다. 오래 사시지 않으면 번영해 가는 나라의 모습을 보실 수 없습니다. 반도의 젊은이들이 나날이 훌륭해져 가는 모습도 보실 수 없습니다.

어머니, 오래 사시려면 평소부터 몸 건강에 마음 쓰지 않으면 안 됩니다.

어떻게 하면 건강하게 사실 수 있는지 제가 책에서 읽고 사람들에게 물어보았던 것을 알려 드리겠습니다.

1. 무엇보다도 마음을 안정시키는 것이 중요합니다. 근심걱정이 제일 몸에 나쁘답니다. 가능하면 모든 일에 참으시고, 보고도 못 본 척 하십시오.
2. 한 가지 일을 언제까지나 계속 생각하는 것도 몸에 좋지 않습니다. 귀찮은 일은 전부 젊은 사람들에게 맡기시고, 어머니께서는

가능한 한 편안히 지내십시오.

3. 밤늦게까지 일하는 것도 좋지 않습니다. 대부분의 일은 다음날로 돌리고 밤에는 빨리 주무십시오.

4. 음식은 잘 씹어서 드십시오. 나이가 들면 들수록 될 수 있는 한 부드럽고 입에서 당기는, 건강을 위해 좋은 것을 드셔야 합니다.

5. 들에는 너무 자주 나가지 마십시오. 어머니는 지시만 하시면 됩니다. 운동부족도 곤란하지만, 운동이 과해도 건강에 해롭습니다. 좋은 일이든 나쁜 일이든 무리하시는 것은 금물입니다.

6. 먼 거리 여행 같은 건 삼가 해 주십시오. 부득이한 볼일이라도 있다면 몰라도 탈 것에 흔들리는 것도 몸에는 좋지 않습니다.

7. 탈 것을 타실 때는 될 수 있는 한 느긋한 자세를 취하며 천천히 타십시오. 늦어서 못 타게 되더라도 다음 것을 탄다고 생각하십시오. 서두르거나 허둥대거나 하는 것은 건강에 좋지 않습니다.

8. 신사 참배는 최대한 빠지지 마십시오. 신께 의지하시면 걱정거리는 없어집니다. 신의 가호를 마음속으로 빌면 마음도 저절로 안정되어 올 것입니다.

9. 마을 사람들을 위하는 일이라면 우리 집 돈을 먼저 쓰십시오. 좋은 일을 하면 그만큼 마음이 밝아지니까요. 지금이라도 동생 현이 군대에 입대하게 되면 우리 집은 별로 돈 쓸데가 없어집니다.

10. 어떠한 괴롭고 힘들고 슬픈 일이 있어도 명랑하게 웃어넘기십시오. 웃기만 해도 사람은 오래 산다고 합니다.

마지막으로, 혹시 제 유골이 마을로 돌아갔을 때 마을사람들이 과장하여 호들갑떠는 일이 있을지도 모르지만 가능하면 그런 일이 없도록 잘 당부해 두십시오.

그저 묵묵히 어머니 손으로 아버지 무덤 옆에 묻어만 주시면 됩니다. 그것만으로도 저 같은 불효자로서는 감사하여 눈물이 날 지경입니다.

더욱이 지금은 전쟁 중이기 때문에 모두들 경황이 없으니, 부질없는 일에 시간을 낭비해서는 안 됩니다.

동생 현이 입대하면 어머니가 혼자 사실 수 있을 만큼만 남겨 두시고, 우리 집 재산을 둘로 나누어 반은 국방헌금으로, 반은 마을연맹에 기부하십시오.

마을이 번영하고, 나라가 번영하는 것이 아버지 일생의 바램이었고, 저 역시 그것만을 소원하고 있으니까요. 현 녀석도 어머니도 분명 그것을 가장 바라시겠지요.

마지막으로 하나 더……

말씀드리기 조금 괴롭고 부끄럽긴 하지만 지금 말하지 않으면 말할 기회가 없으니 상관치 않고 큰맘 먹고 말하겠습니다.

어머니, 실은 제가 이웃마을의 순희(ジュンキ)를 좋아했어요. 어머니께 숨기고, 저희들끼리 결혼약속까지 했었는데……

순희는 예쁘지 않지만 어머니도 아시다시피 순수하고 좋은 아이입니다. 저와의 일은 잊어버리고 훌륭하고 좋은 신부가 되도록, 그리고 슬퍼하는 일 없도록 어머니께서 잘 말씀해 주십시오.

그리고 꼭 어머니께서 직접 어딘가 좋은 곳으로 시집보내 주십시오. 이것으로 이제 저의 소원은 끝입니다.

아— 진땀나네요.

그럼 어머니, 건강하십시오.

현아.

어서 빨리 자라서, 누구에게도 지지 않는, 충의롭고 용감한 군인이 되어라. 형은 한 발 앞서서 간다. 전사자의 동생이라고 해서 꿈에라도 그것을 자만해서는 안 된다.

그럼 현아, 안녕히!

이제 마지막으로 목소리 합하여 「바다에 가니(海ゆかば)」를 부르자꾸나. 그렇구나. 어머니도 국어강습회(國語講習會)에서 틀림없이 배우셨을 거다.

자 그럼 어머니도 같이 한 목소리로 불러주십시오.

　　　ウミユカバ　ミズク　カバネ

　　　ヤマユカバ　クサムス　カバネ

　　　オホキミノ　ヘニコソ　シナメ

　　　カヘリミハ　セジ

　　　(바다에 가니 물에 잠긴 시체

　　　산에 가니 잡초 우거진 시체

　　　천황 곁에서 죽을 수만 있다면

　　　후회하지 않으리.)

〈추신〉

……가타카나(片假名)로 된 편지는 몇 해 전 도쿄만에서 조난당한 이고

67 잠수함장 오바타케 다타시(伊號六十七潛水艦長 大畑正)대령의 편지를 모방하여 쓴 것임을 밝히고, 추신하여 양해를 구해 올립니다.…… 작자 씀
(作者しるす)

제11장

애정

【愛情】

- 1944년 5월 『半島作家短篇集』에 「愛情」 발표(일본어)

본문은 1944년 5월 『半島作家短篇集』에 수록된 「愛情」이다.

1

그리 싫은 사람은 아니었다. 그러나 요즘 들어 더 이상 주저하지 말고 당당하게 돌아선다 해도 괜찮을 것 같다는 생각까지 하고 있었다.

'그런데도 그랬었는데……'

하며 현숙은 입술을 깨물었다.

"내가 잘못 보았던 거야…… 현숙이, 이 바보 같으니…… "

억울한 나머지 소리를 내면서까지 중얼거려 본다. 그러자 왠지 자신이 농락당한 것 같은 생각이 들어 눈물이 핑 돌았다.

"너무해…… 정말 너무해!"

그러고 있는 사이 어리석은 자신에게 수치스런 마음이 들어 현숙은 결국 책상에 엎드려 어깨를 들먹이기 시작했다.

실컷 울고 나니 마음이 조금은 안정이 된 듯하였다. 현숙은 손거울을 꺼내서 퉁퉁 부어 부석부석한 눈에 신경을 쓰면서 얼굴을 다듬었다. 그리고 나서 텅 빈 넓은 사무실 안을, 분노의 눈초리로 둘러보았다.

이대로 잠자코 있으려고도 생각했다. 그러나 그것만으로는 왠지 석연치 않았다.

뭐라도 써 남기고 가야지 싶었다.

'오늘 부로 그만두겠습니다. 이젠 평생 만날 수 없을 겁니다.'

지금의 분노하는 마음을 그대로 내던질 만한 신랄한 말을 찾아보았지만, 이런 흔해빠진 문구밖에는 떠오르지 않았다.

어설프게 서툰 말을 남길 바에야, 차라리 그냥 집에 돌아가는 편이 현명할 지도 모른다.

'가슴에 쌓인 체증이 일시에 내려갈 만한, 속이 후련해지는 방법은 없을까……'

그런 쓸데없는 생각으로 갈피를 못 잡고 있는 가운데, 신기하게도 지금의 기분과는 전혀 상반된 지난날 즐거웠던 추억들이 또렷이 눈앞에 떠올라왔다.

작년 겨울이었다.

그 때도 현숙은 이렇게 근심에 잠겨 있었다.

추위가 더해질수록 눈에 띄게 악화되어가는 남동생의 상태를 신경 쓰면서……

그 때 문득 누군가가 옆에서 뺨이 닿을락 말락 할 정도로 얼굴을 바짝 갖다 대는 것 같은 느낌을 받았다. 사주(社主)인 태기였다.

깜짝 놀란 나머지 펄쩍 뛰며 몸을 빼려는 현숙 앞에 태기는 출납부를 내밀면서,

"어떻게 된 겁니까, 이 계산은?"

라며, 매우 친한 척 하면서 은근한 미소를 지었다.

지출란의 콤마(,)를 한 자리 올려 찍어버린 바람에 장부상 터무니없는 적자로 되어있는 것이었다.

"어머나, 저…… 어떡하죠?"

현숙은 경계심도 잊고서 태기와 바짝 붙어서 장부를 살폈다. 그러고 있는 사이에 현숙은 문득 조신하지 못한 자신의 행위를 깨달았다.

그러나 그 때 이미 온몸이 마비된 듯, 마치 쇠사슬에 묶인 듯 자신을

어떻게도 할 수가 없었다.

화끈화끈 얼굴이 달아올라,

"나…… 몰라요."

겨우 내뱉듯이 그 말만을 낮은 목소리로 중얼거리고, 그대로 장부 위에 얼굴을 수그렸다.

헝클어진 머리카락을 부드럽게 쓰다듬어 주는 태기의 손길조차도 현숙은 거의 의식하지 못했다.

현숙이 태기로부터 정식으로 결혼 신청을 받은 것은 그 다음날이었다. 그러나 현숙의 마음은 아직은 미정이었다.

더욱이 남동생의 몸이 좋아질 때까지는 결혼할 수 없는 입장이기도 했다.

현숙은 몸을 가다듬고 일부러 좋지 않은 표정을 지었다.

"겨울 동안 잘 생각해 보십시오, 봄까지 기다리겠습니다."

이렇게 말하고 태기는 자신의 자리로 돌아갔다.

그리고 나서 두 번 다시 그 일은 입에 올리지 않았으며, 사무적인 일을 제외하고는 제대로 말도 섞지 않았다.

서먹서먹한 상태로 위장하고 있었던 덕분에, 두 사람의 속마음은 봄을 기다릴 것도 없이 날이 갈수록 애정으로 부풀어 오르고 있었다.

그래도 현숙은 고집스럽게 자신의 태도를 바꾸려고 하지 않았다. 자신의 속마음과는 반대로, 일부러 무리하면서까지 이전의 태도를 계속 유지하려고 안달했다.

그렇게라도 하지 않으면 걷잡을 수 없이 태기 쪽으로 빨려 들어갈 것 같아서, 현숙은 왠지 방심할 수가 없었다.

그러나 아무리 그런 노력을 해도 아침이 되면 마치 고무공처럼 마음이 들떠 출근하는 것이 즐거워 서두르고 있는 자신을 멈추게 할 재주는 없었다. 그것을 내심 억울해하면서도, 한편으론 오히려 흐뭇해하였다.

이즈음의 현숙은 그러했다.

지나치게 기회주의자적인 일면이 마음에 걸리긴 하였지만, 젊은 남자의 사업에 대한 의욕 때문이라 생각하고 선의로 받아들이면, 굳이 들추어 낼만한 흠이라고는 생각되지 않았다.

더욱이 개방적이면서 서글서글하고 밝은 성격이랄지, 야구로 단련된 늠름한 체격이랄지, 수준 이상의 취미나 교양 같은 것이 그러한 부분을 충분히 메우고도 남았다.

외로움을 잘 타며, 어린아이처럼 쉽게 감동하고, 다른 사람의 감언이설에 금방 넘어갈 정도로 사람을 좋아하는 것도 타고난 선량한 성품 때문이라는 생각에 순순히 받아들일 수 있었다.

나이에 비해 고용주로서의 판단력도 좋았다.

태기가 XX상사에 들어온 지 1년 반이 되도록 현숙은 한 번도 찜찜하다거나 싫었던 느낌을 받은 적이 없었다.

장부나 그 외의 자잘하고 번거로운 일은 모두 현숙의 몫이었지만, 바쁘다고 할 만큼의 일이 있는 것도 아니어서 현숙은 정말로 느긋하고 편하게 근무할 수 있었다.

아침에 정성들여 얼굴을 매만지면서 문득 거울 앞에서 혼자서 얼굴을 붉힐 때가 있었다. 태기가 거울 속에서 어른거릴 때였다. 그럴 때면 현숙은 당황하여 아침 식사도 하는 둥 마는 둥, 얼어붙은 전차 길로 달려 나가는 것이었다.

나이든 어머니와 병든 남동생에게 미안한 마음이 들어 작게나마 자책의 마음을 금할 길 없었다.

특히 남동생에게는 더 미안했다. 오는 봄에 있을 징병검사를 앞두고, 늑막염에 걸린 동생 앞에서 얼굴을 들기가 부끄러웠다. 남동생은 국가의 장정(壯丁)이다.

'어서 빨리 병을 치료하지 않으면 내년 봄에 뭐라고 변명할 것인가'라는 뭔가에 쫓기는 듯한 초조하기 그지없는 시점이었기 때문이다.

워낙 단련된 몸이라서 동생의 몸은 눈에 띄게 회복되어 갔다. 그것을 보는 현숙은 행복했다.

봄이 오면 한층 더 행복해질 것이라는 느낌이 들었다.

"봄까지 기다리겠습니다."

라 했던 태기의 말이 귓전에 새로운 감동으로 되살아났기 때문이다.

복도에서 귀에 익은 독특한 발소리가 점점 가까이 다가왔다.

'태기다!'

하면서 현숙은 긴장된 얼굴로 벌떡 일어섰다.

'지금이 어느 때인데?'

난 지금 무슨 바보 같은 생각을 하고 있는 걸까? 오늘아침까지만 해도 마음을 허락했던 좋은 사람이라고 믿어 의심치 않았다. 그러나 존경할 수 없는 사람, 아니 경멸해도 좋을 사람이라면 결혼한다는 것은 도저히 불가능한 일이었다.

뒤쪽의 문이 열리는 낌새에 현숙은 재빨리 손거울을 핸드백 속에 집어넣고서 스스로도 이상하리만치 냉정하게 태기를 마주 대할 수 있었다.

눈이 서로 마주쳤다. 두 사람 모두 아무 말도 하지 않았다.

이윽고 태기가 힘없이 눈을 내리뜨며,

"아직도 화가 나 있는 겁니까?"

라며, 마치 단죄라도 기다리는 듯한 어투로 말했다.

"네, 너무 화가 나 있어요. 하지만 당신에게 화가 난 것이 아니라 당신이라는 사람을 보는 눈이 없었던 나 자신에게 화가 나 있는 겁니다."

단숨에 거기까지, 깍듯이 격식을 차린 말투로 말하고 난 현숙은 갑자기 입을 다물어버렸다.

바로 조금 전까지만 해도 사랑하려고 했다. 아니 벌써부터 사랑하고 있었던 사람을 그 이상 모욕할 마음은 없었다.

그 순간 현숙은 그만 둘 때 두더라도 정숙하게 물러서는 것이 가장 현명하고 옳은 방법이라고 생각했다.

현숙은 조용하게, 그러나 최대한 당당하게 태기 앞을 지나 사무실을 가로 질러 밖으로 나갔다.

2

밖은 눈보라가 심했다.

옆에서 몰아치는 세찬 눈보라를 마구 맞으며 현숙은 한 눈도 팔지 않은 채 급히 달리 듯 걷고 있었다.

신뢰와 애정을 배신당한 것에 대한 새로운 분노가 치밀어 올라, 온 몸이 불덩이처럼 뜨거워져 왔다.

참으려 하면 할수록 눈물이 하염없이 입술로 번져 흘러들었다. 아무리 해도 멈춰지지 않았다.

설마하고 생각했었다. 무리해서라도 그렇게 믿고 싶었다. 자신이 사랑하고 있는 남자가 그런 파렴치한 짓을 하고 있다고는 생각하고 싶지도 않았다.

그러나 오늘아침 여느 때처럼 출근해서 사무실에 발을 들여 놓았던 현숙은 엉겁결에 그 자리에 우뚝 멈춰 섰다.

현숙이 가장 두려워하고 있던 일이 실제로 눈앞에서 벌어지고 있었기 때문이다.

"뭐야, 현숙씬가요? 놀라게 하면 안 되지요. 아— 깜짝 놀랐네요."

가마니 자루 앞을 가로 막고 서 있던 사무원 한 명이 매우 허둥대는 것을 현숙은 곁눈으로 흘낏 쏘아 보면서 잠자코 자기 자리에 앉았다.

듣지 않아도 보지 않아도 알 수 있었다. 가마니 안에는 눈처럼 새하얀 백미(白米)가 들어 있는 것 같았다.

그리고 쌀 밑에는 엿이 가득 채워져 있었다. 결국 태기는 욕심 때문에 분별없는 짓을 한 것이 틀림없었다.

약 열흘 전부터 험상궂은 남자들이 드나들면서 태기를 끈질기게 설득하는 것을 현숙은 알고 있었다. 그리고 그것이 암거래 상담이라는 것을 현숙은 간파하고 있었다.

그러나 현숙은 태기의 인격을 믿었다. 꿈에라도 그런 상담에 말려들 태기가 아니라고 현숙은 마치 신앙처럼 믿고 있었다.

그런데 지금 눈앞에 그것이 사실이 되어 나타났다. 마(魔)가 끼어든 것이다. 무엇인가에 홀린 것이다.

그렇게밖에 생각할 수 없었다. 그런데 그가 어쩌면 이렇게 한심하고 무섭고 부끄러운 일을 벌인단 말인가?

우왕좌왕하면서 쌀과 엿을 가려내어 다른 가마니에 바꾸어 담고 있는 사무원들의 움직임을 세상에서 가장 추악한 것으로 느끼고, 현숙은 돌아보지도 않은 채 붙박이처럼 몸을 꼼짝도 하지 않았다.

더 생각할 것도 없다. 지금이라도 늦지 않았으니까 말려야 한다. 무슨 일이 있어도 말리지 않으면 안 된다.

그것만이 그 사람을 사랑하는 내가 할 수 있는 최선이다.

내가 진심으로 애원한다면 들어 주지 않을 리는 없다. 아니 그 사람은 반드시 들어 줄 것이다.

그러나 현숙은 사무실 안쪽에서 태기와 마주하고 거친 말로 싸우지 않으면 안 되었다.

"한 번 뿐이니까, 절대로 들킬 염려는 없으니까, 이번 한번만 조용히 눈감아 주지 않겠니?"

하며 태기가 무슨 일이 있어도 눈감아 달라며 끝까지 우겨댔기 때문이다.

"나쁘다는 것은 알고 있다. 나쁘다는 것을 알면서도 눈앞에 걸려 있는 거금을 뻔히 보면서 다른 사람에게 넘겨주고 싶지는 않았다. 당신도 알고 있듯이, 요 1, 2년 사이에 XX상사는 거의 결손의 연속이라 할 만큼 영업이 부진했다. 그것을 단 한 번에 만회할 수 있다. 당신이 이 정도로 사정하니, 이제 결코 두 번 다시 손대지 않을 테니까, 이번만은 못 본 것으로 해요. 이미 저렇게 현품까지 반입하였고, 이틀만 있으면 전부 처분할 수 있으니 한 번 만, 한 번 만 눈감아 주지 않겠소?"

태기의 목소리는 처량했다. 그것이 현숙에게는 한층 더 비열한 태도로 보여서 참을 수가 없었다.

"당신은, 당신은 그렇게까지 비열한 근성을 가지고 있었던 겁니까?"

현숙은 사내처럼 주먹으로 두 눈의 눈물을 훔치면서, 아까는 입 밖으로 내놓을 수 없었던 말을, 마음껏 큰소리로 눈보라를 향해 내던져 보는 것이었다.

그렇다 하더라도 태기를 잃는다는 슬픔을 어떻게 해야 할지 막연했다. 차라리 태기가 다른 여자에게 마음을 주었더라면 아직 자신을 책망할 여지가 남아 있는 만큼, 지금보다는 훨씬 편안한 기분이었을 지도 모른다.

그런데 태기가 파렴치한 죄인이 되는 것을 지켜보면서, 더욱이 헤어져야만 한다는 것은 현숙을 무척 슬프게 했다.

'태기가 죄인이 된다.'

문득 생각이 거기에 미치자 현숙은 오한 같은 것이 등줄기를 훑어 내리는 것을 느꼈다.

엉겁결에 발을 멈추고 오랫동안 석상처럼 꿈쩍도 않고 서 있었다.

무서울 정도의 속도로 복잡한 상념이 현숙의 머릿속에서 소용돌이쳤다.

'어떻게 하는 것이 가장 올바른 길인가?'

미로 속에 발을 들여 놓은 것처럼, 현숙은 그저 혼란스러울 뿐이었다.

'그 사람을 사랑하기 때문만은 아니다. 그 사람이 길 가의 타인이었더라도 나는 후방의 국민으로서 그것을 말리지 않으면 안 되었다.

그 사람과 나 사이에 아무 일도 없었다고 가정하고 내가 그 사람을 구해내자. 지금부터라도 충분할거야. 그것이 범죄를 미연에 방지하는 일도 되고…… 또 그렇게 하는 것이 그 사람의 양심의 가책도 가볍게 끝날 것임에 틀림없다.

그 사람은 나를 원망할 지도 모른다. 하지만 이런 경우 원망을 받는 것이, 그 사람에 대한 나의 최대한의 애정인 것이다. 무슨 일이 있어도 나는……'

이만큼 생각을 정리하기까지 현숙은 온 힘을 다 소진해 버렸다. 그렇지만 결사적으로 용기를 내어 몸과 마음을 재차 가다듬고 씩씩하게 파출소를 향해 걸음을 내딛었는데 여전히 걸음걸이는 불안했다.

그 때 현숙의 눈앞에 갑자기 두 개의 환영이 떠올랐다.

남동생과 태기의 모습 같았다.

그렇게 생각하던 순각 일시에 온 몸의 힘이 빠져나가 버린 듯이 부지 중에 현숙은 풀썩 그 자리에 무릎을 꿇고 말았다.

X   X

"정말이지 걱정시키고 있네. 누나는!"

"정신이 들었습니까? 몸을 움직이면 안 됩니다."

혼수상태에서 깨어나 머리맡을 올려다보니, 남동생 현근과 태기의 크게 웃는 얼굴이 뒤덮을 듯이 눈앞에 있었다.

"나, 어떻게 된 거야?"

라고 묻고서 현숙은 문득 수치심을 느꼈는지 당황하며 얼굴을 애써 외면한 채 눈을 감았다.

"현숙씨! 그대로 들어 주십시오. 내가 나빴어요. 깊이 사과드립니다. ……당신이 돌아가고 나서야 겨우 그것을 알아챘습니다. 곧 바로 뒤를 쫓아갔는데 아무리 찾아도 보이지 않아서…… 아니, 어떻게 되는 것이 아닐까 하며 무척이나 마음을 졸였습니다. 겨우 현근군의 응원을 받고……."

"그만 하세요!"

현숙은 부끄러워서 더 이상 듣고 있을 수가 없다는 생각이 들어 가볍게 머리를 흔들었다.

그리고 나서 새롭게 기분을 전환한 듯, 등을 돌린 채로

"현근아, 몸 상태는 어떠니?"

라고 물었다.

"뭐야―! 나는 힘이 넘치는데, 누나는 언제나 나를 병자 취급한다니까."

"아니, 눈에 흠뻑 젖기라도 하면……"

"괜찮다니까, 정말로 이젠 괜찮아. 걱정하지 말라니까. 내년 검사에는 기필코 갑종(甲種)으로 합격해 보여줄게."

"그래? 그럼 됐어."

정말로 그것으로 되었다는 생각이 들었다.

뭔가를 더 생각하면 또 다시 눈물이 쏟아져 나올 것 같아서, 현숙은 이대로 조금만 더 자고 싶다며 남동생과 태기에게 자리를 비켜 줄 것을 부탁했다.

그리고 이불을 머리까지 푹 뒤집어썼다. 태기는 나가려고 하면서, 이불위에 대고 조그맣게 중얼거렸다.

그 덮여 있는 이불 위에 서서 태기는 나오지 말라고 한 뒤 조그맣게 속삭였다.

"몸조리 잘 해요. 나는 당신의 애정에 진 것이 아니라, 당신의 정직함에 항복한 것이오."

'아직도 그런 억지를……'

현숙은 기가 막혀서 이불 속에서 눈을 크게 떴지만, 의외로 마음이 요동하지는 않았다.

그 말에서 오히려 그저 순수한 애정만을 미루어 짐작할 수 있었다.

이제 편안하게 쉴 수 있을 것 같았다.

그것이 현숙은 너무나도 기뻤다.

제12장

개나리 [連翹]

- 1943년 7월 『朝光』에 「동창(東窓)」 발표(한글)
- 1944년 5월 『文化朝鮮』에 「連翹」로 개작 발표(일본어)
- 1944년 12월 창작집 『淸凉里界隈』에 「連翹」 수록 (일본어)

본문은 1944년 12월 창작집 『淸凉里界隈』에 수록된 내용이다.

1

앞장서 걷고 있던 소사(小使)는 다리(橋) 옆에서 발을 멈추더니, 손을 들어 올려 마을 외곽지대를 가리키면서

"사택은 저 근처에 있습니다. 장기간 비워둔 곳이라서 아침에 청소는 해두었습니다만……"

사택이 초라한 것이 마치 자기 책임이라도 되는 양, 소사는 다시 한 번 송구스런 듯이 말했다.

그리고 한쪽 뺨에 사람 좋은 웃음을 띠고 있었다.

강 맞은편 산기슭까지 꼬불꼬불 좁은 길이 계속 되었고, 그 길이 끝날 즈음 몇 채의 초가지붕이 보였다.

나는 소사의 손끝에 따라 그 곳을 가볍게 바라본 후, 말없이 고개를 끄덕거렸다.

강 가운데를 끼고 좁고 길다란 강변이 펼쳐져있는 마을의 모습은 가난해 보였지만 의외로 깨끗했다. 폭이 10칸 가까이 되는 강이었지만 이름뿐으로 물 한 방울 흐르지 않는, 마치 해변의 백사장을 떠올리게 하는 하얗고 얕은 물속은 마치 어린이들의 놀이터 같았다.

양쪽 강변에 적당한 간격으로 늘어선 포플러나무 가지 끝에는 타는 듯한 붉은 석양이 의지하듯 기대고 있었다.

나는 문득 뒤를 돌아다보았다. 어린아이를 등에 업고 한손에 트렁크를 늘어뜨린 아내는 숨을 헐떡이며 힘들게 따라오고 있었다.

한참을 정신없이 걷다보니 우리는 마을을 빠져 나와 완만한 비탈길에 닿아 있었다.

말을 걸어볼까도 생각했다가 다시 생각을 고쳐먹고 나는 그대로 계속 걸었다.

"저기요…… 돌담집으로……"

'어이쿠 맙소사' 하는 표정으로 소사가 사립문에 손을 대자, 우리는 그 사이를 빠져 나가듯 마당 안으로 들어가서 피곤한 몸을 툇마루에 내던졌다.

무어라 말할 기운도 없었다.

'사무소에서 조금 멀구나……'

15분 가까이나 걸었을까? 게다가 계속 오르막이라서 적잖이 고생스러웠다. 우리는 이미 녹초가 되어 버렸다.

"어쨌든 수고 많으셨습니다. 공교롭게도 오늘은 급사가 쉬는 날이라 짐까지 들고 오시게 하였는데 정말 죄송하게 되었습니다."

짐이라는 말에 나는 문득 일주일 전에 보낸 짐이 생각났다. 미리 보냈던 가재도구가 잘 도착했는지 마음에 걸렸다.

"그럼 철도편에 보냈던 짐은 도착했습니까?"

"예예, 어제 도착했습니다."

그렇게 말하고 소사는 장지문을 활짝 열어 제치고 방을 보여주었다.

"나름대로 정리는 했습니다만…… 마음에 들지 않으시면, 내일이라도 다시 정리하겠습니다."

"아뇨, 좋습니다. 신세를 끼쳤습니다."

"천만예요, 그런 말씀하시면……"

"이젠 돌아가셔도 좋습니다."

"예, 그럼 잠시 쉬십시오. 잠자리 준비는 제 집 사람이 돌보도록 하겠습니다. 지금 바로 준비 시키겠습니다."

"여러 가지로 마음 써 주셔서 고맙소. 큰 도움 받았습니다."

"과분한 말씀을……"

소사는 정중하게 머리 숙였다. 그리고 종종걸음으로 마당을 가로질러 돌아갔다.

두 칸짜리의 정말로 초라한 사택이었다.

무너질 것처럼 천정이 낮았고, 저녁인 탓인지 이상하게 방안이 어두웠다. 으스스 음산한 기분이 들어 방 쪽으로 한 걸음 들어섰다가 나는 그대로 다시 마당으로 내려섰다.

오래된 집이라 왠지 모르게 마당까지도 이끼가 낀 듯한 느낌이 들었지만, 그런데도 마당은 상당히 넓었다.

이 정도면 괜찮다는 생각이 들었다.

환하게 밝아진 듯한 넓은 마당이 별안간 마음에 들었다.

석양빛이 깃든 마당에 우뚝 서니 비로소 피로가 풀린 듯한 기분이었다.

사립문 옆으로 복숭아나무 한 그루가 우두커니 서 있었다.

키도 작고 허약해 보였지만 그래도 때가 되면 꽃이 피고 열매를 맺을 것임에 틀림없었다.

이 적적한 생활을 하려면 역시나 이런 복숭아나무가 정취를 더할 것이라는 생각이 들었다.

주변은 마치 사람 살지 않는 마을처럼 조용했다.

귀를 기울여 보니 심장이 고동치는 소리까지 크게 들릴 정도였다.

"생각 보다는…… 좋은 곳 아냐?"

불만이 없었던 것도 아니었지만, 나는 아내에게 이렇게 말을 해 보았다. 그 중의 반은 스스로를 위로하려는 마음도 있었다.

아내는 아이에게 젖을 물리려고 옆으로 누운 채 아무 대답이 없었다.

나는 갑자기 심하게 피로감을 느꼈다. 열차로 다섯 시간, 버스로 두 시간, 거의 만원인 차내에 서서 이리저리 흔들리며 왔던 탓일 게다. 그러나 그 피로감 속에는 육체적인 것 이외의 뭔가가 포함되어 있었다.

몸서리칠 정도의 고독을 느낀 것이다. 스승도 친구도 없는 이 깊은 산 속에서 도시생활에 젖어 있던 내가 자연만을 상대로 과연 살아 갈수 있을까? 스스로 자신을 믿을 수 없었다.

'그래 끝까지 해보는 거다.'

억지로 기운을 차리려고 숨을 깊이깊이 들이마셨다.

"어이구, 이곳에…… 헤에… 오래 기다리셨습니다."

저녁 반찬을 양손에 들고 불쑥 들어온 소사가 넋이 나간 듯이 말했다.

주변은 어느새 완전히 캄캄해 졌다.

2

"깊은 산 속 외진 벽촌이지만, 요양 겸해서 가는 것이니 무엇보다도 몸을 튼튼하게 해야지요……"

그렇게 권해준 선배의 충고를 따라 이곳에 부임하는 것으로 결정되었을 때, 나는 막막했지만 한편으론 새로운 생활에 대한 의욕으로 타올랐다.

나는 설레는 마음으로 허둥지둥 준비를 시작했다.

바로 10일전 이야기다.

1년씩이나 초조해하는 나날을 보내던 끝이었다.

느닷없이 나는 옛날과 같은 건강을 되찾기라도 한 듯 마음이 들떠서 인사하러 돌아 다녔다.

생각도 하지 않았던 병명을 선고 받고, 처음엔 불쌍하리만치 낙담하여 무섭기만 했다.

원래부터 건강한 몸은 아니었기 때문에 아무리 생각해도 그 무서운 병을 이겨 낼 자신이 없었다. 그러나 한 달 남짓 입원해 있는 동안 나는 이상하게 자신감이 생겼다.

'그래, 이렇게 죽을 수는 없지'

무슨 그럴만한 근거가 있을 턱이 없었지만, 나는 무조건 그것을 믿으려고 생각했다. 경과도 매우 순조로웠다.

근 40일 만에 나는 그 음울한 병실에서 나와 새로 이사한 교외의 새 집으로 돌아왔다.

그렇다 해서 내 병이 호전될 까닭은 없었다. 당분간 일을 떠나서 조용한 곳에서 요양하지 않으면 안 되었다.

물론 약 복용은 계속했다.

그러나 그 '당분간'이 언제까지 계속되는 '당분간'이 될지 하루하루가 지남에 따라 나는 안달이 났고, 초조하여 의심까지 하기 시작했다.

'다시 죽음으로 가지 않으려나? ―그것은 분명하지만 죽지 않을 만큼― 언제까지라도 이상태가 계속 된다면 어떻게 하지?' 라는 생각이 들어 견딜 수가 없었다.

바닥이 없는 늪 속으로 한없이 빨려 들어가는 듯한 암담한 기분이 들었다. 그럼에도 나는 의사의 지시대로 약을 삼키고, 주사도 맞고, 일광욕을 하고, 식사에도 마음을 썼다.

그래서 그 '당분간'이 1년 가까이 지속되었던 것이다.

발병하고 반년정도가 지났을 때, 나는 과장자리까지 약속 받았던 전 직장을 물러났다.

그리고 저축해 두었던 얼마 되지 않은 돈으로 병원 생활을 계속 해야만 했다. 생활의 불안까지 한층 더하여 마음은 점점 어지러웠다.

그러나 이것들은 모두 마음만 고쳐먹으면 간단히 잊어버릴 수 있는 문제였다.

그런 것보다 더욱 더 심하게 나를 괴롭히는 것은 이 위대한 시대에 태어나 살아가면서 아무것도 하는 일 없이 손을 묶어 놓고 있어야만 하는 스스로에 대한 자책감이었다.

그것을 생각하자 이러지도 저러지도 못할 만큼 괴로웠다.

병이 조금 나아지면 나아질수록 이런 생각은 점점 더 심해져 끊임없이 나를 괴롭혔다.

야마자키 부대의 장렬한 옥쇄(명예, 충절 등을 지키고 장렬히 죽는 것, 역자 주) 소식이 전해진 것이 바로 그 즈음이었다.

"앗쓰지마 수비부대는 5월 29일 전원 옥쇄했다. 부대장은 육군대좌 야마자키 다모요(山崎保代)이고……"

아무렇게 드러누워 라디오를 듣고 있던 나는 물벼락이라도 맞은 것처럼 깜짝 놀라서 용수철처럼 벌떡 일어났다.

나는 오랫동안 멍하니 앉아 있었다.

아무것도 생각할 수 없었던 때문이다.

그 가운데 불덩어리 같은 분개가 몸속을 뒤죽박죽 헤집기 시작했다.

엉겁결에 나는 발끈하여 라디오 스위치를 꺼버렸다.

그리고는 짐승처럼 방안을 이리저리 돌아다녔다.

'아무짝에도 쓸모없는 병신 같으니……'

그러나 그것만으로 해소되지 않는 격심한 자괴감이 몰려왔다. 할 수만 있다면 그 자리에서 전투복으로 갈아입고 암운이 감도는 전선으로 달려가서…… 거기서 쓰러져 죽는다 해도 좋을 것 같았다.

그 때의 심적 상태는 그렇게라도 하지 않으면 수습이 안 될 것 같았다. 그렇지만 반도태생인 나로서는 병적도 없었다. 게다가 벌써 40고개를 넘기고 있었다.

'전원 옥쇄…… 전원옥쇄'

라는 말만 중얼 거리다가 나는 그대로 쓰러지고 말았다.

그리고 몹시 열이 났다. 나는 순식간에 반년 전의 병자로 돌아가 다시 음울한 병실로 들어갔다.

두 번째의 병원 생활이었다. 그러나 나는 처음으로 올바른 마음가짐을 가질 수가 있었다.

'죽지는 않을 것이다.' 는 말이나, 근거 없는 미신 따위는 이제 두 번 다시 믿지 않기로 했다.

나는 심사숙고 끝에 그런 대신에 '언제 죽어도 좋다'는 각오를 가지게 되었다.

'언제 죽어도 좋다. 그때까지 오로지 나라를 위해 진력을 다하는 것이다. 병상에 누워 있는 내가 과연 무엇을 할 수 있을까? 모든 일본인 일억이 총궐기하여— 그 일억인 안에 과연 나도 들어갈 수 있을까?'

나는 내가 할 수 있는 것으로 전력증강에 도움 될 만한 뭔가를 하지 않으면 안 되었다.

그리고 그 '뭔가'는 진정 무엇이라도 좋았다.

그런 각오로 나는 다시 집으로 돌아왔다. 그리고 신중하게 요양 생활을 시작했다. 이번이야말로 어떻게든지 쾌차 할 것이다. 하루라도 빨리 쾌차 할 것이다.

동생이 학도병이 되어 집을 떠나던 날, 나는 늘 나를 감싸주고 북돋아주던 선배를 찾아갔다.

이전의 나였다면 학도병 출진의 감격에도 압도되어 쩔쩔매었을 것이다. 지금의 나는 그런 허약한 인간이 아니었다.

나는 결연히 선배 앞에 앉아, 나에게도 뭔가 할 수 있는 일을 맡겨달라고 부탁했다.

그 순간 나는 내가 병자라는 것을 거의 잊고 있었다.

몸도 마음도 가뿐하여 힘쓰는 일 외에는 뭐라도 해낼 것 같은 자신감을 얻었다.

집으로 돌아온 나는 역시나 피로를 느꼈지만, 조용히 침상에 누워 지그시 눈을 감으니, 몸속에서 끊임없이 힘이 용솟음 쳐 오르는 것 같았다.

그것과 함께 과거의 게을렀던 생활에 대한 격한 뉘우침이 차올랐다.

'지금부터라도 늦지 않았다. 암! 늦지 않았고말고.'

3

새 사택에서의 첫째 날, 모처럼 나는 아침 일찍 잠에서 깨어났다.

나는 곤히 잠들어 있는 아내와 아이를 남겨두고 살그머니 방을 빠져
나왔다.

뒷산 솔숲이 아침 안개 속에서 뿌옇게 흐려져 윤곽만 보였다. 나는
잠옷위에 외투를 걸치고 솔숲을 향해 가로 질러 올라갔다.

산이라고는 해도 조금 높은 언덕에 지나지 않았다.

그 언덕 중간쯤에 낮은 솔숲이 있고 그곳을 빠져나오면 평평한 대지
였다. 거기서부터는 마을 전체가 한눈에 들어 왔다.

새들이 지저귀는 소리가 들려 왔다. 저쪽에서도 이쪽에서도 끊임없
이 들려왔다.

무슨 새인지 모르겠지만 이상하게도 귀에 익은 새소리였다.

'옳거니!' 하고는 이윽고 나는 밝은 표정이 되었다.

내가 어렸을 때 평화스런 고향 마을에서 자주 들었던 그 새소리였다.
틀림없이 그 새소리였다.

불현듯 고향 생각이 솟구쳐 올랐다. 생각도 주변도……

나는 30여년의 세월을 거슬러 올라 소년시절 내 고향으로 달음박질
하는 것을 눈물을 글썽이며 깊은 감동으로 맞았다.

그리고 눈물을 거두고 나니 씻은 듯이 맑고 쾌청한 기분이 되었다.

'그렇다. 여기에서 그 고향과는 10리 정도 밖에 안 된다.

아는 이도 친척도 아무도 없다. 명색뿐인 고향이라지만 나는 어째서 찾지 않고 있었을까?'

조금만 안정되면 아내와 아이를 데리고 모처럼 그리운 고향 풍물이라도 접하고 오리라는 결심을 했다.

해가 떠오르자 안개는 점차 엷어졌다. 눈앞에 아득히 펼쳐지는 논밭과 마을의 모습이 한 폭의 그림처럼 떠오르더니 눈앞으로 다가왔다.

순결한 소녀처럼 아름답고, 복잡한 추억이 머리에서 떠나지 않았다.

도시의 번잡함과는 거리가 먼 이곳에서라면, 나의 새로운 출발도 충분히 가능하였고, 또 그것이 의미 있는 일처럼 여겨졌다.

한기가 들자 나는 산을 내려가기로 했다. 돌아서 가는 길도 있었지만 집 뒤쪽으로 바로 내려가야겠다는 생각으로 솔숲사이 언덕길을 위태로운 걸음걸이로 내려갔다.

적당히 젖어있는 길이 가끔은 미끄러워 제대로 걸을 수가 없었다.

나는 문득 발을 멈추고 눈을 크게 떴다.

그때까지 머릿속에 뚜렷이 그려지지 않았던 고향의 풍경이 갑자기 현실이 되어 눈앞으로 돌출되어 나타나는 영상이 눈에 비쳤기 때문이다.

솔숲이 끝나는 지점에서부터 사택 뒤쪽에 걸쳐 개나리가 흐드러지게 피어있었다.

주변 전체가 노란색으로 물들인 것처럼, 눈이 어지러울 정도로 개나리가 만발해 있었다.

나는 단숨에 그 속으로 뛰어 들어 꽃잎 하나를 만지작거리면서 그곳에서 꼼짝 않고 멍하니 서 있었다.

'이렇게도 꼭 빼닮은 곳이 어디에 또 있을까'

라는 생각이 들 만큼, 개나리에 파묻힌 이 일대는 내 고향 뒷산과 똑같았다.

열다섯 살 때까지 나를 자라게 한 고향의 그 뒷산……

거기서 나는 큰 야망을 품었고, 매년 찾아오는 봄을 부푼 가슴으로 맞이하고 보냈다.

아담하고 구김살 없는, 그리고 향기로운 고향 모습이 이곳에 그대로 옮겨 심어져 있는 듯 했던 것이었다.

나는 열다섯 살 때의 몸과 마음으로 돌아가, 고향을 꼭 빼닮은 이 땅에 새롭게 생활의 뿌리를 탄탄히 내려야겠다는 결심을 했다.

그것은 나에 있어서 무한한 기쁨이요 희망이었다.

나는 잠간동안 그 개나리꽃물결을 빠져나와 사색에 잠겨 천천히 거닐다가 이윽고 그 속에서 몇 개의 가지를 꺾어서 가슴에 안고 집으로 돌아왔다.

"일찍부터 어디를 다녀오세요?"

익숙하지 않은 부뚜막에서 이것저것 뭔가 만들고 있던 아내는 밝은 표정으로 돌아온 나에게 미소를 지어 보였다.

이젠 완전히 건강해 보인 모양이었다.

"으으응…… 산책했어."

뭔가 말하고 싶은 것이 많았는데 오히려 나는 짧게 대답하고 나서 개나리 꽃 다발을 아내 앞에 내밀고서,

"이것 이 근처에 꽂아두지 않겠소? 꽃병은 무엇이라도 좋을 것 같은데."

그렇게 말하고는, 일찍 사무소에 나가 직원 모두에게 신임인사라도 해야겠다는 생각을 했다.

왠지 뭔가가 마구 재촉하는 듯하여 나는 이제 한시도 지체 할 수없는 기분이 들었다.

칫솔을 입에 물고 우물가에 내려서서 나는,

"어때? 이런 시골에서 살아보는 것이?"

라 아내에게 물었다.

화병을 씻고 있던 아내는 아무 대답도 하지 않고 내 얼굴을 돌아보며 따뜻하게 웃어 보였다.

나는 '휴ㅡ'하고 한숨을 내쉬었다.

몸속의 독기를 단번에 토해내고 싶은 기분이 들었다.

"적적함 따위는…… 이제 곧 익숙해 질 테지"

화병에 꽂혀진 개나리 꽃다발을 향해 나는 혼잣말처럼 중얼 거렸다.

담 너머로 비춰온 아침 햇살을 받으며 개나리는 한층 선명하고 아름답게 빛났다.

마을은 다시 잠들어 있는지 주위는 엊저녁과 조금도 다름없이 사람 살지 않은 마을처럼 조용했다.

깊은 산속의 마을은 소란스럽게 일어나는 법은 없다. 강인한 힘을 간직하고 언제나 늘 차분하고 안정감이 있다.

'마치 전쟁 중인 일본의 모습 같은 것은 아닐까?'

열렬한 의지를 간직한 채 표현은 호수의 수면처럼 고요함을 띠고 있다.

그러나 한 번 그 속으로 들어가 보면 어떤 것이라도 모두 태우고도 남을 정열이 열화처럼 타오르고 있다.

"좋아. 해보는 거다."

분발하는 마음으로 가슴을 크게 펴고 있을 때, 사립문 옆 감나무 가지에서 귀에 익은 새소리가 쩍 쩍 쩍 하고 들려왔다.

정인택의
일본어 소설
 완역

제13장

아름다운 이야기

【美しい話】

- 1944년 12월 창작집 『淸凉里界隈』에 「美しい話」 발표(일본어)

본문은 1944년 12월 창작집 『淸凉里界隈』에 수록된 내용이다.

메구로(目黑)강을 따라 밭 한 가운데 외딴 집으로, 넓디넓은 공터로 둘러싸여 있는, 왠지 모르게 음침한 기운이 감도는 2층 건물이 하나 있었다.

한 곳에 오래 머물지 못하는 내가 드물게 반년씩이나 살았던 가정식 하숙집으로 '시타무라구(下村寓)'라는 간판이 걸려 있었던 것으로 기억한다.

사람들과 쉽게 사귀지 못하는 내가 반년동안 신세지면서도 나는 거의 '시타무라' 집안의 사람들과 대화 없이 지냈다.

마침내 그 집을 나올 때까지도 나는 여자들만 사는 집이라는 것 이외에는 시타무라 집안에 대해서 무엇 하나 아는 것이 없었다.

벌써 10년쯤 전의 일이다.

그러니까 지난달 업무차 상경했던 나는 우연히 그 하숙집의 내력을 들을 수 있게 되어, 기이한 인연이라 생각하며 적잖이 놀란 적이 있었다.

그 의미는 각별히 나를 이끌어준 선배가 이사했던 곳이 바로 그 '시타무라' 가문의 옆집이었기 때문이다. 나막신을 걸쳐 신고 뒷마당으로 나온 내가 느닷없이,

"어라, 바로 옆집이 시타무라 하숙집이네요."

라 소리 지르자, 신문을 보고 있던 선배는,

"그렇다네."

하고 퉁명스럽게 대답하고서는 잠시 후 갑자기 생각난 듯이,

"자넨 시타무라 집안에 대해 알고 있나?"
라며 묘한 표정을 지었다.

옛 모습은 어디에서도 찾아볼 수 없을 정도로 주변에 문화주택 비슷한 날림 건물이 밀집해 있었기 때문에 나는 어리석게도 그곳이 메구로 강변에 있는 것조차 알아채지 못했다.

완전 낡아서 거무스레한 상태였는데, 선배의 집 뒷마당 나무 틈 너머로 바라볼 수 있는 4조 반짜리 방과 6조 방 두 칸 사이로 연결되어 있는 2층은 내가 반년동안이나 세 들어 하숙하였던 바로 그 방임에 틀림없었다.

그것이 언제였던가 하고 나는 손가락으로 헤아리면서,

"알고 있지요, 하숙했었습니다."

'그래 맞아. 벌써 10년이 되었군. 참 빠르구먼!' 하면서 저절로 감회에 젖어 있으려니

"그래? 자네가 하숙했던 집이었나?"
라며 선배도 내 옆으로 오더니 빈집처럼 조용한 하숙집 2층을 올려다보았다.

거기서부터 이야기의 실마리가 풀리게 되어 나는 10년 만에 그 하숙집의 속사정을 들을 수 있었다.

이하는 선배가 내게 들려준 '하숙집 이야기'이다.

1

거국적으로 승리의 기쁨으로 열광하던 시절, 그 하숙집만은 불 꺼진 듯 적막감이 감돌았다.

10월 26일의 제3차 중국 여순(旅順) 총격전에서 장남 가쓰히코(克彦)를 나라에 바쳤던 시타무라 집안에 또다시 차남 노부히코(信彦)의 전사 소식이 날아왔기 때문이다.

봉천(奉天) 함락 소식이 전해진 다음날의 일이었다.

남겨진 여자 둘이서 황망하여 어찌할 바를 몰랐던 것도 무리는 아니었다.

우에노(上野)전쟁으로 막부(幕府)의 하급무사로 참전했던 남편을 잃고 남겨진 두 아이를 의지하며 슬퍼할 겨를도 없이 살아온 '오시노(お篠)' 할머니였다.

성인이 된 장남 가쓰히코가 '기미(キミ)'와 결혼한 것은 작년 봄이었다.

러일전쟁 개전이 바로 코앞에 다가왔을 무렵이었다.

겨우 한 숨 돌리고, '정말이지 이제부터는……'이라 마음먹은 시점이었다.

사랑스런 두 아이가 모두 나라를 위해 산화(전사)한 것과 관련해서는, 여자 혼자 몸으로 키운 보람이 있다고 우쭐대던 '오시노' 할머니였지만, 마음 둘 곳 하나 없는 적막함과 젊디젊은 '기미'에게 자신과 같은 쓰라림을 겪게 해야 한다는 안타까운 마음만큼은 어떻게 해볼 수가 없었다.

가쓰히코의 전사 통지를 받던 날 밤, 눈물 한 방울 보이지 않았던 '기미'는 살며시 자기 방으로 들어가더니 머리를 싹둑 자르는 것이었다.

다음날 아침 스물셋 젊은 며느리의 비장한 얼굴을 마주한 '오시노'는 자신도 모르게 울어버리고 말았다

노부히코는 형 가쓰히코와 앞서거니 뒤서거니 나라의 부름을 받았고, 역시나 제3군에 편입되었다. 여순에 상륙했던 때는 1905(M38)년 정월로 여순을 함락한 후였다.

이윽고 제3군의 대우회(大迂回)작전이 시작되었고, 적의 배후를 뚫어야 하는 노기군(乃木軍)은 북상일로에 있었다.

노부히코가 장렬히 전사한 것은 이 대우회전투였다.

형 가쓰히코는 여순 함락을 끝내 보지 못하고 전사했고, 동생 노부히코는 봉천(奉天) 입성을 눈앞에 두고 산화한 것이다.

'오시노' 할머니의 마음에 남아있는 것은 이 정도였다.

2

굳세고 당찬 '오시노' 와 '기미'였지만, 노부히코의 전사소식에는 어쩔 수 없이 기가 꺾였다.

진작부터 각오한 일이었다고는 해도 앞으로는 처지가 처지인 만큼 이를 감수하고 살아갈 수밖에 도리가 없었다.

탄식을 계속하다가 두 사람은 서로 머리를 맞대고 앞으로 살아갈 방도를 의논하려던 참이었다.

그 때 갑자기 현관 쪽에서 누군가가 찾아온 것 같은 인기척이 났다.

여자 목소리였다.

'기미'가 일어나서 가보니 상복을 몸에 두른 젊은 여자가 현관 어두운 곳에 우두커니 서 있었다.

한 번도 본 기억이 없는 얼굴 이였다.

'기미'는 의아한 눈초리로 젊은 여자의 얼굴을 응시하였다.

"그런데 누구십니까?"

움직일 기미가 전혀 없이 멍하니 서 있기만 한 여자에게 조바심이 난 '기미'가 말을 걸자,

"저는……"

젊은 여자는 기어들어가는 목소리로 이름을 대고는 휘청거리면서 현관 바닥에 손을 짚었다.

젊은 여자의 어깨가 가늘게 흔들리는가 했더니 이윽고 수그러뜨린 얼굴에서 굵은 눈물방울이 뚝뚝 떨어졌다.

잠시 후 그 자세 그대로,

"저는 '지요(千代)'라고 합니다. 들으셨겠지만 저 노부히코씨의……"

"아앗!"

하며 '기미'는 깜짝 놀라 소리를 질렀다.

다음 순간 '기미'는 왠지 모르게 당황한 나머지 '지요'를 현관에 둔 채 '오시노'가 있는 곳으로 뛰어 들어갔다.

"어머님, '지요'씨가……"

"아니, 누구라고?"

"'지요'씨에요, 노부히코 도련님의……"

"앗"

'오시노'는 '기미' 이상으로 놀랐다.

그러나 '오시노'는 '기미'와는 달리 황급히 현관으로 나가 엎어져 울고 있는 '지요'를 일으켜 세웠다.

'지요' '지요' 말로만 들었던, 차남 노부히코가 자주 이야기했던 가난한 무사 집안의 손녀딸 이름이었다.

무뚝뚝한 노부히코가 출정하기 전날 밤, 어머니 앞에서 수줍은 얼굴로,

"살아 돌아올 생각은 하지 않습니다만, 만약에라도 개선하여 돌아올 수 있다면 '지요'와 결혼하게 해 주세요. 아무것도 내세울 것 없는 여자이지만 어머님께만큼은 귀하게 대할 겁니다."

이렇게 말했었다.

듣고서 '오시노'는 언짢은 듯한 기분이 들었지만, 형과는 달리 무뚝뚝하고 버릇없는 노부히코에게 사귀는 여자가 있었다는 것이 아무래도 신기하다는 생각이 들었다.

"요절했던 친구의 여동생이며, 나이는 스무 살에 온순하기만 하며……"

라면서 노부히코는 얼굴을 붉혔었다.

원래부터 피부가 검은 편이라, 얼굴이 빨개지면 팽창하기 시작하여 우스꽝스런 얼굴이 되는 노부히코였다.

'오시노'는 그것을 생각해내고, 노부히코 대신 '지요'에게 따뜻하게 대해주고 싶은 마음을 느끼기 시작했다.

"저를 호적에 올려주세요. 죽을 때까지 영령의 아내로서 살아가겠습니다. 시마무라 집안의 며느리가 되고 싶습니다."

지요는 굳은 결심이라도 한 듯이 그렇게 말했다.

'오시노'도 '기미'도 어떻게 대답해야 할지 몰라, 그저 물끄러미 '지요'의 얼굴만 바라보고 있을 뿐이었다.

3

출정하기 전날, 노부히코는 처음으로 '지요'에게 자기의 의중을 털어놓았다고 한다.

두 사람이 확실히 서로를 이성으로 느끼고 대면했던 것은 그 경황없었던 짧은 시간뿐이었다.

그러니까 노부히코와 '지요'의 관계를 세상에서 보는 그렇고 그런 '연애관계'라고 하기엔 당치 않았다.

그러나 그 짧은 시간 동안에 두 사람의 마음은 원래부터 하나였던 것처럼 굳게 단단하게 맺어졌다.

노부히코는 '지요'의 남편, '지요'는 노부히코의 아내로.

무엇보다도 누구보다도 두 사람의 마음이 그것을 서로 맹세하고 서로 믿었다.

"천황의 방패가 되어 전사한 용사의 아내로 사는 것이 나로서는 가장 행복한 일입니다. 부디 제 소원을 들어 주세요. 승낙해 주실 때까지는 누가 뭐라 해도 여기서 한 발짝도 움직이지 않을 겁니다. 저는 노부히코님이 출정하는 그 날로부터 오늘의 일을 각오하고 있었습니다. 전쟁터에 나가고 나서 두 번밖에 소식이 없었습니다만, 편지엔 언제나

「나는 천황을 위해 죽을 것이다. 당신은 이제부터 미망인으로서 살아가는 방법을 배워 두는 게 좋을 것이다.」라 하셨습니다. 부족한 사람입니다만 부디 노부히코님의 아내로 호적에 입적시켜 주시면……"

고집스런, 한 번 말을 꺼낸 이상 절대로 물러설 것 같지 않은 '지요'의 안색을 보고 있던 중에 '오시노'도 '기미'도 몹시 당혹스러워했다.

당당하게 정식으로 혼인했다 하더라도 이런 상황에서 '지요'를 받아들인다는 것은 삼가해야할 일이었다.

하물며 자기네들끼리 겨우 한 번 약속한 것뿐인, 단지 그것뿐인 사이가 아닌가?

'지요'가 노부히코의 아내로서 살아간다는 것, 그것은 '지요' 혼자의 생각이니, 몇 사람이라도 달려들어 말려야 당연한 일이겠지만, 그렇다고 제삼자가 그것을 말릴 성질의 일도 아니었다.

"그 마음만으로 노부히코와의 의리는 지켰으니까……"

"당치 않습니다. 무슨 말씀이십니까? 의리를 지키자고 말씀드린 것은 아닙니다."

"아니 그런 억지를…… 그렇다면 부모님의 허락이라도…… "

"아니에요, 부모님이라도 안 된다고는 하실 수 없습니다. 제발……어머님, 소원입니다. '지요'를 곁에 있게 해 주세요."

X　　X

"너무나 집요하게 나오니 어쩔 수 없이 곁에 두게 되었다 들었네. 젊은 여자의 감상(感想)이니 어차피 길게 가지는 않을 거라며 대수롭지 않

게 여겼던 것이지. 그런데 '지요'가 왜? 어째서 기특한 며느리냐면, 에
에— 이제야 말하지만 양재(洋裁)일 말인데, 요코하마(橫浜)에 있는 외국
인 가게에서 일하며 양재를 배워서 당당하게 자립할 정도로 솜씨가 좋
았지. 아무튼 러일전쟁 직후(1907년 前後)부터 대단히 유행했었지. 게다가
대단한 효부인지라, 그 덕에 '오시노'할머니는 편안히 살게 되었지. 아
마 중일전쟁(支那事變)이 시작될 즈음까지 살았을 거야."

"자네가 하숙하던 시절에도 '오시노'가 살고 있었을 거야."

"그러고 보니 뒷마당 별채에 바로 그 분 같은 기품 있는 할머니가 있
었던 것 같기도 하네요."

"그래 이들 세 명의 삶을 엄정히 비판하는 게 옳을지 어떨지는 모르
겠지만, 그러나 자네! 감동적인 이야기가 아닌가? 조선에서도 징병제
가 공포되었으니까. 이런 이야기, 뭔가 참고가 되지 않겠나?"

"참고뿐이겠습니까. 아니 정말로 아름다운 이야기지요. 선배 이야기
를 듣자마자 '지요'씨가 좋아졌어요."

"그래, 그래, '지요'씨는 이제 예순이라네."

"그렇게 말하지 말아요. 아핫하하……"

우리들은 흘러내리는 눈물을 감추려고 입을 크게 벌리고 잠시 웃고
난 후,

"잠간, 저 얼굴이라도 내밀고 올게요."

라 말하고 내가 일어서자,

"나도 같이 가세."

하면서 선배도 함께 자리에서 일어났다.

가을밤 하늘은 아주 맑아서 별이 하나 하나 손에 잡힐 것만 같았다.

정인택의
일본어 소설

일본어 소설

완역

제14장

다케야마 대위

【武山大尉・鵬翼】

- 1944년 1월 『國民總力』에 「武田大尉」 발표(일본어)
- 1944년 6월 『朝光』에 「붕익(鵬翼)」으로 개작 발표(한글)
- 1944년 6월 장편소설 『半島の陸鷲 武山大尉』으로 개작되었고,
  매일신보사에서 단행본으로 출판(일본어)

　　1942년 1월 17일 말레이반도 전투 중 전사한 최명하(崔鳴夏, 창씨명 武山隆)대위의 무공은 처음엔 「다케다 대위(武田大尉)」라는 제목으로 1944년 1월 『國民總力』에 발표되었다. 그로부터 5개월 후인 1944년 6월 한글 단편소설 「鵬翼」으로, 또 대폭 가필한 일본어 장편소설 『半島の陸鷲 武山大尉』로 동시 발표되었다.
　　해방이후 모두 소실되어 『半島の陸鷲 武山大尉』는 찾을 수 없는 관계로, 이 작품만큼은 「鵬翼」의 원문을 그대로 수록하였다.

1

一偵察機가 탐지한 바에 의하면 쿠알라룸푸르에 集結한 一個中隊의 敵旗鬪機部隊는 南下中인 우리 地上部隊를 奇襲하려하고 있다는 것이다. 이 報告를 받고 곧 「敵空軍基地覆滅」의 명령은 加藤部隊에 내리었다.

소화十六년 十二月二十二日 새벽. 加藤部隊가 馬來(말레이, 필자 주)로 進駐한 후 처음 받는 出動命令이었다.

이리로 基地를 옮긴이래, 하루도 비바람이 그친 날이 없었다. 줄기차게도 쏟아지는 비, 줄기차게도 씻기지 않는 구름. 加藤部隊의 勇士들은 불타는 鬪志를 억제할바 없어, 그야말로 하늘을 우러러 탄식하던 차이다.

기다리고 기다리던 이 날이요, 이 명령이었다. 敵의 第一線機와 당당 雌雄을 결할수 있는 이 날, 이 순간을 위하여 實戰보다도 맹렬한 훈련을 쌓아 온것이 아닌가.

"오늘야 설마 敵戰鬪機가 안나올라구"

"아무렴. 오늘은 틀림없네. 그저 많이만 나와 주었으면……"

반도출신의 武山中尉(다케야마 중위, 舊 崔明夏)는 빙그레 웃으며 대꾸이다.

"글쎄 그래야 좀 체증이 니리지. 하하하"

하늘도 이들의 壯途를 祝福함인지, 어제까지의 비바람이 씻은듯이 개이고, 수평선 위엔 오래간만에 새빨간 해가 불끈 솟아올랐다.

椰子樹 나무 그늘, 加藤部隊 本部쪽에서, 불시에 만세소리가 터져나왔다. 오늘의 幸運을 기뻐하는 勇士들의 웨침이다.

열時三十分 加藤部隊는 勇躍基地 「코타발」을 출발하엿다. 군데군데 暗雲이 깔려있었으나 視界를 가릴 정도는 아니다. 三千米의 高度로 密林에 뒤덮인 높은 山을 단숨에 넘었다. 이윽고 山이 차차 얕아지더니 멀리 平地가 바라다보인다.

「쾅라룸푸르」의 上空이었다.

太陽을 등지고 第一部隊가 市街上空에 突入하였다. 視野를 넓게 하기 위하여 天蓋를 열고 「스위치」를 틀어 射擊準備를 하였다.

敵飛行場은 잠 자는듯 고요하였다. 前後至大로 이동하였으나 敵機는 그림지도 보이지 않는다.

"오늘두 또 허탕 치나부다."

기가 매킨듯이 한숨을 토하려는 순간 파리떼 모양으로 떠올라 오는 「빼파로」 敵戰鬪機의 한떼가 눈에 띠었다.

"옳지, 어서오너라"

하나, 둘 ……… 헤어보니 十五, 六機 가량의 編隊이다. 제법 용감하게 加藤部隊에게 挑戰할 작정인것 같다.

날씬한 우리 「準(매)」戰鬪機에 비해 「빼파로」는 뭉툭한게 둔하게만 생겼다. 짧은 날개와 機首에 十三밀리와 二十밀리의 機關砲를 二門씩 裝備하고 있고, 座席은 두께 三十밀리나 되는 防彈網으로 에워쌌기 때문에 自重만이 二百킬로를 넘는다. 볼품만이 그렇게 사나운게 아니라 실상 육중해서 動作이 민활치를 못했다.

열한時四十二分. 第一編隊가 성난 수리같이 敵機를 향하여 달겨들었다. 絶對有利한 位置에서 총탄을 빗발같이 퍼부었다. 순간 불을 토하는 敵機. 落下傘 두개가 핀 꽃송이 모양으로 푸른 하늘 아래에 활짝 펴졌다.

그러나 敵은 優勢하다. 單機로 急上昇을 계속하여 유리한 態勢를 취하려든다. 右上方에 있던 第二編隊가 反轉하는 동시에 이를 敵機 머리 위에 쏜살같이 덮쳤다.

「콸라룸푸르」市街 上空에서 彼我戰鬪機群의 장렬한 空中戰이 버러진 것이다. 住民들은 넋을 잃고 日本戰鬪機의 果敢한 攻擊을 쳐다보고 있을뿐이다.

衆人環視之中에서 日英의 航空大戰은 바야흐로 막을 열은 것이었다.

이때, 待期하고 있던 部隊長機가 커다랗게 날개를 흔들었다.

"攻擊下令"

고대고대하던 武山機는 이것을 보자 곧 砲彈 모양으로 앞선 敵機를 향하여 덤벼들었다.

무턱대고 쏘아 오는 敵機銃彈의 火線이 武山機의 同體를 스친다. 그러나 武山機는 조금도 주저하지 않았다. 敵彈을 뚫고 泰然自若하게 접근하여 갔다.

武山機의 機首에서 機銃알이 쏟아져 나오기 시작한 것은 거이 敵機와 충돌할 지경으로 접근했을 때였다. 敵操縱士의 얼굴이 보일 정도로 닥아가서 비로소 聯動機關銃의 發射단초를 눌르는 것은 우리 空軍의 必殺傳法이다.

겁을 먹은 敵機는 당황해서 몸을 도리켰다. 그 순간 敵機의 腹部가 武山機의 照準鏡 正面에 나타났다.

탕탕탕탕……… 그 복판을 향하여 機銃彈을 퍼붓고 나서 離脫, 上昇.

도라다 보니 燃料槽에 탄환을 맞은 敵機는 거믄 연기를 토하며 거꾸로 허공을 떠러져 내려갔다.

후우— 숨을 내쉬고 나서 문득 아래를 내려다보니까 왼편으로 旋回 中인 敵機가 있다.

"발칙한 놈"

機首를 돌려 대고 武山機는 疾風같이 急降下 하였다.

"인제두………"

戰鬪機對戰鬪機의 空中戰에선 後上方에 자리잡으면 절대로 有利하다. 지금 武山機는 그 절대有利한 態勢로 敵機를 향하여 肉迫하고 있다.

武山機가 아즉 한방도 쏘기 전에 窮地를 脫하려고 敵機는 일직선으로 落下하기 시작하였다. 추락하는체 하고 다라날 작정인것이다.

'그저— 저놈을……' 그 비겁한 행동에 武山中尉는 커다란 노여움을 느꼈다. 그러나 문득 低空에서는 單機行動을 삼가라는 加藤部隊長 의 훈계가 머릿속에 떠올랐다.

"그래— 넌 요담에 보자"

맘을 고쳐먹고 索敵을 계속하였으나 이미 敵機는 보이지 않는다. 주위를 友軍機가 떠돌고 있을뿐이다.

綜合戰果, 擊墜二十機. 在空敵機의 거이 전부를 떨어뜨린 셈이다. 그 동안이 불과 十分.

「콸라룸푸르」의 空中戰은 순전히 彼我戰鬪機에 의한 大東亞戰爭 최초의 空中戰이요, 처음으로 만난 敵의 集團勢力이라는 점에 그 의의도 있고 특징도 있는것이다.

이 戰鬪에 의하여 우리나라 新銳戰鬪機「隼」의 우수한 性能은 뚜렷이 징명된 것이다. 「隼」에 대한 信賴와 必勝不敗의 確信은 敵機擊墜數보다도 더욱 큰 정신적 戰果였다.

"재미있었지요"

部隊長機 옆으로 바싹 닥어와 날르며 武山中尉는 이렇게 말하는듯 싱긋 웃어보였다.

이날 加藤部隊는 「코타발」로 도라가지않고 前進基地 「아롤스타」飛行場에 着陸하였다.

2

이틀 걸러 二十五日 反攻의 기회를 엿보고 있는 緬甸(ビルマ, 버마)空軍을 격멸하기 위하여 加藤部隊는 爆擊隊와 協同해서 蘭貢(ヤンゴン의 旧称)에 進攻하였다.

緬甸空軍은 戰意가 왕성해서 戰鬪行動도 상당히 용감하였다. 이 날의 戰果는 擊墜十機, 武山中尉는 이 空中戰에서 米國製新銳機 機銃十二機裝備의 「호카허리케인」一機를 떨어뜨렸다.

다음날 다시 「코타발」로 도라왔다.

昭和十六年도 거진 다 저무렀다. 그러나 겨우 雨期를 벗어난 馬來는 복중같아 뜨겁다.

愛機를 整備하고 나서 땀을 뻘뻘 흘리며 武山中尉가 「피스트」로 도라오니까 二三日동안의 休養(휴양)으로 원기를 회복한 加藤部隊의 勇士

(용사)들은 제각기 부채질을 하며 무엇인지 웃고 떠들고 야단이다.

"武山 이리오게, 재미있는 얘기가 있네"

大天中尉가 어린애 모양으로 웃으면서 손짓한다.

"그래 무슨 얘기야?"

武山中尉도 따라 빙그레 웃어 보인 후 옆에 와 펄썩 주저앉으며 수건으로 수선스럽게 땀을 씻었다.

"武山 敵의 께릴라隊가 사흘저녁이나 계속해서 「승게이파타니」에 나타났다네"

"흥, 저런 놈들 보게, 아 그러면서도 여긴 안온담?"

"그야 「처칠」헌테 물어 봐야 알지"

"戰鬪機가 있으니까 무서운게로군 그래"

"그런게 아니라네, 여기 왔단 큰일날 줄 뻔히 알구있거든"

"왜?"

"아 이사람아, 자네곁은 막나니가 여기 있는즐 누가 몰른다던가? 하하하"

"와아─"

하고 웃음소리가 터졌다.

그 때 安間大尉가 뛰어 들어왔다.

"편지 쓸 사람은 편지 쓰게. ○○參謀가 歸還하시는 길에 내지까지 갖다주시겠다네"

그 말이 떨어지자 武山中尉는 얼는 웃음을 그치고 잠간 엄숙한 표정을 지었다.

늙으신 아버지에게 오랫동안 문안조차 디리지 못하였다. 떠나기 전부터 병석에 누어계신 아버지, 조선은 지금 한창 추울 때다. 더하지나 않으셨을까. 어머니도 무척은 늙으셨을께다. 고향을 떠난지 어연간 一年.

武山中尉는 엽서와 연필을 끄내 들었다.

「遠方之國馬來群島到着, 每日之出動敵機少少故, 脾肉之嘆也」

이 간단한 편지가 드디어 故 武山中尉의 絶筆이 되고 만 것이다.

어느새 땅거미기 기기 시작하였으나 바람은 여전히 한 점도 없다. 뜰 앞 풀숲에서 벌레소리가 들려온다. 모기 나올 때도 머지 않았다.

그믐날도 출동은 없었다. 아침부터 將兵이 總出動하여 새해맞이 준비에 분주하였다.

設營班, 給養班의 둘로 나노여, 設營班은 「門松(카도마쓰)」와 「注連繩(시메나와, 금줄)」를 준비했고, 給養班은 食糧調達에 진력했다.

빛나는 戰果를 걷우고 陣中에서 맞이하는 新年의 감개는 한층 새롭고 깊다. 모다들 어린애 모양으로 킬킬대면서 질거운 눈치였다.

武山中尉는 設營班이었다. 힘 세기론 部隊에서 第一이요 시골태생이라 새끼를 꼴 줄 알기 때문이다.

椰子樹 잎파리와 대로 만든 「門松」도 제법 풍치가 있었고 愛機 機首에 친 「注連繩」도 제법 그럴듯하다.

給養班이 애써 얻어온 재료로 중국요리를 만드렀다.

除夜의 종소리까지는 들을 수 없었으나 오래간만에 部隊長이하 將兵이 한자리에 모여서 술잔을 주고받고 하는 것은 다시 없이 질거운 일이었다.

3

새해 다웁게 떠들고 놀은 것은 겨우 元旦 하루뿐이었다.

二日, 三日, 四日, 계속하여 敵機의 夜襲이 있어 加藤部隊에서는 당분간 夜間哨戒를 실시하기로 되었던 것이다.

開戰 벽두에 철저적 타격을 받은 英空軍은 한거름 두거름씩 馬來 하늘에서 쪼끼어 新嘉坡(싱가포르) 周邊으로 後退를 계속하고 있다.

도처에서 싸울 때마다 패하고 英空軍은 아낌없이 基地를 버리고 다라난다. 西海岸의 「아롤스타」「승게이파타니」「아에르타왈」「페낭」, 東海岸의 「코타발」「타나메라」「콴탕」…… 敵이 채 물러나기도 전에 우리 航空部隊는 勇躍 전진하여 쪼끼는 敵을 거듭 때려 부시었다.

新嘉坡周邊으로 쪼껴 들어간 敵은 소화十七年년에 접어들자 거이 매일 저녁 우리 基地를 습격하였다.

대낮에 당당하게 反擊할 용기를 가지지 못한 敵은 一機 혹은 三機로 몰래 夜襲을 일삼는 것이다. 일찌기는 저이들의 基地였던 곳이라 몰래 습격하기는 어렵지 않은 일이다.

十二月末에 九十七機이던 新嘉坡의 敵空軍은 차차로 增强되어 이지음에는 百四十機內外였다.

우리 地上部隊는 이미 新嘉坡의 다음가는 要衝 「콸라룸푸르」를 점령하였다. 바야흐로 戰鬪機部隊가 新嘉坡를 칠 때는 닥아 왔다.

一月八日, 加藤部隊에게 「이포」로 前進하라는 명령이 내렸다. 「펠라」州 「이포」로 前進하는 동시에 十一日부터 新嘉坡航空擊滅戰의 막을 열

作戰이었다.

「이포」로 主力이 集結을 끝마치자 맹렬한 「스콜」이 쏟아지기 시작하여 飛行場은 한자 이상이나 浸水하고 말았다. 이 때문에 哨戒飛行조차 실시할수 없었다.

덕택에 十一日은 온종일 休養이다. 移動에 피로한 몸을 쉬여, 戰力을 길르려는 것이었다.

"오래간만에 敵機구경을 할참이지"

"글쎄 참 얼마만야"

天幕위에 椰子樹 가지를 덮은 「피스토」 안에서 武山中尉는 小泉中尉와 마주 앉아 있었다.

"百四五十機 있대지"

"대부분이 戰鬪機래니까 내일은 헐만 허이"

"헐만허다 뿐야? 내일은 싱가포르 敵空軍을 全滅시키구 말지"

이 날의 大泉中尉의 불타는 鬪志에는 武山中尉도 혀를 내두를 지경이었다. 武山中尉는 공연히 맘이 초조하여 말을 끊고 飛行場 앞을 가리운 山을 바라보았다.

馬來에서는 지극히 드문 바위로만 된 山이다. 한 폭의 南畵 모양으로 으슴프레 하게 저무러 가는 山은 武山中尉에게 문득 고향 善山의 山을 연상시키었다.

그 이튿날 「텡가」 飛行場上空에서 大泉中尉는 自爆하고 만것이다. 武山中尉와는 同期로 무척 가까운 사이였다.

待望의 新嘉坡 第一擊의 날은 왔다. 基地는 아즉 어두었다. 군데군데 안개가 끼어 있었다. 그 안개를   고 연달아 爆音소리가 우렁차게 들겨 왔다.

飛行場 上空에서 集結을 마치고 마침 그곳을 지나는 重爆隊와 協同하여 加藤部隊는 단숨에 「조호르」정면으로 進入하였다.

轟轟한 爆音으로 온 하늘을 뒤덮으며 艦隊와 같이 突進하는 重爆隊 앞 구름을 등지고 거문 점이 둘 셋 나타났다. 三機編隊의 敵戰鬪機였다.

"이거 황송허군 마중을 다 나오네"

우리편 戰鬪機만 번쩍하면 숨도 크게 못쉬면서도 육중한 重爆隊뿐이면 벌떼 같이 덤벼드는 것이 敵戰鬪機였다.

그러나 우리 重爆隊는 조금도 방향을 변하지 않고 목표를 향하여 돌진한다. 重慶爆擊以來 수없는 싸움을 싸워온 우리 重爆隊는 敵戰鬪機쯤은 問題도 삼지 않는 것이다. 「허리케인」이건 「빼파로」건, 全編隊가 强力한 火網을 一點에 集中하여 墜擊시켜버릴 自信이 있는 것이다.

敵機는 서서히 高度를 올리며 공격의 기회를 엿보고 있다. 重爆隊의 機銃이 일제히 그 쪽을 향하였다.

다음 순간 「허리케인」二機가 맹렬한 기세로 重爆隊쪽으로 달겨 들었다.

그러나 맹렬한 기세로 달겨든 敵機는 그대로 한바퀴 허공에 圓을 그리더니 機首를 떨어뜨린채 墜落하기 시작하였다. 거문 연기를 내뿜고 순식간에 敵機의 모양은 구름 밑으로 살아졌다.

"아니 누가 쐈어?"

重爆隊에서는 아직 아무도 방아쇠를 잡아다린 사람이 없었다. 그러자 어느 틈에 나타났는지 우리 新銳戰鬪機「隼」가 제비보다도 빨르고 날쌔게 重爆隊 옆을 스치고 反轉하지 다시 구름 속으로 사라졌다.

重爆隊의 勇士들은 늘 보는「隼」의 妙技이나 새삼스럽게 놀래지 않을수 없었다.

"加藤部隊다"

"굉장히 빨르군"

"一擊에 擊墜로군 그래, 용허이"

重爆隊에서 이런 말을 속삭이고 있는줄 아는지 몰르는지 武山中尉는 성난 얼굴로 빠안히 앞을 바라보고 있을뿐이다. 素敵의 姿勢였다.

敵機출동은 이 三機뿐이었다. 그래도 五十機가량의 反擊은 있으리라고 期待하고 있던 加藤部隊의 勇士들은 맥이 풀려 도라올수 밖에 없었다.

基地에 着陸하자 말자 곧 燃料를 補給하였다. 즉시 再出動하기 때문이다.

그날로 곧 第二擊을 加하야 敵이 채 정신을 채리기 전에 敵을 徹底的으로 殲滅하는 것은 加藤部隊長의 信念的戰法이다.

그러나 第二擊 때에도 역시 敵의 反擊은 없었다. 싸우기 前의 期待가 어그러저 혈기방장한 우리 勇士들은 비겁한 敵에 대하야 분노를 느낄 지경이었다.

敵에게 싸울 의사가 없는 이상 大編隊로 敵을 철저하게 공격하야 정신적으로 압도할수 밖에 도리는 없다.

이리하야 十三, 十四, 十五, ……… 연일연야, 部隊全力으로 출동하야 敵의 최후의 근거지를 공격하였다.

新嘉坡의 단말마는 각각으로 닥아왔다.

4

우리 航空部隊의 계속적 공격을 견딜 길이 없어 新嘉坡 방면에 가쳐 있던 敵空軍은 잠시 「스마트라」島 「파칸발」飛行場으로 그 一部를 移動시켰다.

이 정보를 접한 加藤部隊長은 敵이 「께릴라」戰을 개시하기 전에 완전히 이를 접복시켜 新嘉坡의 制空權을 잡으리라 결심하였다.

소화十七年一月十七日.

아홉時二十分, 中部馬來의 基地 「이포」를 출발한 加藤「隼」戰鬪機는 「스마트라」島 「파칸발」飛行場을 향하야 단숨에 「마라카」海峽을 건넜다.

오늘도 武山中尉는 部隊長機의 僚機로 출동하였다.

이윽고 赤道였다. 「隼」가 처음으로 赤道를 넘어 南半球에 그 빛나는 鵬翼을 펴는것이다.

뜨거운 南國 太陽의 直射를 받아 새파랗게 맑은 「마라카」海는 눈이 부시게 빛난다. 바닷가 붉은 흙은 푸른 바다와 예쁘게 조화되어 한폭의 그림이였다.

붉은 흙이 끝나는데서 부터 「코코」椰子의 숲이 시작이다. 바다보다도 오히려 넓은듯한 椰子樹 숲이 바람에 커다랗게 구비칠 때마다 흰 日

光이 물결같이 너울거렸다.

또 그 속에는 原始時代 그대로의 「쩡글」이 첩첩이 묻혀있어서 소름이 끼치도록 시키면 그림자가 오직 말없이 깔려있을 뿐이다. 그 사이를 뚫고 한줄기 실오래기 모양으로 하얗게 빛나는 것은 江이다.

그러나 그런것이 내려다 보인것도 잠간이었다. 赤道 근처에서 부터 뭉게뭉게 피어 올르기 시작한 積亂雲은 순식간에 모든것을 뒤엎어 버리었고 視界를 가리었다. 더구나 바람까지 일기 시작하였다.

高度를 五十米로 올렸다. 그래도 구름위로 빠져나갈 수가 없었다. 前後左右를 칭칭이 에워싼것이 구름 구름이다.

視度는 零. 計器 하나만을 믿을 수밖에 없다.

武山中尉는 部隊長機 바른 편에 바짝 닥아 붙였다. 部隊長機가 앞서서 날르고 있는 한에는 아무런 盲目飛行을 계속해도 不安이나 恐怖를 느낄 필요가 없다.

놀랄만한 部隊長의 航法이었다. 어디를 어떻게 날르고 있는지 전연 몰르고 있어도 部隊長機만 따라가면 반드시 敵飛行場 上空이었다. 여러번의 경험으로 武山中尉는 그것을 잘 알고 있었다.

이윽고 部隊長機가 西쪽으로 轉針하였다. 그쪽에 가느다랗게 구름 터진 곳이있었다.

그 틈으로 部隊長機가 쏜살같이 急降下하였다. 武山中尉도 곧 그 뒤를 땅았다.

과연 목적하던 「파칸발」飛行場이었다.

혹시 反擊하여 오는 敵機는 없을까 해서 약 五분 동안이나 各層으로 찾아 보았으나 敵機의 그림자라고는 눈에 띠이지를 않는다.

"地上에 있는 놈은 남겨 둘줄 아니"

武山中尉의 鬪魂은 불탓다. 공격 개시를 재촉하는듯이 部隊長機를
바라보았다.

大型機, 雷擊機, 합하야 十數機가 내어버린듯이 地上에 놓여 있었다.
때는 열한時十五分.

대낮에 공격을 당한 敵은 어쩔줄을 몰르는지 高射砲 한방 노치를 않
는다.

部隊長機가 커다랗게 날개를 흔들었다. 攻擊下令이다.

앵……… 날카로운 金屬性 爆音을 내이면서 「隼」의 떼는 연달아 땅
에 부닥칠듯이 急降下하면서 第一擊을 加하였다.

불길이 솟아올랐다. 거문 연기가 피여 올랐다. 순간 「파칸발」飛行場
은 수라장으로 변하고 말았다.

그 때에서야 겨우 敵의 地上砲火가 활동을 시작하였다. 飛行場 주위
사방에서 번쩍번쩍 砲口가 빛났다. 다음엔 그것이 하늘 높이서 破裂한
다. 하늘 가까이 棉花밭 모양으로 흰 연기 풍뎅이가 쫙 깔렸다. 猛烈한
敵高角砲彈이었다.

그 彈幕을 뚫고 「隼」는 거듭 急降下를 계속하며 銃火를 퍼붓고는 다
시 날라 올랐다. 그때마다 지상에서는 새 불길이 뻐쳐 올른다.

擊破, 炎上 합하야 六機. 그밖에 敵軍事施設에 큰 손해를 주고 加藤
部隊는 유유히 基地로 도라왔다.

未歸還 三機. 加藤中尉, 斎藤曹長, 그리고 武山中尉가 도라오지를 않
는것이었다.

"多久和"

部隊長은 三番機의 多久和軍曹를 불렀다.

"네"

"武山機를 보지 못했다"

"第一擊 直後까지는 僚機 定位에 있는것을 봤습니다만은⋯⋯⋯"

"그후엔 못봤단 말이지"

"네"

部隊長은 말없이 끄덕이고 고개를 떨어뜨렸다.

5

사흘이 지났다. 소화十七年 一월二十일.

새벽녘에 겨우 잠간 눈을 부쳤을 뿐이다. 동창으로 해가 비쳐 왔을
때엔 武山中尉는 벌써 눈을 뜨고 있었다. 다친 자리가 곪으려는지 자꾸
쑤셔서 잠을 이루지 못하는 것이다.

사흘전 「파칸발」飛行場을 공격할 때에 敵彈을 맞인 武山中尉는 머
리를 負傷한 斎藤曹長과 함께 密林속에 不時着하였었다.

愛機는 산산히 깨여지고 無電機마자 故障이었다. 얼굴과 왼편 넙적
다리에 상처를 입어 몸을 움지길 도리도 없었다.

그 때 「神軍」이 不時着한 것을 안 原住民들이 그들을 救援하러 달려
왔다.

그리하야 이 部落 酋長 집에 숨어서 상처를 治療하며 無電機의 修理
와 敵情搜索에 전력을 다하였으나⋯⋯ 어느 사이에 사흘이 지났고 제

대로 藥을 쓰지못하야 상처는 자꾸 惡化할 뿐이었다.

창 밖에서 사람들의 서성거리는 소리가 들려 왔다. 심상치 않은 소리였다.

武山中尉와 斎藤曹長은 벌떡뛰쳐 일어나 창 앞으로 닥아갔다.

部落長을 앞세우고 이 집을 향하야 닥아 오는것은 틀림없이 和蘭兵이었다. 그것을 에워싸고 部落民들이 恐怖에 떨며 말도 못하고 있는것이다.

순간 武山中尉는 자기의 최후가 온것을 깨달았다. 敵은 이미 이집을 包圍하였다. 負傷한 몸으로 一個分隊의 敵을 물리칠 道理는 없었다.

순간, 武山中尉의 귀에는── 자아 인젠 죽을 때가 왔다. 남부끄러운 주검을 말아라. 皇國의 臣民다웁게 日本의 軍人다웁게 네 최후를 찬란하게 장식해서 이 고장 原住民들의 머릿속에 깊은 印象을 남겨놓아라, 그뿐이냐 너는 半島 청소년의 선각자로서 가장 軍人다운 주검을 하게 되었다. 네 뒤에서 徵兵制를 목표로 수없는 半島 청소년이 軍門을 향하야 달리고 있다는것을 최후의 一瞬까지도 잊지를 말아라……

이런 웨침이 역역히 들려 왔다

"斎藤曹長"

武山中尉는 조용히 도라보고 불렀다.

"拳銃으로 싸울땐 말야 방아쇠를 잡아 대리면서 하나 둘 하구 發射彈數를 시어두어야 해. 마지막 한방은………"

하고 허리에서 빼들은 拳銃을 잠깐 입 안에 몰어본 후

"………남겨 둬야 허는 법이거든"

하고 가만히 웃어 보였다.

"네 알겠습니다"

채 斎藤曹長의 대답이 떨어지기도 전에 武山中尉의 拳銃이 불을 토했다. 마악 창 앞에 나타난 한놈의 和蘭兵이 枯木 넘어가듯 폭 고꾸라졌다.

그리자 敵彈이 빗발치듯 이 집을 향하야 集中되었다. 이미 더 망서릴 때가 아니었다.

비호같이 창을 뛰어넘어 뜰 앞으로 내려선 武山中尉와 斎藤曹長은,

"하나"

"하나"

마차 射擊연습이나 하는듯이 소리를 합하야 수효를 해이면서 한방에 한놈식의 敵을 넘어뜨렸다.

"둘"

"둘"

拳銃알이 다할 때 까지 감히 敵兵은 그들 앞에 나아오지를 못하였다.

마지막 한방이 남았을 때 武山中尉와 斎藤曹長은 조용히 풀밭에 꾸러 앉아 東方을 遙拜한 후 天皇陛下萬歲를 소리 높이 불렀다.

불르고 나서 武山中尉는 천천히 拳銃을 입에 물고 뒷머리를 향하야 발사하였다.

斎藤曹長도 뒤따라 自決하고 殉忠의 碧血만이 풀 사이에 어리어 흐를줄을 몰랐다.

一瞬 하늘도 땅도 숨을 죽이고 잠잠한듯 하였다.

거룩한 주검을 目睹한 原住民들은 감탄한 나머지 두사람의 遺骸를 공손히 묻고 과연 「神軍」이라고 崇尙하기를 마지 아니하였다.

六個月後인 七月二十一日「스마트라」島 戡定後 現地部隊의 搜索으로 武山中尉와 齊藤曹長의 장엄한 최후는 비로소 알려졌다. 武山中尉는 一月二十日付로 大尉로 昇進하였고 이어 殊勳甲 功四旭六의 恩賞에 浴하였다. 半島出身將校로서 實로 두사람째의 殊勳甲이였다.

제15장

각서

【覺書】

- 1944년 7월 『國民文學』에 「覺書」 발표(일본어)
- 1944년 12월 창작집 『淸凉里界隈』에 개작 발표(일본어)

본문은 1944년 12월 창작집 『淸凉里界隈』에 수록된 내용이다.

세상의 종말인가 할 정도로 세찬 비바람에 천둥까지 몰아친 밤이었다고 한다.

내가 태어난 날은 그렇게 광풍이 휘몰아치는 새벽이었다고 나는 어머니께로부터 누누이 들었다.

그러나 날이 새자, 언제 그랬냐는 듯이 쾌청하였고, 폭우에 씻긴 정원이 '눈부시리만치 깨끗했다'며 어머니는 그저 몽롱한 상태에서 넘치는 행복감을 부둥켜안고 있었다고 했다.

어느 해 초겨울 해질녘이었다.

내가 학교에서 돌아오니 어머니는 우물가에서 빨래를 하고 있었다.

"아― 배고파요. 뭔가 먹을 것 좀 주세요."

나는 거칠게 신발을 확 벗어 던지고 어머니 등으로 달려들어 어리광을 부렸다.

어머니는 정색을 하며 나를 뿌리치더니,

"책보자기라도 풀어야지. 이거 안 되겠네. 이렇게 버릇이 없어서야."

하시면서 나를 쏘아보았다.

그런 어머니가 나는 조금도 무섭지 않았다.

"예, 알았으니까 뭐라도 좀 주세요."

자상한 어머니는 쏘아보는 것을 그만 두고 곧바로 부드러운 얼굴을 하고는,

"알았으니 얌전히 기다리고 있어. 고구마 쪄 줄게."

"응."

나는 마루 끝에 앉아서 발을 전후좌우로 흔들흔들 흔들어 보았지만 지루하고 심심했다.

음력 10월,

초겨울인데도 봄처럼 따뜻한 햇볕이 내리쬐었다. 나는 문득 어머니의 맨발에 눈이 멎었다.

어머니는 열심히 빨래를 주무르고 계셨다.

곱디고운 어머니였다. 잘 빠진 새하얀 발, 흐트러진 뒷머리, 오동통한 어깨선……

눈이 부신 듯 나는 얼굴을 돌리며 '후후–'하고 속으로만 살짝 웃었다.

"뭐가 우습니?"

어머니는 돌아보지도 않고 물었다.

"후후–"

"어머, 이상한 녀석이라니깐."

나는 갑자기 왠지 모를 외로움을 느꼈다. 나는 어머니 곁으로 달려가서 어머니 얼굴을 찬찬히 살펴보면서,

"엄마, 아버지는 왜 엄마를 싫어한대요?"

"으음–"

어머니의 눈에 언뜻 슬픈 그림자가 스쳤다.

"무슨 말을 하는 거야? 어린 녀석이……"

어머니는 여느 때와는 달리 거칠게 말을 했다.

"그러니까······"

나는 반항했다.

"아버지는요, 언제나 남의 집에 온 것처럼 잠깐 들렀다가 바로 가버리시잖아요"

"아버진 바쁘기 때문이지"

"아니에요, 나도 알고 있어요. 언제나 그 여자 집에서······"

"또 또 순짱!"

어머니는 엉겁결에 벌떡 일어서서 나를 나무랐다.

"그 여자 이야기는 하지마라······ 엄마가 경고했다."

"싫어요. 싫어요. 엄마가 두 명이라는 게 우습잖아요.······"

나는 이상하게 화가 부글부글 끓어올라,

"놀다 올거야."

고구마도 잊은 채 그대로 밖으로 나가 버렸다.

그 무렵 내가 가장 싫어했던 일은 '그 여자'의 집에 심부름 가는 것이었다.

'그 여자'도 내가 좋지는 않았던 것 같았다.

내가 말없이 아버지 계시는 방으로 들어갈라치면,

"손님 계시니까 나중에 오려무나."

라고 하면서 크게 눈을 흘겼다.

그래도 나는 개의치 않고 마당을 가로질러 아버지가 계신 방 쪽으로 뛰어들었다.

"아버지!"

"…… "

"아버지!"

두세 번 불러야 아버지는 겨우 얼굴을 내밀었다. 슬쩍 보는 아버지였지만, 나를 언짢아하는 듯한 아버지의 얼굴이 까닭 없이 무서웠다.

"엄마가 좀 오시라고 해서요……"

아버지는 미동도 하지 않은 채 혀를 차더니,

"나중에 갈게."

내뱉듯이 그 말씀만 하셨다.

"그러니까…… 죄송하지만 돈을 조금 주셨으면 해서요……"

나는 고작 이런 말만을 하는 것이었다.

"나중에 갈게"

아버지는 손님에게 미안했던지 다시 한 번 천천히 그 말을 되뇌이시더니 그만 장지문을 닫아버렸다.

다시 어찌해 볼 방도는 없었다.

엄마한테는 뭐라고 말씀드려야 할지 내 작은 가슴은 아프기만 했다.

엄마가 사랑하신 아버지였기에 결코 나쁜 사람은 아닐 것이라고 지금까지도 나는 무조건 믿고 있다.

아버지는 광산에 미쳐 집과 대지, 논밭을 모두 날린 끝에 내가 보통학교를 졸업할 즈음에 엄마와 나를 버리고 만주로 도망갔다. 그 이후 아버지의 행방은 알 수 없었다.

아버지가 그렇게 모습을 감춘 후, 한동안 나는 아버지와 손잡고 걸어 가는 아이들이 그렇게 부러울 수가 없었다.

그럼에도 그렇게나 매정했던 아버지를 끝내 미워하지 않았던 어머 니처럼 나도 아버지를 밉다고 생각해본 적은 없었다. 옛날에도, 지금 도……

언제보아도 아버지는 엄했고, 함께 살지 않았던 탓에 애정을 느끼지 못했을 뿐이었다.

그 때부터 어머니의 쓰라린 생활고가 시작되었다.

끝없이, 끝없이 기차의 선로(線路)는 펼쳐져 있었다.

나와 정희는 어른처럼 빠짝 달라붙어 묵묵히 그 철길 위를 걷고 있 었다.

봄이라고는 해도 아직은 으슬으슬 추웠다.

그런데도 우리는 개의치 않고 묵묵히 계속 걸었다.

"언제 떠나요?"

이윽고 정희가 혼잣말로 중얼거리듯 말했다.

"내일."

나는 짧게 대답했다.

두 사람은 잠시 아무 말이 없었다.

"이 선로 위를 달려가는 거지요?"

"그래."

이쪽에서 보면 두개의 선로는 아득히 맞은편에서 하나로 합쳐져 있는 것 같은데도 가까이 가서 보면 그렇지 않다.

결코 서로 만날 수 없는 두개의 평행선인 것이다.

그것이 우리들 운명의 상징이기라도 한 것일까?

걷다 지쳐 선로 옆 바위 위에 걸터앉았을 때, 정희는 체념한 듯이 말했다.

"나도 경성의 여학교로 갈까보다."

"정말이야?"

나는 눈이 반짝반짝 빛났다.

"졸라는 보겠지만…… 어떻게 해도 안 된다면…… 이곳 여학교를 졸업한 다음에 경성에 갈 거야"

"그래?"

"만약 내가 경성에 갈 수 없게 된다면…… 매일매일 편지해 줘요."

"응"

"그리고 지금까지처럼 여러 가지 많이 가르쳐 줘요."

"응"

"싫어요, '응 응 응'만 하는 거"

"하지만…… 우리들 두 번 다시 만날 수 없을지도 모르잖아."

"어째서요?"

"어쩐지 그런 느낌이 들어."

정희는 잠시 깊은 생각에 빠져 있는 듯하더니

"네에"

하며 나를 쳐다보았다.

"왜 그래?"

나는 일부러 퉁명스럽게 대답했다.

"훌륭해져야 해요"

정희는 그 말밖에 더는 하지 못했다.

"그래, 열심히 공부해서 성공할거야, 성공하면……"

"성공하면?……"

"성공하면, 반드시……"

나는 쑥스러워서 더 이상 말을 하지 못하고, 선로 위를 마구 달려 돌아왔다.

다음 날, 나는 달리는 기차의 창문으로 어제 정희와 걸터앉았던 바위 위로 무심코 밀감껍질을 내던졌다.

그리고 그것은 단지 그 정도에 지나지 않은 일이었는데, 이상하게도 언제까지나 나의 뇌리에서 떠나지 않았다.

내 기억은 한 걸음 성큼 뛰어 중학시절로 날아가고 있다. 행복했던 초등학교 5, 6학년 때의 기억이 아련하다. 내 처음 고생도 꿈에서인 듯 거의 가물가물하다.

지금의 이 헤어짐으로 우리 모자(母子)가 살게 될 집을 준비한 것은 중학 3학년 때였다.

어머니는 상경한 이래 줄곧 XX재봉틀 외판을 하였다.

그 쥐꼬리만 한 수입으로 나는 태평스럽게 학교에 다니고 있었다. 어머니는 재봉틀을 팔러 다니면서 과외를 하러 돌아다니기도 하고, 바느질감을 받아오기도 했기 때문에 항상 귀가가 늦었다. 그래서 저녁밥 짓는 일은 대부분 내 차지였다.

　어린 마음에도 어머니 고생하는 것이 몹시 안타까웠는지 나는 꽤 순진했고 착실했던 것 같다. 학교 성적도 월등하였기에,

　"순짱은 정말 신통해."

하며 집주인 아주머니가 칭찬하셨던 일을 지금도 기억하고 있다.

　나는 타고난 낙천가여서 웬만한 일에는 흔들리거나 무너지지 않았다. 처음엔 하루 한번 저녁밥 짓는 것이 힘들어서, 특히 추울 때는 울고 싶을 정도로 힘들었지만, 조금씩 익숙해지면서부터는 내 입으로 말하긴 우습지만 제법 잘 해 내었다.

　밥 지을 때 휘파람부는 것이 내 버릇이었는지,

　"순짱의 휘파람 소리가 났으니 이제 두부장수가 올 시간이네."

라 하시면서 아주머니는 자주 놀려댔다.

　어머니의 저녁식사를 마련해 놓고, 혼자서 꾸역꾸역 먹는 저녁밥이었지만 나는 즐거웠다.

　내가 먼저 먹지 않고 기다리고 있으면 오히려 엄마의 마음을 상하게 하여 걱정을 들었다.

　어머니와 둘만의 생활에 난 충분히 만족했고 행복했다.

　누구라도 그렇겠지만 어머니는 무작정 날 사랑해 주신데다, 자애롭고 정숙하고 마음씨가 고와서…… 내 어머니야말로 세상에서 제일가는 어머니라고 생각하고 있었다.

　지금도 난 그렇게 믿고 있다.

　어머니의 사랑이 너무도 컸던 까닭에 나는 아버지 없는 외로움을 느끼지 못하고 지냈다.

그 때는 아버지의 존재를 거의 잊고 지냈다.

어머니와 함께하는 식사는 아침뿐이었고, 저녁은 대부분 혼자였다.

그러니까 어쩌다 어머니와 마주앉아서 저녁밥상을 대할 때는 너무 기뻐서 어머니도 나도 들떠서 떠들어댔다.

우리들은 그날 있었던 일을 하나도 빼놓지 않고 서로 이야기 하였고, 지칠 때까지 잠을 자려고 하지 않았다.

아마 내가 중학교 5학년에 진급했던 때의 봄으로, 모처럼 어머니가 일찍 들어오셨던 날이었다.

그 날은 어머니가 이상하리만치 말이 없었고, 게다가 몹시 지쳐서 녹초가 되어 있었던 것 같았다.

"어머니, 무슨 일 있으셨어요?"

내가 걱정되어 묻자,

"아니다. 왜 그러니?"

어머니는 억지로 웃어 보였지만, 어쩐지 어색한 데가 있었다.

"왠지 기운이 없어보여서요, 어머니 같은 여장부가 맥없이 계신다는 것이 이상해서요."

"글쎄 이상하구나. 그럴 리가 없지만서두. 아마 피곤해서 그럴 거야."

"그럼 일찍 주무세요."

"그래, 좀 누워야겠다."

나는 재빨리 어머니께 자리를 펴 드리고 책상으로 향했지만, 웬일인지 마음이 안정되지 않아 공부에 집중할 수 없었다.

나는 책상 위에 턱을 괴고 멍하니 생각에 잠겼다.

이제야 가까스로 내가 철이 든 것 같았다.

여자 혼자 몸으로 나를 키우고, 날 교육시키기 위해서 세상의 모진풍파를 헤쳐 온 어머니의 노고를 나는 이제야 헤아릴 수 있었다.

괴로운 듯 미간을 찌푸리며 잠들어 있는 어머니의 얼굴을 바라보고 있던 중에 나는 그만 눈시울이 뜨거워 졌다.

아버지가 집을 나갔던 때 어머니는 젊은 나이였다. 그로부터 10년을 어머니는 나 하나만을 위해서 살아왔던 것이다.

곱기만 하던 어머니가 한껏 용기를 내어 혼자 살 것을 결심한 것이었다. 그리고 그렇게 해 냈다. 어머니는 이제 마흔이다.

어머니한테 이런 강인한 의지가 숨어 있었다는 게 뜻밖이었다. 다정다감한 어머니는 강한 분이셨다.

여자란 한 아이의 어머니가 되면, 이처럼 훌륭하게 변모할 수 있는 것일까?

나는 주무시는 어머니의 모습을 그저 망연히 지켜볼 뿐이었다. 괴로운 듯 뒤척이는 어머니의 얼굴에 비지땀이 흥건했다.

나는 가만히 무릎걸음으로 어머니 옆에 다가가서 수건으로 땀을 닦았다. 어머니는 생활고에 지쳐버린 것일까?

그러던 중에 나는 어머니 혼자서 생활고를 짊어지게 한 것에 대한 스스로의 불찰이 마음에 걸렸다.

"어머니 죄송합니다."

나는 마음 깊이 사죄하고, 조용히 어머니 이마에 손을 얹어보았다.

뜨거웠다. 열이 있는 것 같았다.

"순일아"

그대로의 자세로 갑자기 어머니가 나를 불렀다.

어머니는 잠들지 못하고 계셨던 것이다.

역시나 무슨 일이 있었던 거야…… 나는 재빨리 그것을 눈치 채고 곧바로 대답하려는데, 참고 있던 눈물이 왈칵 쏟아질 것 같았다.

"뭐예요 어머니, 주무시지 않았던 거예요?"

웃으면서 가까이 다가가 얼굴을 살폈다.

"아니다. 잠간 졸았구나."

"그래요, 그런데 열이 있어요. 어머니"

"괜찮으니까 이제 자거라. 이정도의 열은 내일이면 거뜬해 지니까. 에미는 불사신이니까."

어머니는 새삼 나를 불러 나에게 뭔가를 — 오늘 있었던 뭔가를 말할 작정이었던 게 틀림없다.

그러나 어머니는 애써 그것을 말하지 않고, 굳이 아픈 척 하면서 나와 잠시 쓸데없는 말만 하고 나서 그대로 다음날 아침까지 벽을 향하고 있었다.

그 때 어머니의 신상에 어떠한 위기가 닥쳐오고 있었던 건지 나는 결국 눈치 채고 있었는데, 그로부터 2, 3일이 지나자, 어머니는 10년이나 근무했던 XX재봉틀 회사를 조용히 그만두었다.

내 억측으로는 어머니의 재혼문제가 얽혀있었던 것 같았다.

한 달쯤 실업자로 지내다가 어머니는 얼마 안 되는 저금 중에서 재봉틀 두 대를 사들여놓고, 〈수선집〉 간판을 내걸었다.

"이젠 남의 일 하는 것은 그만두련다. 조금 고생스럽더라도 내 손수 일해서 먹고 살아가는 쪽이 마음 편하다."

어머니는 마음을 다잡은 듯 그렇게 말했다.

나는 단 한번 어머니와 싸운 적이 있다.

어머니는 나에게 대학 예과를 지원하라 하였고, 나는 중학교 졸업한 것만으로도 충분하다며 일해서 돈을 벌겠다고 해서 서로 언쟁을 하였다.

내겐 절대로 모르게 했지만, 정해진 수입이 있었을 때에 비해 생활이 상당히 힘들어진 것 같았다. 때때로 저금해 둔 돈을 찾아서 생활하는 것에 어머니는 우울해 하는 것 같았다.

아침저녁으로 어머니와 함께 지내는 건 즐거운 일이지만, 세상일이 그렇게 좋은 일만 있을 수는 없을 것이다.

나는 그것을 알고 있었기에,

"중학교를 졸업하면 이제 어른입니다. 내가 취직해서 돈을 벌겠습니다."

라며 언제까지나 계속 우겨댔다.

"너를 중학교만 마치게 하려고 했다면 에미가 이 고생을 하지 않았을 게다. 널 대학까지 마치게 해주고 싶은 마음 하나로……"

어머니는 울음 섞인 목소리로 나를 설득했다.

어머니는 무슨 일이 있어도 나를 위해 계속 일할 것이다. 잠자코 공부하여 훌륭한 사람이 되는 편이 어머니에게 진정한 효도가 될 것이다.

군이 지금부터 일해서 돈을 벌어온다 해도 오히려 어머니는 기뻐하지 않을 것이다……

어머니는 신기하리만치 거침없는 웅변으로 나를 타일렀다.

한풀 꺾인 나는 '그럼 전문학교로 됐다'며 양보했지만, 어머니는 그것마저도 허락하지 않았다. 어떻게라도 대학 예과에 진학하지 않으면 승낙할 수 없다는 것이었다.

나는 이때만큼 어머니의 사랑을 절절히 느끼며 행복하다는 생각이 들었던 적은 없었다.

어머니와 나는 장시간 말다툼한 끝에, 누가 먼저라고 할 것 없이 서로 부둥켜안고서 언제까지나 소리 없이 울었다.

내 응석으로 어머니가 기뻐한다면, 응석을 부려보는 것이 오히려 아들다운 행동일지도 모를 일이었다.

'그럼 어머니, 정말로 나를 대학까지 공부시켜 줄 겁니까?' 라 속으로 말하고,

"제가 대학을 졸업할 때까지 어머니는 야위거나 쓰러지시면 안돼요."

울다가 웃음을 지어보이자, 어머니는 아무 말 없이 머리를 옆으로 돌리며 눈물을 훔쳐냈다.

내가 처음으로 예과 제복을 입고 집을 나설 때, 어머니는 눈물고인 눈으로 나를 찬찬히 올려다보더니,

"아버지께…… 한번…… 보여드리고 싶구나."

아주 작은 목소리로 중얼거리듯이 그렇게 말했던 것을 기억한다. 뚜렷이 기억하고 있다.

대학본과에 진학할 때 나는 어머니 뜻에 따라서 법과로 돌렸다.

어머니가 살아계시는 한, 이제부터의 내 일생은 어머니를 위한 것이라야 한다고 나는 결심했다.

대학 예과시절 나의 가장 친한 친구는 가네야마(金山), 기무라(木村), 하야시(林), 구니모토(国本), 모리타(森田), 오키(沖)였는데, 그 중 오키군과는 서로 마음이 맞아서 지금까지도 왕래하고 있다. 나와 오키군과의 우정은 친형제 이상이었다 해도 과언이 아닐 정도였다.

성격도 행동도 정반대라 할 정도로 달랐지만 속된말로 죽이 맞는다고나 할까.

"너희들은 신혼부부 같다."는 놀림을 받을 정도로 우리 둘은 항상 붙어 다녔다. 집이 가까운 탓도 있었다. 가정환경이 비슷한 때문이기도 하였다.

오키군의 아버지는 퇴역군인으로 어느 통제(統制)회사의 중역이었다.

오키군의 가족은 오키군 아버지와 여동생 도키코(時子)까지 세 식구뿐으로, 식모를 두지 않고 가사 일체를 여학교를 갓 나온 도키코가 꾸려 나갔다.

오키군의 아버지는 한학(漢學)에 조예가 깊어서, 가끔 우리들을 앞에 앉혀놓고 한시(漢詩)강의를 시작 하셨다. 그 때는 다소 고역스럽기는 하였지만, '동양정신절대론'은 절대적으로 경청해야 했었다.

퇴역군인이라고는 해도 나에게는 허물없는 아저씨였다. 엄격한 일면이 있는가 하면 너그럽고 대범한 면도 있어, 익살스런 말씀을 자주 하셔서 우리들을 당황스럽게 하기도 했다.

예과 2학년 때의 여름은 거의 매일 오키군의 집에서 자고 먹으면서 나는 아저씨와 오키군 셋이서 장기를 두기도 하고, —두었다는 것은 주제넘은 이야기이고, 나는 아저씨께 처음으로 내지(일본)장기를 배워 '말'을 두개 정도 내려놓고 두어도 도무지 벅찬 상대였다.— 토론을 하기도 하였고, 때로는 술을 마시기도 하였다.

물론 나는 아저씨와 오키군도 좋아했지만 솔직히 고백하자면 도키코에게 상당히 관심이 있었다. 여기에 쓰기는 좀 멋쩍긴 하지만 도키코도 나를 싫어하는 것 같지는 않았다.

도키코의 어딘가에 정희의 모습이 있는 듯하였다. 이것은 한참 후에야 깨닫게 되었는데, 어렸을 때 헤어졌던 정희에게 내가 별다른 감정을 품었을 리는 없었지만 역시나 하나의 잠재의식이 되어 내 맘속에 남아 있었던 것 같다.

그러나 그것뿐으로, 도키코가 정희와 닮아 있었기 때문에 좋아졌다는 것은 아니다. 도키코의 정숙함과 쾌활한 성격이 솔직히 내 맘이 움직였을 뿐이다.

오키군은 가끔 우스갯소리로

"너라면 도키코를 줘도 괜찮을 텐데……"

라며 나를 놀려댔다. 어렴풋이 눈치를 챈 것 같기도 하였다.

"아니야, 그럴 리는……"

나는 홍당무가 되어가지고 반박했다.

"말 할 거다. 도키코에게."

"야아, 그만둬, 놀리지 마라."

오키군의 위협에 나는 바로 소리를 높였다.

도키코는 결코 미인은 아니었다.

우연찮은 기회에 도키코의 이야기가 나왔을 때 어머니는 다른 마음이 있었던 것 같았다.

그 아가씨에게 꼭 만나고 싶다는 말을 꺼냈다.

그래서 도키코를 한 번 집으로 초대한 일이 있었다.

어머니는 단번에 완전히 마음에 들었던 모양이었다.

집은 가난했어도 내 마음은 항상 밝았다. 나는 오직 하루라도 빨리 학교를 마치고, 오랜 세월 날 위해 고생만 하신 어머니를 편안하게 해 드리고 싶다는 생각뿐이었다.

그 밖의 모든 문제는 죄다 합해도 그것만은 못했다.

'훌륭해진다'는 것만이 내 일생의 목표였다. 왜냐면, 그것이 어머니 일생의 목표였기 때문이다.

나는 재학 중에 고시에 패스하고 싶어서 죽기 살기로 공부를 시작했다.

오키군은 영문과였기 때문에 예전만큼 자주 만나지는 못했다. 도키코도 물론 멀리했다.

'성공해야 한다' 성공한다는 게 무슨 의미일까? 세속적인 냄새가 분분한 이 말을 나는 어머니가 하신 말씀이기에 감히 비판 할 생각도 없었고 비판하려고 하지도 않았다.

너무도 알만큼 알고 있기 때문에 오히려 파고들지 않으려고 애써 물리쳐 왔다.

'성공한다? —고위관직에 오르면 되는 것인가?'

내가 처음으로 그것을 자문해 본 것은 1941년 12월 8일 천황의 조칙이 하달되던 그 순간 이었다. 나는 그때만큼 내 자신에게 열등감을 느끼고 초조해했던 적은 없었다.

그러나 부끄러운 일이지만 그런 마음은 길게 지속되지는 않았다. 서전(緒戰)에서의 빛나는 전과에 나는 우매하게도 마음의 밧줄을 놓아버렸던 것이다.

그것도 어머니에 대한 하나의 애정이라고 생각했었다.

밤잠도 제대로 못자고 재봉틀을 돌리고 계신 어머니의 모습을 볼 때마다 나는 안절부절 하였고 어찌할 바를 모를 만큼 초조함을 느꼈다.

고생한 탓인지 흰머리가 눈에 띠기 시작하였다. 고양이 등처럼 휘어진 어머니의 모습을 보고, 나는 '빨리 성공하자'며 뭔가에 쫓기듯 안달 할 수밖에 없었다.

이 작은 효심 때문에 나는 국민적 감정을 잊고 있었다. 아니 고시에 패스하기위해 꾸며낸 간교한 생각이었을지도 모른다. 이때의 나는 구제하지 않으면 안 될 큰 죄인이었던 것이다.

어머니는 어머니대로 내 졸업에 모든 희망을 걸고,

'이제 2년만 더 고생하면 된다.'

는 생각을 하신 듯 하였다.

물론 입 밖으로 내지는 않았지만, 의욕을 느낀 듯 더욱 열심히 바느질을 하여 내 학업에 지장을 주지 않으려고 노력했다.

이런 어머니 덕분에 나는 눈가림을 당한 것 같았다.

그렇지만 여기서 어머니를 나쁘게 말할 생각은 없다. 어머니께 죄를 전가하려는 것도 아니다. 그저 있는 그대로 사실대로 써서 모아둘 뿐이었다.

내 나이가 적령기였거나 적령기 전이었다면 반도에 명예로운 징병제가 선포되었을 때, 나는 반드시 전쟁을 내 일이라 여기고 이 잘못된 생각에서 속히 벗어날 수 있었을 것이다. 하지만 2년이나 일찍 태어난 까닭에 징병제도 내 앞을 비켜갔다.

내게 남은 것은 역시 성공하는 길 뿐이었다.

그러나 전시국면이 진전됨에 따라 내가 드디어 각성할 때가 왔다. 재학생의 징집연기가 정지됨에 따라 모리타군과 오키군이 출진을 하게 되어 이들을 배웅하려던 때였다.

내 짧은 생애에 있어, 이 때 만큼 큰 충격을 받았던 때는 없었다. 나는 망연자실 오랫동안 목전에 단좌(端坐)하고 있는 오키군의 백석 같은 얼굴을 응시하고 있었다.

나는 아무 말도 못하고 고개를 떨어뜨렸다.

그대로 얼굴을 들 수가 없었다. 오키군의 영광스러움에 비해 이 몸의 초라함은 무엇이란 말인가?

남자로 태어나서 조국 흥망의 기로(岐路)에 서 있으면서 창(戈)을 들고 나서는 것을 허락받지 못한 참혹함을 처절하리만치 온몸으로 느꼈다.

"나중 일을 부탁한다."

오키군이 웃으며 그렇게 말할 때, 나는 머리를 세차게 흔들며,

'나도 데리고 가 줘, 나중 따위 내게 부탁하지 마.'

라며 마음속으로 계속 외쳤다.

그 순간 나는 어머니조차 염두에 두지 않았다.

하지만 이런 마음이 불붙은 칼날에 지나지 않았던 것인지, 보름정도 늦게 반도 학도에게도 영광스런 병사가 되는 길이 열리게 되었고, 이제는 내가 '뒷일을 부탁해'라고 부탁해야 할 몸이 되고 보니, 무의식중에 망설이고 흔들렸다.

그런 속마음을 알아차리고 나는 어안이 벙벙해졌다.

'데리고 가 줘!'

라 외치지 않아도 되었다. 지원만 하면 나는 아무 거리낌 없이 오키군과 어깨를 나란히 하여 성전(聖戰)의 제일선에 설 수 있다.

남몰래 염원하던 천황의 충성스런 병사가 되고, 국가의 간성(干城)이 되는 길이 열렸는데도 왜 나는 주저하고 있는 것일까?

'니시하라 준이치(西原淳一) 일어나라!'

스스로에게 심한 질책을 퍼붓고 눈을 쏘아보기도 하였지만, 그 눈앞에 선명하게 나타난 것은 어머니의 울부짖는 일그러진 얼굴이었다.

다른 어떤 녀석이 거기에 나타났더라도 나는 결연히 헤쳐 나아갈 자신이 있었지만, 아— 나로서는 어머니 얼굴만큼은 물리칠 용기가 없었다.

나는 어머니께 이 일에 대한 이야기는 한 마디도 하지 못했다. 나는 아무 일도 없다는 듯이,

"몸 상태가 안 좋으니 잠시 여행이라도 다녀오겠습니다."

어머니께는 이렇게 얼버무리고 태연히 목적지 없는 여행길에 나섰다.

지원 할 것인가 말 것인가 길은 두 갈래였다. 그리고 어쨌든 지원하지 않으면 안 되는 나였다. 그렇지만 내가 지원하는 것을 어머니는 결단코 허락하지 않으실 것이다.

나 때문에 한평생을 다 바친 어머니를 내가 어떻게 거역한단 말인가? 거역하는 것이 당연하다는 것을 알면서도 마음약한 나는 나를 보내고 슬픔과 탄식 속에서 살아갈 어머니의 환영에 무너지고 만 것이다.

참으로 진퇴양난! 아— 이것은 다이라노시게모리(平重盛) 이후로 참으로 결정하기 어려울 때의 탄식이던가?

이 역할 없는 탄식만을 되풀이 하면서 나는 친구 집을 전전하며 돌아다녔다.

어머니를 설득할까?

오욕을 감수하고라도 지원을 단념해 버릴까?

누구에게 상담할 필요도 없었다. 내 결의 하나면 되는 것이었다. 그

결의를 굳히기까지 나는 그간의 고뇌를 낱낱이 여기에 기록할 생각은 없었다.

내가 경성으로 돌아온 것은 지원마감 전날이었다.

지금까지 충분히 심사숙고했다고 생각했다.

역에 내린 나는 어머니께로 가지 않고 바로 오키네 집을 방문했다.

맞이해준 사람은 도키코였다.

"어머—" 도키코는 나를 보고 눈이 휘둥그레지더니 순식간에 울상이 되어서 안으로 뛰어 들어갔다.

"누구냐? 니시하라(西原)군인가?"

오키 아버님의 상기된 목소리가 들렸다.

나의 실종이 이 사람들을 이렇게 안달하게 했다는 생각이 들자, 송구스런 마음에 울음을 터뜨리고 말았다.

나는 안내도 기다리지 않고 성큼성큼 안방으로 들어갔다.

나는 오키 아버님으로부터 뜻밖에도 어머니의 다부진 각오를 듣게 되었다. 오키 아버님이 어머니를 찾아가서,

"순일군을 어떻게 하실 생각이십니까?"

라고 물었을 때, 어머니는 일언지하에

"지원하게 하고 말구요."

라 단언하고 빙그레 웃었다는 것이다.

"저는 순일을 저 한사람을 위해 교육시킨 것은 아닙니다. 세상을 위해 나라를 위해 도움 되는 사람이 되게 하려고, 어떠한 고생도 견뎌왔

던 것입니다. 저 하나만의 순일로 만들고 싶었다면 무엇 때문에 고생해서 대학에 보냈겠습니까? 일찍부터 순일에게 일하게 하고 저는 편히 지냈을 겁니다."

어머니께서 그렇게 단언했다는 것이다.

"당신뿐만 아니라, 순일까지 내 마음을 오해하고 있습니다. 순일은 틀림없이 저 때문에 망설이고 있을 겁니다. 순일이 마감일까지 돌아오지 않는다면 제가 대신 지원수속을 할 겁니다."

어머니께서 이런 결심을 하고 있었다는 것이다.

나는 어떻게 대답해야 좋을지 몰랐다.

어머니께 선수를 빼앗긴 것 같은 묘한 곤혹스러움을 느낄 뿐이었다.

"다행이에요, 순일씨! 늦지 않아서요."

"고마워."

나는 도키코와 처음으로 어깨를 나란히 하고 밤길을 걸었다.

"도키코, 어머니를…… 부탁해요."

도키코는 하얀 옆얼굴을 보이며 말없이 고개를 끄덕였다.

지원수속을 마치고 돌아온 날 밤, 나는 어머니와 이런저런 이야기로 거의 밤을 새웠다.

이야기가 거의 끝나갈 즈음에,

"어머니 저는 결국 출세하지는 못할 것 같습니다."

내가 이렇게 말하자 어머니는 속상하지 말라는 듯이 손을 내저었다. 그리고는 나를 젖먹이 어린아이처럼 품에 끌어안으시고,

"무슨 말이야 너는 나라의 간성이야. 머잖아 너는 야스쿠니 신사에 모셔져 신이 될 사람. 이렇게 훌륭한 사람이 또 어디 있을까? 너는 진정 멋있고 훌륭한 사람이 되어 준거다."

어머니는 말을 끊고 격렬하게 나의 볼을 비벼댔다.

아— 역시 내 어머니는 '세계 제일의 어머니'였다.

죽을 각오를 하기까지가 힘들었다. 될 수 있으면 생각하지 말자고 애써 보았지만 이도저도 마음에 걸려서 자칫하면 애써 다짐한 결의가 꺾일 것 같았다.

'미련을 버려!'라며 심하게 질책해 보았는데도 한 번 그 속으로 빠져들면 쉽게 헤어 나올 수가 없었다.

그래도 방에 틀어박혀 도 닦는 수행자처럼 심사에 숙고를 거듭하는 동안 나는 가까스로 장도(征途)에 오를 결의 같은 것을 할 수가 있었다.

그러나 아직도 말끔해지거나 평온해진 것은 아니었다. 미미하게나마 마음의 동요가 끊임없이 계속되어 좀처럼 부동의 신념을 굳히기는 어려웠다.

내가 주변정리를 생각한 것은 그 즈음이었다.

우선 내 주변을 깔끔하게 정리하는 것으로 흔들리고 있는 결의를 굳게 다지고 싶은 각오에서였다.

성실했던 성품 그대로 소학교시절의 습자(習字)나 도화(圖畵) 등에 이르기까지 하나하나 상세하게 설명을 붙여 애지중지 간직해 왔던 나였다.

그것을 다시 한 차례 질서정연하게 정리하고 지금까지 내가 걸어온 도정(道程)을 일목요연하게 기록하기 위해, 나는 벽장 구석에서 먼지를 뒤집어 쓴 고리짝을 끌어내왔다.

놀랄 만큼 많았다.

교과서랑 노트랑 성적표 등등……

소학교, 중학교, 대학 예과 등등 내가 걸어온 면학의 흔적이 모두 그대로 남아 있었다.

그것들을 적당히 버리고 정리하는데 꼬박 이틀이 걸렸다.

교과서나 무슨 감상 같은 것이 적혀있는 것은 모두 보존하고, 구겨진 습자나 도화 등도 곱게 펴서 연대순으로 묶어두었다.

성적표도 한 군데로 묶어서 표지를 붙이고, 노트도 중학교 이후의 것을 학년 순으로 차곡차곡 가지런히 쌓아 두었다.

그것을 대강 마치고 이번에는 편지를 정리하기 시작했다.

1년 치 씩 묶어서 신문지로 말아놓고, 그대로 쑤셔 박아 두었던 것은 다시 끄집어내서 하나하나 내용까지 검토한 후 버릴 것은 버렸다.

내가 어떤 친구와 사귀었으며, 그 친구들과 어떠한 교섭이 있었고, 그 친구들이 보는 나는 어떠했는가를 남기기 위해, 결혼식 초대장에 이르기 까지 거의 버리지 않고 간직하기로 했다.

지나간 날을 회상하면서 편지다발을 정리하는 일은 꽤나 즐거웠다.

그 중에는 답장을 잊어버린 것도 있었고, 얼굴이 화끈 달아오를 만한 것도 있었는데, 대부분이 정겨웠던 추억을 간직하고 있는 것들이었다.

특히 소학생 시절 서로 교환했던 어설픈 문장의 엽서 등은 **뺨**이 확 달아오를 만큼 나를 즐겁게 했다.

이미 세상을 떠난 친구, 혹은 멀리 떠나 행방을 알 수 없는 친구, 그들의 필적은 그리움을 더욱 자아냈다.

편지정리를 마무리하고 일기와 앨범을 정리했다. 남들이 볼라치면 부끄러울 것 같은 부분도 나는 굳이 없애지 않았다.

이 모든 것이 공개될 때는 내가 화려하게 전사한 후일 것이다. 무엇 하나 숨길 것이 없다는 생각이 들었다.

갓 태어났을 때부터 사각모를 쓴 사진까지 순서대로 나열하여 사진첩에 붙이고 자세하게 설명을 써 넣어서, 내 성장의 자취를 명료하게 이해할 수 있도록 하였다.

버려야 할 것은 다시 한 번 하나하나 점검한 후에 온돌 아궁이에 던져 넣고 불을 붙였다.

앞뒤로 꼬박 1주일이 걸렸다.

입영까지는 아직 10일 남짓 남았다.

주변이 하나하나 정리되어 갈 때마다 나는 마음이 점점 맑아져 오는 것을 느꼈다.

그러나 이렇게 일단락 해놓고 나서도 여전히 뭔가가 남아있는 것 같은 묘한 초조함에 사로잡혀 안절부절 못했다.

인사를 다니거나 전별회(壯行會)에 다니는 다른 친구들은 매일 활기차게 뛰어다니는 모양인데, 그 친구들은 과연 어떠한 각오로고 입대하는 것일까? 이렇듯 계집아이처럼 죽을 각오조차 할 수 없는 놈은 나뿐이란 말인가? 하면서 나는 괴로워했다.

나는 갑종(甲種)으로 합격한 순간부터 반드시 전사(戰死)하리라고 결심했다. 반도 학도병의 이름을 걸고 기필코 멋진 전과(戰果)를 올려, 고향사람들을 분기(奮起)하게 하는 화려한 전사를 해야겠다고 마음속으로 다짐했다.

이 엄숙한 시대에 태어나서 조국의 흥망을 양 어깨에 짊어지고 기꺼이 천황의 이름으로 죽는 것이야 말로 남자의 본분이 아니고 무엇이란 말인가!

이미 한 발 앞서 내지(內地)출신 학도병들은 펜 대신 총을 들고 군문(軍門)으로 달려갔다. 그 영예가 이윽고 반도출신인 우리들에게도 주어지고, 이제야말로 입영일도 목전에 와 있다.

백발의 교수, 사회의 모든 선배, 뒤에 남은 학우들로부터 무수한 질타와 격려를 온몸으로 받고, 몸 속 깊은 곳에서 끓어오르는 혈기 탱천하여, 엄숙하게 떨쳐 일어섰던 나였음에도 죽음을 생각할 때, 머뭇머뭇 망설여지는 것이 스스로도 이상하다는 생각이 들었다.

방안에 틀어박혀 하루 종일 뭔가 부스럭거리고 있는 나를 어머니는 틀림없이 미심쩍어 했을 것 같다.

굳이 캐묻지는 않으시겠지만 어머니는 나의 이상한 태도를 얼마나 궁금해 하고 계실까?

'그렇다'하며 나는 마음속으로 소리쳤다. 내 안에 있는 먹구름을 걷히게 해 주실 분은 어머니였다. 나이 들어 사실 날이 그리 많지 않은 어머니였다.

주변정리를 아무리 말끔하게 후련하게 한다 한들 부동의 결의가 생겨나지 않는 것은 어머니가 계시기 때문이었다. 어머니의 근심어린 얼굴을 보고서야 나는 가까스로 그것을 깨달을 수 있었다.

무지(無知)하긴 하셨지만 의연하고 씩씩한 어머니였다.

외아들인 내가 군대에 가게 되었다는 소식들 듣고도 눈썹하나 까닥하지 않았던 태연한 어머니였다.

반도의 어머니로서 드물게 분별 있는 어머니였다.

하지만 홀어머니에 외아들을 둔 다른 어머니들의 마음은 어떨까 생각하면 나로서는 혼자 남게 될 어머니가 말할 수 없이 가엾고 애처로워서 어머니에 대한 집착을 좀처럼 떨쳐버릴 수가 없었다.

내가 출세하는 것을 유일한 소망으로 여기고 살아왔고, 또 그렇게 살아가려고 했던 어머니였다.

어머니의 한평생은 나를 위한 것이었고, 나를 위해 송두리째 바쳐진 삶이었다.

어머니는 그런 나에게 향한 애정을 나보다도 깨끗이 떨쳐버리고, 웃는 얼굴로 나를 보내려 하고 있다.

그런 어머니의 크나큰 사랑에 나는 당연히 목숨 걸고 보답하지 않으면 안 된다. 그래서 나는 내가 전사한 이후의 어머니를 생각하며 이렇게 기개 없이 갈피를 못 잡고 있는 것이다.

전별금 300원(圓) 정도가 내 수중에 있다.

나는 그것을 어머니께 드리려고 생각했다.

"저는 전쟁터에 나가니까 돈은 필요 없습니다."

나는 그렇게 말하고 어머니 앞에 그 돈을 꺼내 놓았다.

어머니 앞에서 죽으리라는 결심을 말한 것은 그것이 처음이었다. 나는 어머니 마음을 시험하기 위해서 의식적으로 그 말을 했던 것이다.

어머니는 잠시 묵묵히 계시다가 천천히 일어서시더니 서랍 속에서 큰 봉투 하나를 꺼내오셨다.

"네가 결정한 일이니 내가 싫다고 해도 듣진 않겠지. 돈은 이 에미가 맡아두겠다. 필요하면 언제라도 말해다오. 그리고 너는 이 에미의 처지를 걱정하는 것 같은데 에미는……"

어머니는 잠시 말을 멈추고, 그 봉투 속에서 조용히 사진을 꺼냈다.

크게 확대한 내 사진이었다.

"……충분히 각오하고 있다. 이대로……"

그리고 나서 싱긋 웃으시며 그 사진을 높이 들어 올려 보이는 것이었다.

나는 입영 날까지 3일간을 이 「비망록(覺書)」을 마무리하는데 다 보냈다.

어머니의 일생은 몹시 힘든 싸움의 연속이었다.

고생하며 살아온 어머니였기에 오늘날 이런 당찬 각오도 할 수 있었을 것이다.

어머니의 일생은 존귀한 일생이기도 하다.

지금 어머니의 찬연한 모습을 명확히 글로 써서 남겨 두는 일은 내게 주어진 천명(天命)이라는 생각이 들었다.

제1면에 어머니의 사진을 붙이고 나는 그것을 조용히 책상위에 올려 놓았다.

극심한 피곤을 느꼈지만 기분 좋은 피곤이었다.

―어쨌든 이것으로 되었다 ―

그런 기분이 들었다. 눈앞이 갑자기 밝아지고 온 세상이 활짝 개인 것 같은 느낌이었다.

이젠 정말 아무런 미련은 없었다. 이젠 언제라도 죽을 수 있다는 생각이 들었다.

그런 생각이 큰 너럭바위처럼 마음속에 자리 잡게 되자 이번에는 '죽을 것이다'라는 말이 이상하게 어색하게 내 귀에 울려 퍼지는 것이었다.

나는 이제까지 '죽을 것이다' '화려하게 전사할 것이다'며 어깨에 힘주며 허세 부리던 내가 우스웠다. 새삼 죽을 각오를 다지고 굳히려고 안간힘을 쓰고 있는 내 자신이 익살스러워 보여 견딜 수 없었다.

죽음을 극복하고 나니, 삶도 없고 죽음도 없는 지극히 평정된 마음이 되었고, '국은(國恩)에 보답 할 때는 바로 지금이다'라는 영감(靈感)처럼 싹터오는 그 결의를 순순히 받아들일 수도 있었다.

나는 이제 수풀처럼 흔들리지 않았다. 사는 것도 죽는 것도 이제야말로 내 안중엔 없었다.

'누구에게도 지지 않는 황군(皇軍)의 일원(一員)이 되겠다.'

입영 일을 앞두고 내가 생각하고 있는 것은 이것뿐이다.

정인택의
일본어 소설
일본어 소설

완역

역자약력

▌김 순 전

전남대 일어일문학과 교수

▌박 경 수

전남대 일어일문학과 강사

정인택의 일본어소설 완역
『淸凉里界隈』에서 『覺書』까지

초 판 인 쇄	2014년 05월 29일
초 판 발 행	2014년 06월 07일
저　　　자	정 인 택
역　　　자	김 순 전·박 경 수
발 행 인	윤 석 현
발 행 처	제이앤씨
책 임 편 집	최인노·김선은
등 록 번 호	제7-220호
우 편 주 소	㉾ 132-702 서울시 도봉구 창동 624-1 북한산 현대홈시티 102-1106
대 표 전 화	02) 992 / 3253
전　　　송	02) 991 / 1285
홈 페 이 지	http://www.jncbms.co.kr
전 자 우 편	bakmunsa@hanmail.net

ⓒ 김순전·박경수 2014 All rights reserved. Printed in KOREA

ISBN 978-89-5668-423-9　93830　　　　　정가 18,000원

 * 이 책의 내용을 사전 허가 없이 전재하거나 복제할 경우 법적인 제재
　 를 받게 됨을 알려드립니다.
** 잘못된 책은 구입하신 서점이나 본사에서 교환해 드립니다.